마음을 멈추고 부탄을 걷다

누구나 행복한 사람이 되는 곳

김경희 글 · 사진

마음을 멈추고 부탄을 걷다

서른아홉과 마흔 사이, 문지방의 경계에서 부탄을 만나다

봄비가 왔다. 비가 축축이 내리던 그 저녁에 나는 사람들과 함께 밥이 있는 술집에 있었다. 창밖으로 하염없이 쏟아지는 비를 보다가 나도 모르게 '휴!' 한숨을 뱉어냈다. 아마도 '우산 없이 집에 어떻게 가지?'라는 생각 때문이었을 것이다. 그때 나와 동시에 한숨을 토해낸 또 한 여인이 있었다. 그녀의 깊은 한숨은 '이제 어떻게 살아야 하지?'라는 애매한 질문으로 이어졌다. 나는 들고 있던 숟가락을 슬며시 내려놓았다. 마흔 살의 그녀가 내뱉은 한숨이 서른아홉의 내게 꽤 절박한 의미로 다가왔기 때문이다. 그즈음 되니 사는 것이 다 거기서 거기였고 설렘이나 뜨거움 같은 것은 사라진 지 오래였다. 지금까지 살아온 찌질한 일상과 확연히 다른 삶은 앞으로도 없다는 것을 알 만한 나이에 접어들었으니. 그나마 다행인 것은 우리 모두가 비슷한 상황에

5

처해 있다는 것 정도가 아닐까. 다 그렇게 사는 거라고 태연한 척하며 공허하게 웃고 떠들었지만 집으로 돌아가는 길에는 쓸쓸함이 몰려왔다.

우산이 없어서 그랬는지도 모르겠다. 서른아홉이나 마흔은 누구에게나 우산이 없는 시기이다. 딱 그 정도 불행하고 때로는 소소한 행복을 느끼며 살아가는 나이, 세상을 바꿀 수 없다는 것을 알아차린 대신 조금 다르게 보려는 시선을 배워가며 나는 문지방의 경계를 서성이고 있었다. 그렇게 평화로운 패배를 맞이하며 나도 마흔을 맞나보다 했다. 적어도 그날, 그 참사가 일어나기 전까지는 말이다.

2014년 4월 16일, 세월호 참사가 벌어졌다. 그날도 나는 지인과 함께 작은 식당에서 밥을 먹고 있었다. TV에서 그 뉴스를 접한 순간 주체할 수 없이 타오르던 식욕은 금세 싸늘하게 식어버렸고 그저 숨죽여 TV를 보는 것 외에 내가 할 수 있는 일은 아무것도 없었다. 혼돈과 불안, 공포와 침묵 속에서 시간은 염치없이 잘도 흘러갔다. '아니야, 이건 아니잖아……' 하는 생각으로 뒤척이는 날이 늘어갈 즈음 '이제 어떻게 살아야 하지?'라는 질문이 일상에 다시 파고들었다.

나는 뻔뻔한 어른이 되고 싶지는 않았다. 내 멋대로 단정해버렸지만, 나를 포함한 어른들은 아이들이 어떤 곤경에 처해도 믿고 따라갈 수 있는 든든한 존재가 아니었다. 거리에서 교복 차림의 아이들과 마주칠 때면 그들의 뺨에 난 솜털만 봐도 부끄러워 고개가 숙여졌다. 행복한 나라 부탄이 떠오른 것은 아마도 그즈음이었을 거다.

그날로부터 1년 반 전쯤, 나는 『행복한 나라 부탄의 지혜』라는 책을 보았다. '97퍼센트가 행복하다고 느끼다'라는 부제가 달린 그 책을 통해 나는 사실상 부탄을 처음 접하게 되었고 다 읽고 나서는 '햐! 세상에 이런 나라도 있구나!' 하고 놀라지 않을 수 없었다. 오로지 자신들의 의지로 근대화를 늦추는 유별난 나라, 첫눈이 내리는 날을 공휴일로 지정하는 낭만적인 나라, 그리고 세상에서 가장 행복한 사람들이 살아가는 동화 같은 나라가 부탄이었다. 그때부터 나는 막연히 부탄을 꿈꾸었다. 하지만 폭풍 같은 일상에 휘말려 호기심도 점차 사그라들었다. 그렇게 한동안 부탄은 내게서 까맣게 잊힌 나라였다. 2014년 4월 16일, 우리 모두가 불행해진 그날의 참사가 일어나기 전까지는 말이다.

부탄은 가난한 나라이다. 하지만 가난하지 않은 삶을 도리어 불편해 하는 사람들이 사는 유별난 나라이다. 그리고 부탄 사람들 대부분은 어딘가에 소속되어 살고 있다. 공동체가 굳건히 살아 있다. 일상의 희로애락을 나눌 이웃이 있고 별과 달이 그 자리에 있기를 기도하는 착한 사람들이 살아가는 곳! 대부분의 사람들이 안녕하지 못한 세상에서 '나만 안녕하면 된다'는 사실에 안도하는 괴물들이 넘쳐나는 이 시대에 가난하지만 행복한 사람들, 사람을 온전히 사람으로 여기는 그들을 눈으로 확인하고 싶은 건 당연한 호기심이 아닐까.

나는 부탄의 가난함을 들춰서 이미 윤택해진 우리가 어째서 여전히 가난한지, 그리고 얼마나 비참하게 살고 있는지 돌아보는 시간을 갖고 싶었다. '부탄에 가고 싶다'는 막연한 생각이 '부탄에 가야겠다'는 결심으로 바뀌면서 나는 주변 사람들에게 전화를 걸었다.

"부탄에 가려고 해요."
"뭐? 북한에 간다고?"
"아니, 부탄이요! 은둔의 나라 부탄."
"거기가 어디야? 아프리카에 있나?"

부탄행을 선포하면서 가장 많이 들었던 말은 북한에 가느냐는 엉뚱한 질문과 부탄가스는 들어봤다는 식의 썰렁한 농담이었다. 그때마다 나는 부탄은 가난하지만 행복한 나라이며 천박한 자본주의에 잠식된 우리의 삶을 돌아보게 할 아름답고 고요한 나라라고, 마치 가보기라도 한 듯 침까지 튀기며 설명을 늘어놓았다. 그러면서 한편으로는 사실일까, 살짝 의심을 한 것도 사실이다. 'TV 다큐멘터리에서 보던 대로 부탄 사람들은 정말 행복하게 살고 있을까? 미친 듯이 서두르는 우리의 삶을 되돌아보게 할 행복의 왕국이 맞는 걸까?' 그렇게 의심과 확신 사이를 오가면서 비행기 표를 예약하고 방문 일정을 체크하며 기대를 키워갔다. 2주간의 부탄 여행이 방황하는 내 인생의 나침반이 될 수 있을까. 기대가 두려움으로, 다시 설렘으로 번갈아 요동을 치는 사이 출국일이 가까워졌다.

또 한 가지 걱정은 열 살 된 아이에 관한 문제였다. '제 앞가림도 못하는 아이를 제쳐 두고 보름씩 집을 비우다니 나는 참으로 나쁜 엄마야'라는 자책감이 들다가도 '지금껏 열심히 살아왔으니 이 정도 보상은 주어져도 괜찮잖아' 하는 당당함이 슬그머니 고개를 들었다. 머리가 뒤죽박죽 복잡했지만 그럴수록 단순하게 생각하고 마음 내키는 대로 가보자는 쪽으로 생각이 정리되었다. 결국 나는 부탄에서 2주간 머물게 될 체류비를 송금하고 말았다. 이제 겨우 부탄 여행의 문턱은 넘어섰다.

"모든 경계에는 꽃이 핀다"고 어느 시인이 말했는데, 가까스로 문턱에 다다른 내 삶의 경계에도 과연 꽃이 필지 참으로 궁금하다. 서른아홉과 마흔 사이, 세상에 대한 실낱같은 희망과 절망의 교차점. '성숙한 인간이 되느냐, 미성숙한 인간으로 허우적거리느냐'라는 문지방의 경계에서 나는 기적적으로 부탄과 마주하게 되었다.

나는 어떤 사람일까? 당신은 또 어떤 사람일까? 그리고 우리는 앞으로 어떻게 살아가야 하는 것일까? 은둔의 왕국 부탄이 그 물음에 힌트를 주기를, 그리하여 미친 듯 폭주하여 달려가는 우리의 삶을 멈추게 하기를 기대하면서, 나는 이제 부탄으로 간다.

김경희

차 례

2장 세상에서 가장 행복한 사람들

3장 / 마지막 샹그릴라, 부탄의 자연에 취해

4장 부탄, 그 강렬한 행복의 기억

에필로그

누 구 나   행 복 한   사 람 이   되 는   곳
마 음 을   멈 추 고   부 탄 을   걷 다

1장

세 상 의
오 아 시 스,
부탄에 오다

태어난 것 자체가 행복이다.

－ 부탄 속담

방송 프로그램을 만드는 내 주변에는 외국을 이웃집 드나들 듯 오가는 사람들이 적지 않다. 내 경우는 대한민국을 떠나본지 10년이 훨씬 넘은 상태였다. 육아와 방송 일을 병행하면서 10년 세월을 보내는 사이에 내 책상은 항상 뒤엉킨 머릿속만큼이나 책이나 자료, 노트 같은 것들로 너저분하게 널려 있는 상태였다. 복잡한 것이 어디 책상뿐이겠나. 아무리 무늬만 주부라고 해도 설거지나 빨래처럼 티 안 나는 집안일들이 수북한 현실에서 해외여행이라는 것은 손에 잡히지 않는 신기루처럼 먼 이야기일 수밖에 없었다.

그런 내가 '부탄에 가고 싶다'라는 막연한 바람에서 '부탄에 꼭 가야겠어!'로 방향을 튼 데는 세상이 점점 강한 자들의 독무대가 되어가고 있다는 불쾌함과 울분이 컸다. 환경은 끊임없이 파괴되고 정의는 사라졌다. 우리의 전매특허였던 사람들 사이의 정(情)이 사라진 이 시대에, 한대수의 〈행복의 나라로〉 노랫말처럼 장막을 걷어내고 내 마음을 어루만져줄 그런 나라는 없을까?

울고 웃고 싶소 내 마음을 만져 주
나도 행복의 나라로 갈 테야.

그런 행복의 나라로 가보고 싶은 열망이 샘솟았다. 하지만 앞으로 어떻게 살아야 할지에 대한 절박함이 그때의 나에겐 더 강렬했다. 나 역시 남들 사는 대로 미친 듯 폭주하며 달려가면서 10년 사이에 친구를 두 명이나 잃었다. 한 명은 의료사고였고 다른 한 명은 스스로 삶의 끈을 놓았다. 모두 여자친구였다. 그리고 그들은 모두 나 같은 아줌마였다.

호주머니에 젊음이라는 동전을 넣고 짤랑대던 시절이 영원할 줄 알았던 것일까. 삶과 죽음이 종이 한 장 차이라는, 특별할 것 없는 그 사실이 바람처럼 갈비뼈 사이로 훅~ 하고 지나갔다. 그러자 도둑처럼 슬금슬금 불안감이 찾아왔다. 젊음을 잃어간다는 사실을 선뜻 받아들이기 싫었고, 점점 팍팍해져 가는 살림살이도 불안했다. 나이가 어른을 만드는 거라면 나는 진작 어른이 되었어야 했다. 그러나 실상은 그렇지 못하다는 사실도 나를 불안하게 했다.

한마디로 나는 길을 잃은 것이다. '어디라도 떠나볼까?' 그런 생각이 떠오르자 어떤 야망 같은 것이 생겨났다. 이왕 가는 것 최대한 멀리 숨어들 수 있는 곳으로 가자. 바깥세상으로부터 오랫동안 고립되어 있던 지상의 마지막 샹그릴라! 그래, 부탄으로 가자!

나는 오래도록 품고 있던 소심함과 영어 콤플렉스를 과감히 버리고 2014년 6월, 드디어 히말라야로 향하는 비행기에 몸을 실었다. 부탄으로 가는 방법은 이동 수단이나 경로에 따라 몇 가지가 있다. 그 중에서 내가 택한 것은 말레이시아의 쿠알라룸푸르를 찍고 네팔의 카트만두를 경유해서 부탄으로 들어가는 다소 복잡한 방식이었다. 태국의 수도인 방콕을 경유하는 방법을 제쳐두고 이동거리나 비행시간이 훨씬 긴 경로를 택한 것은 딱 두 가지 이유에서였다. 첫 번째는 네팔의 카트만두에서 출발하는 비행기를 타면 눈이 시리도록 푸른 히말라야 설산 사이를 낮은 고도로 날며 비경을 감상할 수 있다는 점이었다. 두 번째 이유는 좀 창피한 이야기지만 여권에 더 많은 도장을 받을 수 있다는 사소하고 유치한 욕망 때문이었다. 여행 일정을 짜면서 나는 지인에게 이렇게 말했다.

"내가 또 언제 해외에 나가보겠어? 잠깐 경유하더라도 이번 기회에 3개국 도장을 찍고 올 거야."

나는 부탄에 입국하는 여러 방법 중에서 가장 복잡하고 험난한 방법을 택한 것이다. 첫 번째 경유지인 말레이시아의 쿠알

라룸푸르에선 발도장만 찍고, 다시 4시간 50분의 비행을 이어
갔다. 기내에서는 자꾸만 먹을 것을 가져다주었는데 치킨을 올
린 커리 볶음밥은 꽤 맛이 있었다. 사육 당하듯 먹고 또 먹은 뒤
에 깊은 잠을 한숨 자고 나니 네팔의 카트만두에 도착해 있었
다. 카트만두! 열 살짜리 우리 아들이라면 분명 카트에 실린 냉
동 만두를 떠올렸을 법한 재미있는 이름이다. 작가라는 직업은
단어가 주는 어감에 왜 이리 민감한지 모르겠다. 시를 쓰는 어
떤 언니는 친구가 '동구라파' 여행을 다녀왔다는 이야기에 며칠
간 배꼽을 잡고 웃었다더니 나는 새삼스레 '카트만두'라는 단어
에 자꾸만 웃음이 났다.

　카트만두 공항은 소도시 버스 터미널 정도의 규모로 아담했
다. 냉방시설이 잘 되어 있지 않아 공항 내부는 덥고 몹시 습했
다. 무엇보다 당황스러웠던 것은 실내의 부산스러움이었다. 원
래 번잡한 나라인지, 최근에 각국에서 일어나는 테러 등에 민감
해져서 그런 건지 공항 내부 풍경이나 사람들 표정 하나까지 무
엇 하나 편안해 보이는 것이 없었다. 입국 심사대 근처에 사방
으로 늘어서 있는 줄을 보니 벌써부터 머리가 지끈거렸다.

　인파가 몰린 곳은 비자를 받는 곳이었는데 '30DAYS' 비자
라는 안내문이 붙어 있었다. 자세히 들여다보니 비용이 만만치
않았다. 공항에서 몇 시간 체류하다 부탄행 비행기로 갈아타야
하는 우리 일행으로서는 큰돈을 주고 30일짜리 비자를 받을 이
유가 없었다. 그런데 사람이 너무 많아서 도무지 어디에다 물

어봐야 할지 갈피를 잡지 못했다. 부산함과 혼돈 속에서 멍하니 서 있자 누군가 우리 일행을 향해 자기 쪽으로 오라는 손짓을 했다. 작은 키에 얼굴이 까맣고 몸이 야윈 전형적인 체구의 네팔 사람이었다. 공항에서 일하는 사람인지 가슴 언저리에 명찰 같은 것을 달고 있었는데 정식 직원 같지는 않고 자원봉사자나 안내원처럼 보였다.

"내가 도와줄 수 있어요. 여기서 며칠이나 머물 계획인가요?"

남자는 발음이 새는 영어로 우리 일행을 훑어보며 물었다.

"4시간 후에 부탄으로 가는 비행기를 갈아탈 거예요. 우린 30일 비자까지는 필요 없는데 환승객을 위한 비자는 없나요?"

"오케이! 하루짜리 비자가 있어요. 나를 따라오면 방법을 알려줄게요."

약간 미심쩍은 마음이 들었지만 달리 방법이 없어 우리 일행은 그가 시키는 대로 5달러짜리 즉석사진을 찍고 어렵게 당일 비자를 받았다. 결과만 놓고 본다면 무척 수월하게 넘어갔다고 생각할 수 있지만 당시 상황을 되돌려 보면 정말이지 '난감함' 그 자체였다. 일단 미천한 영어 실력의 나는 그가 하는 말을 몇 번씩 반복해서 들은 후에야 알아들을 수 있었고, 혼란과 분주함이 가득한 공항에서 신원이 확인되지 않은 낯선 남자를 따라가는 순간 별별 생각이 다 들었다. 다행히 그가 나쁜 사람은 아니었기에 우리 일행은 한 시간 만에 당일 비자를 받아서 무사히 부탄행 환승 절차를 밟을 수 있었다. 나는 그에게 고마운 마음이 들어 비행 수속을 마치자마자 몇 백 루피(NPR)를 건넸다. 그런데 지폐를 손에 쥔 그의 표정이 썩 좋지 않았다. 돈이 너무 적어 그런가 싶어 나는 조심스레 물었다.

"수중에 가진 돈이 그것밖에 없어서요. 아! 잠시만 기다려 주겠어요?"

그가 내 짧은 영어를 알아들었는지 모르겠으나 나는 일행이 있는 곳으로 뛰어가 돈을 조금 더 가지고 돌아왔다. 그런데 그는 어디에도 보이지 않았다. 그냥 돌아서면 그만이지만 서운해하던 그의 표정이 자꾸만 마음에 걸렸다. 비행기 환승 시간도 넉넉한 데다 아무래도 마음이 편치 않아서 나는 남자를 찾아 공항을 뛰어다녔다. 10분 정도 헤맨 끝에 저만치에서 또 다른 여행객에게 접근하는 그를 발견했다. 나는 반가운 마음에 달려가서 남자의 어깨를 툭 쳤다. 그는 깜짝 놀란 듯 어리둥절한 표정을 짓더니 나를 보고 어색하게 웃었다. 아마도 기다리라고 해놓고 그냥 가버리는 사람들이 대부분인 모양이었다. 애당초 기다리라는 말을 믿지 않는 사람들……. 그 장면만으로도 네팔이라는 나라의 한 단면을 본 것 같았다.

나는 기쁜 마음으로 그에게 500루피를 더 건넸다. 남자는 헛웃음을 지으며 고맙다는 인사를 하고 멀어져갔다. 그는 공항직원일 수도 있고 아닐 수도 있다. 아무려나 상관없는 일이다. 나는 해외에 자주 나올 수 있는 사람이 아니다. 그러니 10년 만에 남의 나라까지 와서 누구도 서운하게 하고 싶지 않았다. 의도와 상관없이 나는 그간 살아오면서 너무 많은 사람들에게 상처를 주며 살아왔다. 좋은 이별을 하지 못하고 한때 사랑했던 사람들과 아프게 멀어지곤 했던 기억을 이번 여행에서 잠시 치유하고 싶었던 것인지도 모른다.

부탄으로 떠나기 전에 정보를 수집하면서 가장 의미심장하게 다가왔던 '인간성은 인내심'이라는 말이 있다. 부탄 사람들은 고민이 있을 때 깨달음을 얻고자 수행을 쌓아온 스님에게 상담하러 가는데, 그때 스님들은 '인간성은 인내심'이라는 말을 해준다고 한다. 자신의 감정을 그대로 드러내는 것은 인간성이 좋지 않다는 말인데 아무래도 나의 인간성은 인내심이 낮다는 결론을 얻게 되었다. 그 남자에게 500루피를 건넨 것은 남자를 생각해서가 아니라 오로지 나를 위해서였다.

이제 가벼운 마음으로 부탄행 비행기에 오를 일만 남았다. 한 시간 후 이 혼돈의 나라를 뜨게 될 생각을 하니 마음이 평온해졌다. 잠시 휴대전화의 전원을 끄기로 한다. 자 이제, 행복의 나라로 가자.

강남 스타일?
부탄은 팀푸 스타일!

부탄에 하나뿐인 국제공항이 있는 곳, 파로(Paro)에 도착했다. 카트만두에서 정확히 한 시간을 날아온 비행기는 히말라야 산 끝자락에 사뿐히 착륙했다. '사뿐히'라는 표현은 과장이 아니라 실제의 느낌이었다. 겨우 50석 정도의 비행기는 그 자체가 워낙 아담하기도 했지만 낮은 고도로 날아서 산자락에 위치한 자그마한 공항에 내린다는 것은 '사뿐한 착륙'이라는 말 외에 달리 표현할 방법이 없다.

비행기 바퀴가 땅에 닿았을 때 나는 "아!" 하고 신음과도 같은 짧은 탄성을 내뱉었다. 무사히 도착했다는 안도감과 '기어코 왔구나'라는 감동이 터져 나온 것이다. 아마도 부탄행 비행기에 함께 있던 대부분의 승객들이 그런 탄성을 내뱉지 않았을까. 모두의 입에서 일제히 쏟아지는 작은 탄성들을 받아내며 비행기는 꽤 긴 시간을 부르르 떨었다. 착륙장 주변은 상당히 고요했다. 부푼 기대와 묘한 설렘을 안고 나는 드디어 은둔의 왕국 부탄에 첫발을 내딛었다. 엄마 뱃속에서 나와 세상과 대면하던 첫 순간이 이랬을까. 막연한 불안감을 느끼며 착륙장을 둘러보는데 이상하리만치 금세 마음이 편안해졌다. 그것은 공항 주변을 둘러싼 야트막한 산과 능선이 어우러진 풍경 때문이었을 것이다. 꼬박 하루를 걸려 날아온 먼 나라라고는 믿기지 않을 만큼 한국의 자연과 흡사한 느낌이었다.

"김 작가, 파로 공항에 내리면 묘한 느낌을 받게 될 거예요."

"묘한 느낌이라니 정말 궁금한데요?"

"시간을 거슬러 과거로 돌아가는 느낌이라면 상상이 가세요? 나는 지금도 눈을 감으면 아련한 기분에 사로잡히곤 한답니다."

부탄으로 떠나오기 전에 만난 김한영 주한부탄명예영사님의 말씀이 떠올랐다. 그런 말을 건네며 영사님은 실제로도 눈을 지그시 감으셨다. 파로 공항에 내려서야 나는 그 말의 의미를 알 것 같았다. 산골짜기에 위치한 부탄의 공기는 달콤했고, 믿을 수 없을 만큼 한국과 닮아 있었다.

세상의 꼭대기에 있는 듯 아름다운 이 나라에서 가장 먼저 눈에 들어온 것은 부탄을 다스리고 있는 5대 왕과 왕비의 대형 사진이었다. 그것은 옥외 광고판과 비슷한 형태로 제작되어 공항 한쪽에 자리 잡고 있었는데, 어떤 위협이나 과시가 느껴지지 않고 친밀한 느낌이 들었다.

부탄 5대 국왕 부부.
궁궐을 국가에 헌납하고 작은 집으로 이전해 살고 있다. 부탄 사람들은 국왕 부부의 사진을
휴대전화에 담고 다닐 만큼 스스럼없는 친근함을 표현한다.

'아름답고 성스러운 나라, 부탄 왕국에 오신 것을 진심으로 환영합니다.'

국왕 부부의 사진에서 내가 받은 느낌이 그러했다. 여행객들에게 말을 건네는 듯한 기분이 든 데는 몇 가지 이유가 있었는데 우선 국왕 부부의 사진이 매우 적절한 곳(비행기 착륙장의 한쪽 구석)에 위치하고 있었고 또 두 사람의 표정이 몹시 온화하고 부드러웠기 때문이다. 게다가 국왕 부부는 영화배우 저리가라 할 만큼 뛰어난 외모의 소유자들이다. 색색의 전통의상을 입고 두 팔 벌려 외국인 관광객을 맞는 국왕 부부를 싫어할 사람은 아무도 없을 것이다. 상대에게 호감을 주는 것은 역시 태도, '애티튜드(attitude)'라는 생각이 들었다.

부탄에 대한 호감과 기대를 품은 채 공항 게이트를 빠져 나오는데 뒷짐을 지고 느긋하게 서 있는 두 남자가 눈앞에 나타났다. 그들은 나와 함께 2주 동안 부탄 여행을 함께할 가이드와 운전기사였다. 두 남자의 시선이 동시에 내게 쏠렸다. 어색하게 웃는 내게 남자가 먼저 손을 내밀어 악수를 청했다.

"마이 네임 이즈 점배, 디스 이즈 초키. 나이스 투 미츄."

"점배? 리얼리?"

세상에나, 이름이 점배라니! 나는 처음 마주한 자리에서 예의 없게도 그만 웃음을 터뜨렸다. 영문을 모르겠다는 듯 점배는 고개를 갸웃하더니, 자기 이름의 스펠링을 또박또박 알려주었다.

"마이 네임 이즈 잼베이. J.a.m.b.a.y. 오케이?"

그래봐야 내 귀에는 똑같이 '점배'라고만 들렸다. 한번 점배는 영원한 점배일 뿐이다. 이름을 그렇게 부르고 나니 금세 친밀감이 들었다. 자꾸만 피식피식 웃는 내게 점배는 부탄의 전통 스카프라는 하늘거리는 흰색 천을 내 목에 걸어주었다. 그 태도가 매우 정중했다. 그것은 '환영한다'는 의미이기도 하고 '당신은 소중한 사람'이라는 표현이기도 했다. 엉성한 듯 진심이 담긴 그들의 환영인사는 특별한 느낌으로 다가왔다. 그것은 파로 공항에 내린 이후 줄곧 느껴지는 감정이었는데, 나는 그 느낌의 실체가 무엇인지 알 수 없었다.

귀한 대접을 받는 느낌은 공항을 빠져나와서도 계속 이어졌다. 허술하게 닦아놓은 구불구불한 길에서, 그리고 드문드문 만나게 되는 사람들에게서도 그런 특별한 인상을 받았다. 굳이 말로 표현하자면 그것은 '중히 여기어 아끼는 마음'이라고 할 수 있겠다.

특히 사람들이 그러했다. 부탄 사람들에게는 순박하고 착해 보인다는 흔한 말로는 부족한 정갈한 매력이 있었다. 그게 뭘까, 한참 생각하던 나는 어느 순간 그것이 '품위'라는 것을 깨달았다. 농부는 농부대로, 공항 경비원은 또 그들대로, 자기 나름의 분위기와 품위가 있었다. 다른 말로는 그것을 '자부심'이라고 부를 수 있을 것 같다. 그들은 무엇을 응시하든 곁눈질로 훔쳐보는 초조함이나, 타인과의 비교로 자신을 갉아먹는 그런 눈빛을 가진 사람들이 아니었다. 그런 여유로움과 강한 자존감은 어디에서 오는 걸까. 단정하고 조용한 그들의 몸짓에 나는 살짝 기가 눌렸다. 그리고 점점 이 나라가 더 궁금해졌다.

공항 주변을 벗어나자 수도 팀푸로 향하는 큰길이 나왔다. 길을 따라 계속 달려가니 청록색 강이 찰랑이며 흘러가는 마을과 작은 집들이 그림 속 풍경처럼 이어졌다. 천천히 달리는 차 안에서 본 부탄 사람들의 표정들은 밝고 건강했다. 그들 대부분은 차량 속 낯선 이들을 향해 친절한 웃음을 보내주었다. 경계심 따위는 찾아볼 수 없었다. 이따금 지나치는 아이들도 마찬가지였다. 하던 놀이를 멈추고 부끄러운 듯 웃어 보이거나 손을 흔들기도 했다. 나는 창문을 조금 열었다. 공기는 달콤했고 바람도 적당했다. 내 기분을 알아차린 걸까, 점배가 초키에게 뭐라고 중얼거리더니 잠시 차를 세우겠다고 했다. 마침 우리가 멈춰 선 지점은 파로에서 흘러오는 강과 수도 팀푸에서 흘러오는 두 강이 만나서 인도로 흘러가는 지점이었다. 부탄의 모든 강은 인도로 흘러간다. 점배는 부탄과 인도와의 관계에 대해 잠시 설명해 주었다.

"부탄은 인도의 영향을 많이 받고 있어요. 모든 면에서요."

"인도 사람들은 부탄을 자유롭게 드나드나요?"

"네. 인도 사람들은 차량을 이용해서 부탄을 오갈 수 있어요."

"비자나 다른 절차 없어요?"

"네."

영어가 유창하지 못한 나는 더 이상 깊은 대화를 나눌 수 없

29

었지만 점배의 표정에서 안타까움과 걱정 같은 것이 느껴졌다. 나중에 좀 더 자세히 물어봐야겠다는 생각을 하는 찰나, 점배가 불쑥 말을 건넸다.

"나는 〈강남 스타일〉 노래를 좋아해요."

"정말요? 싸이의 〈강남 스타일〉을 알아요?"

"그럼요, 부탄에서도 아주 인기가 있어요. 유튜브 조회수가 엄청나잖아요."

점배는 〈강남 스타일〉의 한 구절을 부르기 시작했다. 나도 모르게 어떤 부분에서는 흥이 나서 따라 불렀다.

"낮에는 따사로운 인간적인 여자, 밤에는 커피 한 잔의 여유를 아는 품격 있는 여자~."

노래 한 구절로 우리는 조금 더 가까워졌다. 그 순간 점배가 내게 '강남 스타일'의 뜻을 물어보았다. 나는 잠시 고민하다가 한국사회에 대한 조크(농담)가 담긴 노래 제목이라고 간단히 설명했다. 점배는 잘 이해가 되지 않는지 어깨를 으쓱해 보였다. 뭐라고 설명해야 하나 잠시 고민하는 사이, 이번 여행에 동행한 다큐 감독님이 간단하게 설명했다.

"한강이라는 강을 사이에 두고 강남과 강북으로 지역이 나뉘어져요. 그런데 강의 남쪽으로만 부가 집중되는 거죠. 그곳으로 돈도 몰리고, 권력이 몰리고, 맞아요! 섹시 걸들도 몰려요."

"섹시 걸?"

"그래요, 섹시 걸. 〈강남 스타일〉은 한국사회에 대한 비판, 혹은 조크의 의미가 담긴 노래예요."

점배는 그제야 이해가 된다는 듯 고개를 끄덕였다. 때마침 저만치서 한 여자가 걸어오고 있었고 점배는 그녀를 손으로 가리키며 '팀푸 스타일'이라고 농담을 던졌다. 우리는 한바탕 크게 웃었지만 속으로는 조금 더 씁쓸해졌다. 그의 농담에는 부탄의 변화에 대한 고민이 묻어 있었기 때문이다. 영어를 잘하지 못하는 나는 점배의 말을 다 이해할 순 없었지만 그의 표정에서 어떤 의도가 느껴졌다. 그것은 굳이 말이 아니어도 된다. 상대의 눈빛 혹은 태도만으로도 감지되는 것이기 때문이다. 이 친절한 남자, 상냥하고 정중한 남자가 나를 끊임없이 생각하게 만들고 있었다.

그렇게 침묵 속에서 편안해지는 느낌이란 무척 색다른 경험이 되었다. 기분이 좋아져 우리는 다시 차에 올랐다. 운전사 초키가 시동을 거는 소리 외에 우리 사이에는 어떤 말이나, 지시, 권유, 거절 등이 오가지 않았다. 창밖으로는 한적한 시골 마을의 풍경이 스치듯 지나갔다. 드문드문 지나가는 누런 소들과 덩치 큰 개들 사이로 차는 비틀거리며 서서히 속도를 냈다. 대화를 멈추지 않고 끊임없이 자신을 드러내야 하는 게 요즘의 '한국 스타일'이라면 말하지 않고도 대화를 나눌 수 있는 건 '부탄 스타일'이다. 모든 것이 있는 그대로 자연스러운 나라, 부탄의 과묵함이 나는 마음에 들었다.

부 탄 의   첫 날 밤 ,
누 구 나   노 래 를   흥 얼 거 리 게   되 리 라

6월은 부탄 여행의 비수기이다. 그래서인지 첫날밤을 묵기로
한 호텔은 더 없이 고요하고 한가로웠다. 이곳은 '피스풀 리조
트(Peaceful Resort)'라는 작은 호텔이었는데 우리 일행과 일본인
관광객 서너 명만 머물고 있을 뿐 상당히 한적했다. 이름만 리
조트일 뿐 적당히 부유한 가정집에 방문한 느낌마저 드는 아담
한 규모였다. 로비가 있는 건물의 중앙을 중심으로 층층이 작은
객실이 있었는데 내가 머문 3층 방은 마치 다락방에 올라가는
듯 푸근한 느낌마저 주었다. 호텔 직원들은 대략 스무 살 남짓
의 어린 친구들이었다. 시골에서 갓 올라온 듯 순박하고 빛나는
눈빛을 가진 그들은 오래 머뭇거리다가 살짝 다가와서는 한국
인을 처음 보았다는 말을 수줍게 건넸다. 그런 관심은 늦은 저
녁을 먹으러 식당에 내려갔을 때에도 이어졌다. 그들은 물잔이

비워지는 순간마다 쏜살같이 달려와 유리 잔 가득 다시 물을 채워주는 정성을 보였다.

"정말 한국인인가요?"

"맞아요, 나는 한국인이에요."

"일본 사람은 많이 봤는데 한국 사람은 처음 봐요."

그토록 애정 어린 시선은 내 생애 다시 느껴보기 힘든 행복한 경험이 아닐 수 없었다. 사실 우리 같은 아줌마들은 그토록 다정하고 뜨거운 시선으로 바라봐 주는 사람이 거의 없다. 다시는 이런 포근한 관심을 받아보지 못할 거라는 생각에 나는 그들에게 일일이 다정한 시선을 보내며 화답해 주었다. 그러자 좀 더 용기 있는 친구들이 가까이 다가와 이것저것 묻기 시작했다. 그들은 내게 가수 싸이를 알고 있느냐며 눈을 반짝였다. 점배에게 말했던 것처럼 나는 〈강남 스타일〉 노래가 가진 의미에 대해 설명해 주었다. 스무 살 남짓인 그 친구는 내 말을 이해하는 것 같기도 했고, 알아듣지 못한 듯 난감해 보이기도 했다. 아무려나 상관없는 일이다. 나눌 수 있는 공통 화제가 있다는 것만으로도 우리는 충분히 기뻤다.

부탄의 모든 것이 신기한 초보 여행자인 내가 사실 가장 기대한 것은 음식이다. 나는 '먹는 것'을 무척이나 중요하게 생각하는 부류의 사람이므로 낯선 나라에 와서 먹게 될 음식들이 무척 궁금했다. 러시아 속담에 이런 말이 있다. '마셔도 죽고 안 마셔도 죽는다. 어차피 죽을 운명, 안 마시면 아깝지!' 나는 '마셔도'

라는 부분을 '먹어도'라고 바꾸면 되는 부류의 사람이므로 일용할 빵과 감자, 신선한 고기 등을 떠올리며 맛있는 저녁이 나오길 간절히 기다렸다. 100퍼센트 유기농 국가를 선언한 곳이니만큼 특히 쌀과 채소의 맛이 기대되었다. 잠시 후, 순서대로 저녁이 차려졌다. 아시아 전역이 그렇듯 부탄의 주식 역시 쌀이다. 그러나 우리가 먹는 쌀 종류와는 다르고, 동남아시아에서 흔히 보는 안남미도 아니었다. 그것은 레드라이스(Red Rice)라 불리는 붉은 기 도는 고슬고슬한 밥이었는데, 찰기는 부족했지만 성기고 부슬부슬하면서도 어쩐지 신뢰가 느껴지는 맛이었다. 마치 부탄 사람들처럼.

"씹을수록 고소한 맛이 있어요."

나는 밥 한술을 입에 가득 떠 넣으며 중얼거리듯 말했다. 부탄 여행 동지이자 다큐멘터리 감독인 K도 같은 생각이라는 듯 연신 고개를 끄덕였다. 요리가 담긴 접시는 그리 크지 않았지만 음식의 양은 적당히 푸짐했다. 수북이 쌓인 밥과 함께 곁들여 나온 음식은 고추와 치즈를 넣어 조린 감자범벅, 이면수와 비슷하게 생긴 생선튀김과 신선한 샐러드로 생각보다 소박했다. 그런데 재료가 신선해서인지 자꾸만 손이 갔다.

나는 대단한 식도락가는 아니지만 분명하게 말할 수 있는 건 부탄의 채소가 특별히 맛있다는 점이다. 특히 푹 익은 감자의 맛이란! 부탄의 감자는 포근포근하면서도 찰진 식감이 있었다. 부탄 사람들은 이 감자를 삶고 으깨고 찌고 썰어서 자나 깨나

자연 그대로의 솔직한 맛을 가진 부탄 음식들.

먹는다고 한다. 게다가 우리나라 돈으로 500원 정도면 이 맛있는 감자를 한 바구니나 살 수 있다고 하니 그야말로 감자가 흔하게 널린 곳이 부탄이었다. 나는 밥은 남기더라도 감자는 몇 번씩 가져다 먹을 요량으로 차츰 그릇을 비워갔다. 나중에 알고 보니 그 요리는 치즈를 녹여서 아삭한 고추와 감자를 함께 조려 낸 에마다체(Ema Datse)라는 음식이었다.

"매운데 은근히 중독성 있네요."

나는 식사가 거의 끝났음에도 젓가락을 놓지 못했다. 우리나라 사람들처럼 매운 음식을 좋아하는 부탄 사람들은 우리가 끼니마다 김치를 먹듯 고추를 빼놓지 않는다. 처음 파로 공항에 내렸을 때 산골짜기에 위치한 부탄의 자연을 보며 한국과 참 비슷하다는 생각을 했다. 그런데 부탄에서 처음 맛본 음식에서도 그들에게는 우리와 닮은 구석이 많다는 것을 느낄 수 있었다. 평소엔 과묵하지만 술이 한 잔 들어가면 긴 수다를 이어가는 정 많은 사람들. 매운 음식을 즐기고 어울려 밥 먹기를 좋아하는 것 또한 우리와 몹시 닮아 있었다.

부탄에서의 첫 식사에 대해 누군가 묻는다면 나는 한마디로 '솔직한 맛'이라고 표현하고 싶다. 사람들은 일본 음식을 두고 솔직하다고 평가하지는 않는다. 겉마음 속마음, 두 가지 마음을 가진 그들처럼 일본 음식은 정갈하고 감각적이지만 솔직한 맛은 아니다. 반면에 한국 음식은 정성이 너무 많이 들어가 여자들의 삶이 고단하다. 부탄 음식은 있는 그대로 솔직했다. 그들은 단순하고 간결한 자신들의 생활방식과 솔직함이 묻어나는 조리법을 가지고 있었다. 감자 요리가 딱 그랬다. 요리를 좀 못하면 어떠랴. 조리법이 간단해서 남자가 해도 무방하고 요리 솜씨가 없더라도 재료의 신선함으로 먹으면 그만인 것을! 마치 땅 속에 열리는 감자처럼 드러나지는 않지만 깊은 맛을 가진 부탄 사람들이다.

과하다 싶을 만큼 저녁을 푸짐하게 먹고 나서 소화도 시킬 겸 호텔 주변을 둘러보기로 했다. 고요한 가운데 멀리서 드문드문 노란 불빛이 보였다. 내가 묵은 호텔은 팀푸 시내에서 약간 떨어진 산 중턱에 위치해 있었는데, 높은 지역으로 올라갈수록 고급스러운 집이 눈에 띄었다. 아마도 팀푸의 부촌이 아닐까 하는 생각이 들었다. 나중에 점배에게 물어보니 내 예상은 틀리지 않았다. 바깥세상의 번영과는 무관하게 살아온 '지상의 마지막 샹그릴라' 부탄에도 변화의 바람이 불기 시작한 것이다.

수년 전까지만 해도 부탄 사람들은 돈에 대해 강한 반감을 표시했다. 팀푸 시내에 설치된 ATM 기계 따위에는 관심도 없던 그들이다. 하지만 이제 부탄이 계속 근대화되어 간다는 것은 부인할 수 없는 사실이 되었다. 다행인 것은 그들은 변화에 있어서 서두르지 않는다는 점이다. 부탄인은 그들만의 전통을 간직한 채 바깥세상의 생활방식과 서서히 융합해 나가려는 노력을 하고 있다. 변화의 속도가 남들보다 빠른 사람들은 아마도 수도 팀푸로 나와 도시인으로 적응해 갈 것이다. 우리도 산업화를 겪으면서 수많은 사람들이 서울로 몰려들어 촌티를 벗고 서서히 서울 사람이 되어간 것처럼 말이다.

그러한 변화는 어떤 개인에게는 퍽 다행스러운 일일 수도 있고 누군가에게는 불행의 전주곡이 되기도 한다. 그런 생각을 하자 5년 뒤의 부탄, 10년 뒤의 부탄이 나는 몹시 궁금해졌다. 히말라야 산자락 아래 깊숙이 자리 잡은 순수하고 매혹적인 나라, 부탄 사람들이 문명과 자본에 어떻게 대처하게 될지 나는 떨리는 마음으로 계속 지켜볼 것 같다. 적어도 우리처럼 자기반성 없는 변화를 겪지 않기를 마음속으로 기대하면서 말이다.

밤 산책을 끝내고 로비로 돌아왔을 때, 호텔 직원이 나를 향해 미소를 보내며 인사를 했다.

"굿나잇, 마담!"

넉넉하고 푸근한 체격에 몸보다 더 큰 마음을 가졌으리라 짐작되는 인상 좋은 청년이었다. 믿음직한 그 모습에 나는 방금 전까지의 걱정을 조금 덜 수 있었다. 그들의 내면에는 속도계 같은 것이 달려있는 게 아닐까. 과속을 하게 되면 스스로 제어하는 장치 같은 거 말이다. 그것은 종교나 자연의 힘일 수도 있고, 부탄 사람들의 타고난 성품 같기도 했다. 로비를 지키는 청년은 느리게 다가와서 룸으로 올라가는 내가 사라질 때까지 손을 흔들어 주었다. 3층으로 올라가는 나무 계단에서는 삐걱거리는 소리가 났다. 그 소리가 거슬려 잠시 뒤를 돌아다 보았는데 청년은 여전히 엷은 미소를 보내며 나를 쳐다보고 있었다.

그것은 괜찮다는 표현 같기도 하고 조심해서 올라가라는 걱정 같기도 했다. 나는 어깨를 한번 으쓱해 보이고는 다시 계단을 밟고 올라갔다. 갈팡질팡하는 나의 삶, 균형을 잃은 세상에서 어디로 갈지 몰라 삐걱대던 내 삶을 그가 눈치 챈 것 같아 부끄럽기도 했다.

문을 열고 들어서자 방안은 고요했다. 긴장이 풀린 탓인지 나는 금세 잠이 들었다. 낯선 여행지의 밤, 하루간의 일정을 정리하며 노곤한 피로감을 즐기려던 생각은 여지없이 빗나갔다. 이래서 한 살이라도 젊을 때 여행을 가야 한다고 사람들이 말하나 보다. 지금 생각해도 아련한 부탄에서의 첫날밤, 꿈에서나마 노래를 흥얼거리지 않았을까. 세상에서 가장 느리고 고요한 나라, 부탄에서는 누구나 노래를 흥얼거리게 되리라.

세 상 에 서   가 장   작 은   기 도 ,
빅 부 다 를   만 나 다

부탄에서의 둘째 날, 수도 팀푸의 날씨는 구름이 잔뜩 끼어 있었다. 아침을 맞으며 막 눈을 뜨자 골치 아픈 세상일 따윈 잊게 만들겠다는 듯 고요하고 한적한 풍경이 한눈에 들어왔다. 곤히 자던 내 잠을 깨운 것은 자연 다큐멘터리에서나 들었음직한 청아한 새 소리였다. 내가 묵은 3층 다락방에는 하늘하늘한 흰색 커튼이 있었는데 열린 창문 틈으로 불어오는 바람까지 더해지면서 그 풍경은 상당히 비현실적으로 느껴졌다. 잠이 덜 깬 나는 이불을 돌돌 말아 누운 채 속으로 생각했다.

'아, 누가 나를 이곳에 데려다 놓았을까!'

부탄에 오는 사람은 정말 행운아다. 비행편이 좋지 않아서 들어오는 것 자체가 매우 힘든 일이고 부탄 정부 역시 매년 2만 명 정도의 외부인 방문만 허용하고 있기 때문이다. 하지만 이것은 어디까지나 내 생각일 뿐이다. 부탄의 여행제도를 조금만 들여다보면 누구라도 의문을 품지 않을 수 없다. 연간 수용 관광객 수를 정해 놓는 부탄이지만, 설사 그 제한을 푼다고 해도 부탄 여행은 일반적인 관점으로 선택하기에는 다소 고민되는 부분이 있는 것이 사실이다. 자유 관광의 개념이 없는 부탄에서는 하루에 200달러(성수기는 300달러)의 체류비를 내야 하는데 여행객들에게 이는 상당히 부담이 되는 액수이기 때문이다. 네팔이나 방콕을 경유해서 들어오다 보니 항공비도 만만찮은 데다가 일일 체류비까지 부담해야 한다는 것은 관광객들에게 마이너스 요인으로 작용할 여지가 충분히 있다. 숙소가 더 없이 화려하거나 희귀한 음식을 먹을 수 있는 것도 아니며 그 흔한 체험 프로그램 하나 없으니 말이다. 더구나 요즘 같은 불경기에는 150만~200만 원 내외면 동남아 지역 어디를 가더라도 맘껏 먹고 즐기다 돌아올 수 있는 비용이다. 그런 면에서 500만 원 이상의 비용이 드는 부탄은 선뜻 결정하기 어려운 여행지임에 분명하다. 사실 그 정도 경비면 2주간 유럽이라도 다녀올 수 있는 수준이니까. 물론, 여기까지는 평균적인 수치로 본 비용 대비 여행의 만족도를 말한다.

그럼에도 누군가 부탄으로 가고 싶다는 생각을 했다면 그는 나처럼 삶에서 지친 사람일 거다. 균형을 잃은 삶에서 어디로 가야할지 몰라 허우적거리는 사람에게는 방향의 나침반이 필요하다. 그것은 삶을 돌아볼 수 있는 곳에서만 찾을 수 있는 보석 같은 것이다. 그저 앞으로 나아가는 것만이 능사가 아니라 돌고 도는 계절 안에서 균형 있게 사는 사람들, 그들을 만나기 위해 사람들이 부탄을 찾아오는 거라고 생각한다. 수치로는 가치를 매길 수 없는 무언가가 있기 때문에 사람들은 몇 번의 비행기 환승을 감내하며 이곳 히말라야 산맥 끝자락까지 날아오는 게 아닐까. 자신만의 서사적인 여정을 만들어 갈 수 있는 곳, 부탄의 특별함은 바로 그런 거다.

흠잡을 데 없이 아름다운 아침을 맞으면서 나는 길게 기지개를 켜고 본격적인 하루를 시작했다. 밖으로 나오니 우기가 가까워져 먹구름이 조금 끼어 있었다. 비는 내리지 않지만 안개가 짙게 낀 아침, 그것은 서늘하면서도 축축한 느낌이었다. 하지만 한없이 고요해서 나쁘지 않았다. 나는 시리얼과 오믈렛 정도로 아침을 간단히 먹고 일찌감치 여정을 시작했다. 낯선 세상을 구경할 기대에 흠뻑 빠진 나는 가이드 젬배와 운전사 초키를 향해 다소 들뜬 목소리로 말을 걸었다.

"오늘은 나를 어디로 데려다줄 건가요?"

"부탄에 오셨으니 먼저 빅부다(Big Budda)를 만나셔야죠."

"빅부다라고요?"

"수도 팀푸가 한눈에 내려다보이는 곳에 빅부다가 있어요. 오늘은 쿤젤 포드락 파크(Kuensel Phodrang Park)에서 시작합니다."

나는 뒷좌석에 앉은 채로 빅부다의 크기를 한번 떠올려봤다.

잘 가늠이 되지 않았다. 불교 신자가 아닌 나로서는 사찰에 갈 일이 거의 없었기 때문이다. 그렇게 무엇도 가늠할 수 없는 아련함을 안고 우리는 고도 수천 미터의 산길을 올랐다. 얼마나 달렸을까. 창밖을 무심히 바라보는데 저만치 거대한 상이 눈에 들어왔다. 보는 순간 내 마음을 강하게 사로잡은 그것은 점배가 말한 '빅부다'가 틀림없었다. 수도 팀푸가 한눈에 내려다보이는 산자락에 자리 잡은 빅부다는 마치 세상을 내려다보고 있는 듯 어마어마한 아우라를 풍겼다.

"점배, 부탄은 불교국가지요?"

"맞아요. 부탄은 제정일치의 불교국가예요. 그리고 부탄의 가정집에는 대부분 초솜(Choshom)이 있죠."

"초솜이 뭐예요?"

"불교식 제단을 꾸며 놓은 방이에요. 부탄 사람들은 매일 아침 정화수를 올리고 기도를 해요."

부탄 사람들은 이런 방을 꾸미는 데 소득의 많은 부분을 투자한다고 점배가 덧붙였다. 여윳돈이 생기면 정성이 한껏 들어간 불상을 제작하는 데 주저하지 않는 부탄 사람들. 사실 신을 모시고 제물을 올리는 것은 어디서나 볼 수 있는 흔한 장면이지만, 내가 부탄 사람들에게 놀란 부분은 다른 데 있다. 다름 아닌, 그들의 기도 스케일이다. 기도에 무슨 스케일이 있나 생각하겠지만, 그들은 보통사람들과는 조금 다른 생각을 가진 것 같다.

"부탄 사람들이 매일 드리는 기도가 뭔지 아세요?"

수도 팀푸에 있는 국립메모리얼초르텐.
3대 국왕이 서거한 후 그의 어머니가 자식을 기리며 세운 불탑이다.
부탄 사람들은 이 탑을 빙빙 돌면서 기도를 하고 하루를 맞이한다.

"글쎄요. 가족에 대한 걱정? 재물에 대한 기도?"

"틀렸어요. 자신의 부귀영화도 아니고 자식이 잘되길 바라는 것도 아닌 오로지 자연이 그대로 있기를 원하는 기도예요."

"자연이 그대로 있기를 원한다고요?"

"산이 거기에 있고, 별이 그 자리에 있으며 인간이 자연에 해를 끼치지 않기를 바라는 기도요."

"아! 부탄 사람들의 기도는 사사로운 욕심이 아니군요. 대자연과 우주에 대한 기도라니……. 정말 특별한 사람들이에요."

더욱이 부탄 사람들은 자기 자신이 아닌 남을 위해 기도한다고 했다. 생존을 위해 치열하게 물고 뜯으며 살아가야 하는 현대인들은 남을 생각하고 배려할 만한 마음의 여유가 없다. 이미 많이 가졌음에도 더 많은 것을 누리려는 사람들로 넘쳐나는 세상이 된지 오래이기 때문이다. 그런데 아파트 평수를 넓혀가고자 하는 기도가 아닌, 내 자식이 좋은 대학에 가길 바라는 기도가 아닌, 그저 하늘과 별이 제자리에 있길 바란다는 그들의 기도는 내게 엄청난 감동을 안겨주었다. 부탄에 다녀와서 이 나라에 푹 빠진 누군가는 이런 말을 했었다.

"부탄 사람들이 하는 가장 작은 기도가 뭔지 아세요?"

"작은 기도요? 글쎄요……."

"세상에서 제일 작은 기도가 인류 평화나 전쟁에 관한 것들이라고 해요. 얼마나 스케일이 큰 사람들인지 짐작이 가나요?"

이 작은 체구의 몸으로 그들은 어쩌면 저리 큰 생각을 품을 수 있을까? 영화로 치면 부탄 사람들의 마음가짐은 블록버스터급인 셈이다. 나는 멀찌감치 서서 빅부다를 바라보며 이런저런 상념에 빠졌다. 왜 우리는 오로지 나 자신, 혹은 가족, 그리고 내게 이익이 되는 집단만을 위해 기도하는가. 문득 겁이 나기도 했다. 나이가 들어간다는 것은 이렇게 괴물이 되어가는 걸까. 그렇다면 나이만 먹고 욕심으로 배가 터진 괴물이 되지 않기 위해 나는 앞으로 어떻게 살아가야 할까. 이것은 부탄으로 떠나오기 전에 스스로에게 했던 질문이기도 하다.

그저 바라보는 것만으로도 빅부다는 나를 상당히 움츠러 들게 했다. 그것은 빅부다를 둘러싼 압도적인 자연 때문인지도 모르겠다. 나는 그 거대한 불상 앞에서 내가 얼마나 작은지, 내가 얼마나 어리석고 모자란 인간인지 앞으로 알아가야 한다는 것을 감지했다. 어쩌면 빅부다는 부탄 여행에서 앞으로 내가 맞닥뜨릴 상황에 대한 예고였는지도 모른다. 부탄은 모든 것을 비워내고 가겠다는 내 예상과는 달리 평온한 여행이 아닌 아찔한 여행이 될지도 모르겠다.

팀푸 시내를 한눈에 조망할 수 있는 높은 산 능선에 위치해 있는 부다 포인트.
세계에서 가장 큰 청동 불상으로 높이가 무려 51.5m에 이른다.

타임슬립,
과거로 가는 시간여행 1

: '부탄 축구'의 아버지 고 강병찬 감독을 찾아서

삶의 가장 큰 즐거움은 좋아하는 일을 하는 것이다. 내가 좋아하는 것들을 가만히 떠올려 본다. 맛있는 음식을 누군가와 함께 먹는 것을 좋아하고 밥을 먹는 그 자리가 상대방에게 속을 꺼내 보일 수 있는 자리라면 더없이 좋다. 그리고 한 가지 더 꼽아 보자면 나는 갑작스럽게 어딘가로 떠나는 것이 너무 좋다. 물론 그런 것들을 하려면 적당한 돈이 필요하다. 그래서 나는 지금 하는 일도 좋아할 수밖에 없다. 돈은 항상 부족하지만 일손을 놓지만 않는다면 생계를 이어갈 수 있을 만큼의 벌이는 가능하니까. 부자가 될 확률은 희박할지라도 최소한 내가 하고 싶은 일을 하면서(가끔은 맛있는 것도 사먹고) 살 수는 있다.

　이번 부탄 여행이 특별한 이유는 내가 좋아하는 모든 것들을 한꺼번에 할 수 있는 기회가 주어졌다는 점이다. 이런 행운은 우연히 오는 것일까, 아니면 운명처럼 오는 것일까. 어쨌든 부탄이라는 나라가 내게로 왔고, 나는 그곳으로 가야만 한다. 낯선 나라에 가서 부탄 축구의 아버지로 불리는 한 남자의 흔적을 찾아보라는 미션이 내게 주어진 것이다.

"김 작가, 혹시 고(故) 강병찬 감독을 알아요?"

"강병찬 감독이요? 글쎄요, 그분이 누구죠?"

EBS의 환경 다큐멘터리를 준비하면서 부탄의 유기농법에 관심을 가지고 있던 나는 한 출판사 대표의 소개로 김한영 영사님을 만나게 되었다. 백발이 성성한 그분은 사람 좋은 웃음을 지어보이며 부탄에 관한 이런저런 이야기를 전해주었는데, 한창 분위기가 무르익자 영사님이 불쑥 꺼내놓은 이야기가 강병찬 감독의 영화 같은 삶이었다.

"나는 그를 떠올리면 마음이 그렇게 짠할 수가 없어요. 김 작가, 우리는 왜 그런 사람을 기억하는 데 소홀할까요?"

예상치 못한 질문이었다. 나는 강병찬 감독이 누군지 알지 못했고 축구를 비롯한 스포츠에 그다지 관심이 없는 사람이라 축구 감독의 이야기는 별로 달갑지 않았다. 그런데 그 감독이 파견된 나라가 부탄이라면 얘기가 달라진다. 나는 '어떻게 하면 부탄에 한번 가볼 수 있을까' 날마다 궁리할 만큼 부탄이라는 나라의 매력에 푹 빠져 있던 참이었다.

"김 작가가 강병찬 감독의 흔적을 찾아보면 어때요? 다큐멘터리 작가니까 얼마든지 가능한 일 아니겠어요? 한국 사람들의 기억에서 사라져버린 이야기, 하지만 부탄 사람들의 가슴에는 여전히 남아 있는 이야기……. 어때요? 흥미롭지 않아요?"

목 아래에서 무언가 턱, 걸리는 기분이었다. 기억 속으로 사라진 한 남자의 기적 같은 이야기가 나에게 어떤 질문을 던져줄 수 있을 거라는 확신이 들었다. 나는 영사님과 헤어져 버스를 타고 돌아오는 길에 창밖으로 오가는 중년 남자들을 눈여겨 보았다. 그들의 삶은 매 순간 선택의 기로에 서 있다. 강병찬 감독은 어째서 그 멀고 낯선 나라 부탄까지 날아가게 되었을까? 그런 생각을 하니 맥박이 빨라지기 시작했다. 몸과 마음이 동시에 반응하는 이야기, 그것은 내가 오래도록 찾던 이야기였다.

한국 사람들의 기억에는 이제 거의 존재하지 않는 강병찬 감독의 이야기는 2002년으로 거슬러 올라간다. 브라질과 독일의 한·일 월드컵 축구 결승전이 열린 2002년 6월 30일, 국토의 대부분이 산악지대인 축구변방 부탄의 수도 팀푸에서는 아주 의미 있는 경기가 열렸다. 당시 국제축구연맹(FIFA) 랭킹 202위의 부탄과 카리브 해의 영국령 '몬세라토'가 벌이는 맞대결, 바로 '꼴찌들의 월드컵'이라 불리는 이색적인 경기였다. 이날 11명의 부탄 축구선수들은 난생처음 4:0이라는 스코어로 승리를 거머쥐고 다함께 눈물을 쏟았다. 그날은 바로, 그들을 여기까지 이끌어온 수장인 한국인 강병찬 감독의 49재 날이었다. '지구에서 가장 행복한 나라'로 불리는 부탄에서는 지금까지도 고(故) 강병찬 감독을 '부탄 축구의 아버지'라고 부르고 있다.

FIFA 역사상 유례없는 감독 없이 선수들끼리 치른 경기이자 승자도 패자도 없는 '꼴찌들의 월드컵'은 당시 많은 축구팬들의 마음을 벅차게 했다. 하지만 지금 어디에서도 강병찬 감독에 대한 이야기를 하지 않는다. 언제부턴가 우리는 개그 프로그램의 대사처럼 일등만 기억하는 세상이 되었다. 그때는 3월 초순이었고 시간은 미끄러지듯 흘러가 어느새 5월이 다가왔다. 나는 몇 달 만에 반가운 소식을 들고 부탄 영사님에게 전화를 걸어 내 결심을 전했다.

"영사님, 저 부탄에 가기로 했어요!"

"정말이에요? 김 작가가 강병찬 감독의 흔적을 찾아가겠다, 이 얘기인가요?"

부탄 영사님이 되물었다. 믿을 수 없다는 감정이 실려 있는 질문이었다.

"네, 맞아요. 제가 한번 찾아가 보려고요. 마침 다큐멘터리 트레일러 제작을 지원하는 단체가 있는데 제가 운 좋게도 약간의 금액을 지원받게 되었어요."

"정말 잘 되었네요. 내가 도울 수 있는 건 뭐든지 돕겠어요, 김 작가."

사실 바쁜 와중에서 어렵사리 계획한 이번 부탄 여행은 강병찬 감독이라는 흥미로운 스토리를 찾아간다는 다큐멘터리 기획으로 실현 가능했다. 그때 나는 한 해 한 해 지날수록 더욱 팍팍해지는 삶에 대한 고민에 지쳐 있었고 그때의 나에게는 어떤 이

정표 같은 것이 필요했다. 삼십대는 어떻게 지나갔는지도 모르게 쏜살같이 사라져버렸고, 마흔을 코앞에 둔 나는 앞으로 어떻게 살아야 하나에 대한 고민이 절박해지고 있던 시점이었다.

그것은 '삶의 방식'이라는 주제에 대해 생각해 보는 일이기도 했다. 조금 더 정확히 말하면 '공동체가 무너진 시대에 걸맞는 삶의 방식은 없을까' 하는 문제라고 말할 수도 있다. 물론 그런 문제에 대한 답을 부탄에서 찾게 될 거라고 장담할 수는 없지만

가난해도 행복한 나라는 어떤 곳인지 나는 직접 눈으로 확인하고 싶었다. 1960~70년대 한국과 유사한 모습을 간직하는 나라, 부탄. 그 나라를 바라보면 우리가 잃어버린 것이 무엇인지 알 수 있지 않을까? 최근 본 어떤 영화에서는 쿠키와 차를 마시면서 과거로 돌아가는 경험을 한다. 타임슬립(Time-Slip)! 과거로 가는 시간여행, 부탄 여행이 내게 무엇을 가져다줄지 기대하며 나는 스르르 눈을 감는다.

누구나 행복한 사람이 되는 곳
마음을 멈추고 부단을 간다

2장

세 상 에 서
가장 행복한
사 람 들

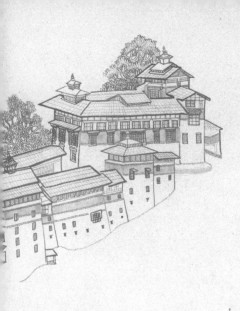

선한 길은 쉽다.

그렇지만 악이 되는 길은 항상 험난하다.

- 부탄 속담

시 간 은 그 대 로 ,
언 제 나 사 람 이 변 한 다

강병찬 감독님의 흔적을 찾아 부탄에 온 지 며칠째, 여기저기
섭외 연락을 취해 놓았지만 기다림은 생각보다 길어졌다. 마냥
시간을 버리고 주저앉아 있기엔 부탄의 공기가 너무 달콤해서
우리 일행은 조급함을 내려놓고 수도 팀푸의 시내 구경을 나서
기로 했다.

　하지만 오전 9시, 점배는 오늘도 약속 시간보다 10분 늦게 도
착했다. 하지만 부탄 사람들의 남다른 시간관념에 대해 익히 들
어온 터라 불쾌하지는 않았다. 그들에게 5분, 10분 정도의 시간
은 중요한 문제가 아니다. 시계 속의 시간이 아닌 자신들만의
시간을 사는 사람들이니까. 그것은 우리 선조들이 '보름달이 뜨
면 만나요'라고 약속하는 것과 같은 의미이다. 그나마 외국 관
광객들을 상대하는 점배 같은 가이드들은 시간관념이 철저한

편이다. 그럼에도 부탄 사람인 점배 역시 매번 약속시간을 조금씩 어기며 등장했다. 늦었다고 해서 뛰어오는 경우도 없다. 저만치서 뒷짐을 지고 천천히 걸어오다가 나를 발견하면 미소를 지으며 손을 흔드는 정도였다. 그래도 이상스레 전혀 얄밉게 느껴지지 않았다. 나 역시 그들의 여유로움에 동화되고 있는 걸까. 부탄에 온 지 3일째 되는 날, 어느덧 내 입에서는 불평 한 마디 흘러나오고 있지 않았다.

"자, 이제 팀푸 다운타운으로 출발합니다!"

운전기사 초키가 기분 좋게 목소리를 높였다. 초키는 삼십대 초반의 유부남이다. 아이가 둘이라고 했고 아내와는 맞벌이 중인데 자식을 더 낳지는 않을 거라고 했다. 그 이유는 일과 살림 두 가지를 병행하기가 힘들기 때문이라고 했다. 모계사회의 전통이 남아 있는 부탄에서는 가정에서 여성의 목소리가 더 크다. 살림이나 요리도 남자들의 몫인 경우가 많다. 초키는 주로 육아와 요리를 전담한다고 한다. 세상에, 요리가 전담인 남편이라니! 나는 뭔가 의미 있는 질문을 하고 싶었지만 능숙하지 않은 영어 때문에 거기서 그만 접어야 했다. 대신 양쪽 엄지손가락을 치켜드는 걸로 육아독립군 초키에게 경의를 표했다. 덩치에 어울리지 않게 목소리가 가늘고 정이 많은 초키는 작은 칭찬에도 무척 기뻐하며 얼굴을 붉혔다. 무뚝뚝하고 자존심이 센 한국 남자들이 그들의 상냥함을 배운다면 얼마나 좋을까. 상냥한 남자, 생각만 해도 입 꼬리가 스윽 올라간다.

부탄 다운타운가에 대한 기대에 부풀어 나는 창밖을 내다보았다. 길 양쪽으로 서 있는 나무들과 고풍스러운 멋을 풍기는 건물들이 눈에 들어왔다. 점배가 손으로 앞을 가리키며 뭐라고 길게 설명했다. 나는 눈을 가늘게 뜨고 그가 가리킨 방향을 주시해 보았지만 점배의 말을 다 알아들을 수가 없었다. 아마도 일상적인 단어가 아닌 부탄 전통에 대한 이야기인 듯했다. 그럴 때면 우리는 종종 침묵 속으로 빠져들었다. 상대방의 침 넘기는 소리가 들릴 정도로 조용한 그 시간은 한편으로는 고통스러운 반면 여러 상념을 갖게 하는 소중한 시간이었다. 특히, 차창 밖으로 보이는 풍경을 아무 소음 없이 바라볼 수 있다는 것은 우리 일상에서 발견하는 최고의 호사가 아닐까. 이 도로는 차들의 전유물이 아니라 사람의 도로이자 보다 명확히 말해서 살아 있는 것들의 도로이다. 그러니까 사람뿐 아니라 동물들(소나 개 혹은 닭들)이 갑자기 도로에 뛰어들기라도 하면 차들은 속도를 줄이고 그저 뒤따라가는 수밖에 없다. 그런 웃지 못할 풍경들을 어떤 소음도 없이 고요히 바라볼 때면 마치 무성영화라도 보고 있는 듯한 기분이 든다.

또 하나 시선을 잡아끄는 것은 부지런히 길을 오가는 사람들의 모습이다. 이곳 사람들의 유일한 이동 수단(차를 소유하고 있는 부탄 인구는 극소수이다)은 걷기인데, 가파른 산비탈이든 구릉지에서든 쾌활한 표정과 몸짓으로 부지런히 걸어가는 부탄 사람들을 만날 수 있다. 신기한 것은 꼬불꼬불 가파른 비탈길을 오르는데도 누구하나 얼굴 찡그리는 사람이 없었다. 나는 갑자기 궁금해서 점배에게 물었다.

"점배, 부탄 사람들은 왜 모두 걸어 다니죠?"

"자가용을 가지고 있지 않으니까요."

"왜 차를 사지 않아요?"

"차가 너무 비싸니까요."

"한국에는 36개월 무이자 할부 같은 제도가 많이 있어요."

"아뇨, 부탄 젊은이들은 신용카드를 쓰지 않습니다. 자기가 번 돈에 맞게 쓰고 저축하는 게 좋은 거니까요."

"아, 그럼 신용카드나 대출 같은 게 없다는 말인가요?"

"아예 없다기보다는 정부에서 그런 걸 권장하지 않아요. 벌지도 않은 돈을 미리 당겨서 쓴다는 게 권장할 만한 일은 아니잖아요."

나는 머리를 얻어맞은 것처럼 잠시 할 말을 잃었다. '벌지도 않은 돈을 당겨서 쓴다'는 점배의 말이 경제학 박사들이 주장하는 이론보다 명확하게 다가왔기 때문이다. 우리의 월급 통장에서 버스 정류장처럼 돈이 스쳐가는 이유는 우리가 신용카드로 미리 당겨쓴 탓이다. 일상생활 깊숙이 침투해 있는 자본주의가 파놓은 함정들, 적어도 소비에 대한 태도는 부탄 사람들이 우리보다 훨씬 더 이성적이었다.

가파른 비탈길을 몇 번 오르내린 끝에 수도 팀푸를 가로지르는 팀푸 강(Thimphu River) 근처에 도착했다. 때 묻지 않은 청

세계 유일의 교통신호등이 없는 수도, 팀푸.
경찰관의 절도 있는 손놀림만으로도 교통정리는 충분하다.

정 자연으로 유명한 부탄은 수도를 가로지르는 강마저도 청아한 초록빛을 띠고 있다. 거기서 한강의 물빛이 떠오른 건 어쩌면 당연한 일이 아닐까. 대체 무엇이, 어떤 속도가 우리의 물빛을 그렇게 바꾸었을까? 비단 물빛만이 아니다. 사람들의 낯빛도 너무나 바래버렸다. 약 110년 전인 1904년, 프랑스의 여행가 조르주 뒤크로(Georges Ducrocq)가 쓴 『가련하고 정다운 나라 조선』이라는 책에서 그는 조선 사람들을 이렇게 표현했다.

> 얼굴 표정은 온화하며 눈은 꿈을 꾸는 듯하고 행동에는 무사태평과 관용이 엿보인다. 조선인이라면 누구나 자신의 집과 따뜻한 화로, 자신만의 삶이 있다. 소박한 일상 속 넘치는 행복, 가진 것이 별로 없어도 행복한 사람들이다.

100년의 시간이 흐르는 사이, 우리에겐 무슨 일이 일어난 것일까. 우리는 왜 관용이 넘치는 온화한 얼굴에서 남을 짓밟고 올라서도 좋은 욕심 가득한 얼굴이 되었을까. 그리고 우리는 왜 성공했음에도, 끊임없이 불안할까. 팀푸 강을 바라보는데 목에 뭔가 걸린 것처럼 답답한 기분이 들었다. 굳이 100년까지 갈 것도 없다. 우리 부모님 세대까지만 거슬러 올라가도 지금의 부탄 사람들처럼 그들은 자연과 더불어 만족하며 살았을 터이다. 우리에게 일어난 이 엄청나고 무서운 변화가 불과 몇십 년 만에 이뤄진 일인 것이다. 우리가 불안하다면 그것은 속도 때문이라는 생각이 들었다. 부탄에 대해 아직 잘 알지 못하지만 적어도 그들이 우리와 같은 길을 걷지 않았으면 좋겠다는 생각이 들었다. 누군가는 내게 배부른 소리라고 말할지 모르겠다. 하지만 진심이 그러하다. 순박하고 여유로운 저들의 얼굴이 불안과 탐욕의 얼굴로 변화하지 않기를 간절히 바랄 뿐이다. 10년 후, 혹은 20년 후에 내가 부탄에 다시 오게 된다면 부탄 사람들은 어떻게 될까? 나는 점배가 은연중에 던진 말을 떠올렸다.

"부탄도 변하고 있어요. 시간은 언제나 그대로지만 사람은 변하니까요."

"사람이 변한다는 건 어떤 의미죠?"

"이미 TV와 인터넷이 개통되었고 휴대전화 보급률도 높아졌어요. 그만큼 의사소통이 현대화되고 있으니까 우리에게도 변화는 당연한 거라고 생각해요."

"그럼 이제 부탄 사람들도 경쟁으로 몸살을 앓게 될까요?"

"그건 모르는 일이죠. 하지만 우리는 불교의 가르침을 잊지 않을 거라고 생각해요. 지금 삶은 잠깐이고, 죽음을 맞는 순간 아무것도 가져갈 수 없다는 걸 아주 어릴 때부터 부모님과 선생님으로부터 배워왔으니까요."

점배의 표정은 사뭇 비장하기까지 했다. 그는 겨우 스물여섯 살의 청년이다. 저 나이 때 나는 나 자신밖에 보이지 않았다. 그런데 점배는 삶과 죽음까지 생각하고 있다! 입을 야무지게 다문 점배의 표정에서 부탄 사람들의 확고한 철학이 엿보였다. 물론 점배 한 사람의 다짐만으로 되는 일은 아니겠지만 적어도 부탄이라는 나라는 근대화의 물결 속에서도 속도를 조절할 수 있을 거라는 확신이 들었다. 나는 수도 팀푸를 가로지르는 초록빛 강 너머를 바라본다. 끝없이 늘어선 전통방식의 건물들과 멀리 보이는 성곽, 여기가 바로 부탄의 수도 팀푸다.

지금 부탄인에게는 누구나 자신의 집과 따뜻한 한 잔의 차, 그리고 소박한 일상이 있다. 친절하고 우아하며 악함이라고는 찾아볼 수 없는 그들의 온화한 얼굴을 부디 오래도록 간직하기를 바란다. 예전에는 작은 시골 마을에 지나지 않았던 팀푸는 이제 인구 10만이 넘는 부탄 최대 도시로 자리매김했다. 나는 둥글게 휜 허리를 늘어뜨리며 조용히 흘러가는 팀푸 강을 눈에 새긴다. 5년 뒤, 10년 뒤의 부탄이 궁금하기 때문이다. 다시 왔을 때 저 강이 여전히 청아한 푸른빛을 띠고 흐른다면, 그것은 진정 아름다운 기적일 것이다.

첫 만남,
열 두 살 소 년 점 소

공식적으로 부탄 여행의 성수기는 9~10월이다. 수도 팀푸를 비롯해 자연 그대로의 모습을 간직한 붐탕, 그리고 어느 산간 지역을 가더라도 다양한 볼거리가 있는 축제가 열리는 시기이기 때문이다.

누군가 내게 부탄 방문에 좋은 시기를 묻는다면, 그럼에도 나는 주저 없이 6월이라고 대답할 것이다. 9월의 부탄을 잘 몰라서 하는 소리일 수도 있겠지만, 부탄의 맨얼굴과 마주하고 싶은 사람이라면 6월이 제격이다. 본격적인 우기에 접어들기 직전의 계절, 어디를 가더라도 산자락에 걸린 구름이 산등성이를 타고 하얗게 솟아오르는 광경을 만날 수 있기 때문이다. 왜 그런지 나는 그런 경계의 시간이 끔찍이도 좋다. 고요하게 숨죽인 새벽에서 아침으로 넘어가려는 찰나, 혹은 늦여름에서 초가을로 향

창리 미탕 국립 스타디움. 축구는 부탄에서 가장 인기 있는 스포츠 가운데 하나이다.

하는 길목 같은, 그런 시간을 나는 몹시 사랑한다. 6월의 부탄은
적당히 딱 좋은 날씨가 계속 이어진다. 여행 비수기라 관광객들
도 거의 없고 비가 종종 내리면서 안개가 짙게 낀 서늘한 느낌
이 축축하면서도 오묘한 느낌을 주곤 한다.

　이런 자욱한 날씨는 어쩐지 운명적인 만남을 예감케 한다. 부
탄에서 만난 열두 살 소년 새롭 점소, 그 녀석과의 만남은 6월
의 안개처럼 희미하게 운명처럼 다가왔다.

　구름인지 안개인지 자욱한 부탄의 아침 풍경에 익숙해질 즈

음, 우리 일행은 국가대표 축구팀이 연습 경기를 한다는 왕립 축구장에 가보기로 했다. 호텔에서 나와 시내를 가로질러 가자 드넓은 축구장이 눈앞에 펼쳐졌다. 경기장을 보고 나는 입이 떡 벌어졌다. 우선 푸른 잔디 구장을 둘러싼 건물의 위용이 남달랐다. 그것은 경기장에서 흔히 볼 수 있는 회색 건물이 아니었다. 빨강, 노랑, 파랑으로 장식된 부탄의 느낌이 충만해서 참 멋스러웠다. 우리는 점배를 따라 축구장 안으로 들어갔다. 경기가 없는 날이라 경기장은 한산했고 몇몇 아마추어 선수들만 몸을 풀기 위해 드넓은 잔디 위를 오가고 있었다.

그때 어디선가 아이들의 목소리가 들려왔다. 나는 본능적인 끌림으로 뒤를 돌아다 보았는데 저만치에서 남자 아이 세 명이 축구공을 들고 걸어오고 있었다. 대략 열 살 정도 되어 보이는 녀석들은 갈색 빛깔의 '고(GHO)'를 단정하게 차려입은 차림새였는데 그들도 우리가 신기했는지 흘끔흘끔 보면서 장난스럽게 웃고 있었다.

"점배, 아이들이 이곳에 무슨 일로 왔어요?"

"글쎄요, 가까이 가서 한번 물어볼까요?"

점배는 소년들을 향해 이쪽으로 와보라는 손짓을 했다. 아이들은 함박웃음을 지으며 성큼 다가왔다. 나는 서툰 영어로 말을 걸었다.

"안녕, 너희들 몇 살이니?"

"안녕하세요, 우린 열두 살이고 모두 같은 반이에요."

"이 근처에 살고 있니?"

"아니요. 저희 집은 여기서 한 시간 정도 걸어야 해요."

내가 뻔한 질문을 하고 있다는 걸 알았지만 짧은 영어 실력 때문에 더 이상 깊은 대화를 나눌 수 없어 안타까웠다. 결국 점 배가 나서서 이런저런 이야기를 나누고는 내게 알아듣기 쉽게 전달해 주었다.

"아이들은 종종 여기까지 걸어온대요."

"굳이 여기까지 와서 축구를 하는 이유가 있어요?"

"잔디 구장에서 뛰는 게 좋은 거겠죠. 그리고 부탄 아이들은 한두 시간쯤 걷는 건 별일 아니라고 생각해요."

한국의 도시 아이들이 생각났다. 한 시간은커녕 10분 거리의 학원도 엄마들이 차로 태워 데려다주고 끝나자마자 집으로 데려오는 것이 일상이 된 가련한 아이들……. 학교 수업이 끝나고 남은 시간을 자유롭게 보내는 부탄 아이들이 대견했고, 아이들의 로드 매니저로 전락하지 않은 부탄의 젊은 엄마들이 부러웠다. 물론 그녀들은 남는 시간 동안 소를 몰아야 하고, 치즈를 만드는 등의 다른 일거리로 바쁘겠지만 적어도 내 아이를 남의 아이와 비교하는 일 따위로 시간을 보내지는 않는다. 더욱이 집안일은 남편이 도맡아 하는 경우가 대부분이다. 나중에 부탄 여자들에 대해 좀 더 자세히 이야기하겠지만, 그들은 정말 현명하고 의지가 강한, '쿨한 여자들'이다.

"여기요! 공을 던져 주세요!"

이런저런 생각이 오가는 사이 아이들이 차고 놀던 공이 내 발 앞에 떨어졌다. 아이들 중 한 녀석이 이쪽을 향해 손을 흔들면서 공을 보내달라는 신호를 보냈다. 나는 공을 힘껏 발로 찼지만 빗나가서 그만 엉뚱한 곳으로 날아가버렸다. 녀석들은 그런 내가 우스웠는지 자기들끼리 키득거리다가 성큼 다가와서는 슛하는 동작의 시범까지 보여주었다. 나는 불현듯 궁금해졌다.

"여기서 넘버원은 누구니?"

누가 가장 축구를 잘하느냐는 나의 물음에 아이들은 난감한 표정을 지으면서도 동시에 한 친구를 지목했다.

"네가 축구를 가장 잘하는구나? 이름이 뭐야?"

"새롭 점소."

"점소? 아주 멋진 이름이네?"

대단한 칭찬도 아닌데 점소는 얼굴이 발그레해졌다. 사실 부탄에 와서 이상하게 생각된 것 중 하나는 소개받는 사람들의 이름이 거의 비슷했다는 점이다. 가장 많이 접한 이름은 도르지, 잼베이, 잠쇼, 초키다였다. 나중에 알게 된 바로는 다섯 개 정도만 더 외우면 부탄 사람의 이름을 거의 다 알게 된 거나 마찬가지라고 한다. 점소와 친구들은 우리를 향해 손을 흔들더니 이내 경기장으로 뛰어갔다. 아이들은 체육복을 입지도 않았고 편한 복장으로 갈아입지도 않았는데 전통의상인 고를 입고 그렇게 잘뛸 수가 없었다. 고는 앞에서 옷깃을 여며서 옆으로 겹쳐 끈으로 묶어야 하는 묵직한 의상이다. 어른도 아닌 아이들이 전통의상을 입고도 거리낌 없이 뛸 수 있다는 것이 나로서는 마냥 신기했다. 집중해서 바라보는 나를 향해 점배가 한마디 건넸다.

"부탄 사람들에겐 이 옷이 가장 편하거든요."

점배는 자기가 입고 있는 고의 옷자락을 살짝 들어보였다. 그의 표정에서는 자부심 같은 것이 느껴졌고, 그것은 과장됨 없이 진심으로 느껴졌다. 아마도 부탄 사람들은 유명 브랜드의 옷보다 자기들의 전통의상을 최고로 여기는 것임에 분명했다. 내 시선은 푸른 잔디 위를 뛰고 구르는 아이들에게로 옮겨졌다. 그리고 녀석들이 고개를 돌릴 때마다 한국에 있는 우리 아이 생각이 났다.

지금쯤 내 아이는 학교에서 돌아와 영어 학원으로 향하고 있을 시간이었다. 부탄 아이들처럼 수업이 끝나면 마음 맞는 친구들끼리 한 시간씩 걸어와 축구도 하고 뛰어놀았으면 좋겠다는 생각이 들었다. 우리나라에서는 이제 학교 끝나고 놀이터로 향하는 아이들을 좀처럼 찾아보기 힘들다. 학원 시간 외에 굳이 놀려면 친한 엄마들끼리 연락을 취해 삼삼오오 모여 노는 방식으로 친구를 사귀는 일이 많다. 그러니 처음부터 아이들 스스로 친구를 선택할 자유나 자신과 잘 맞는 아이를 찾아낼 능력을 기를 기회가 많지 않다. 엄마들끼리 친하거나 같은 학원을 다니는 아이들끼리 잠깐씩 짬을 내어 노는 경우가 대부분이다. 내가 한창 뛰어놀던 80년대까지만 해도 학교가 끝나기 무섭게 친구들은 가방을 집어던지고 몰려나와 해가 질 때까지 열심히 뛰어놀았다. 그래서 지금 내 아이의 생활을 들여다보면 자꾸만 '이래

점소(맨 오른쪽)와 그 친구들.
TV도, 게임도, 인터넷도 없지만 부탄 아이들은 스스로 놀이를 찾고 어울리며 신나게 뛰어논다.
땀 흘려 맘껏 놀고 난 후 아이들의 표정에는 만족감이 드러난다.

도 될까' 하는 씁쓸한 마음이 든다.

나는 부탄 아이들의 활기 있고 생생한 모습을 한참동안 바라보았다. 공 하나로 부탄 아이들은 시간 가는 줄 모르고 실컷 뛰어 놀았다. 두 친구의 지목대로 특히 점소의 활약이 돋보였는데 그 녀석은 축구공을 자유자재로 다루는 폼이 보통 놀아본 솜씨가 아니었다. 왕복 두 시간 거리를 걸어오고도 저렇게 열정적으로 뛰어놀 수 있다니! 나는 아이들이 지쳐 보이는 틈을 타서 조금 가까이 다가갔다.

"힘들지 않니? 축구가 그렇게 재미있어?"

"네. 우리는 축구를 아주 좋아해요."

"그럼 축구 선수가 되겠구나!"

"그럴 수도 있지만 과학자가 될지도 몰라요."

"과학자? 대단하다! 너는 꿈이 뭐니?"

"저는 아티스트가 되고 싶어요."

"맞아요, 얘는 그림을 잘 그리거든요."

세 녀석들은 미래의 꿈에 대해 이야기하면서 여러 번 눈빛이 반짝였다. 매일 학교까지 한 시간씩 걸어가는 아이들, 학교 수업이 끝나면 축구를 하기 위해 또 한 시간씩 걷기를 주저하지 않는 아이들. '과연 이 아이들이 만들어갈 능동적인 세상과 어른들이 정해준 대로 쫓아가는 우리 아이들이 만들어가는 세상 중 어떤 게 진짜일까' 하는 아찔한 의문이 들었다. 나는 이 아이들이 다니는 학교는 어떤 곳인지, 선생님들은 또 어떤 모습으로 아이들의 꿈을 함께 그려가고 있을지 몹시 궁금해졌다.

"점소, 우리 또 만날 수 있을까?"

"물론이죠. 저는 팀푸에 있는 초등학교에 다니고 있어요. 우리 학교에 놀러오세요."

점배는 아이들의 학교와 위치 등을 메모하고, 점소 부모님의 연락처를 받아 적었다. 다시 만나기로 약속했지만 아이들은 아쉬움이 가득한 눈빛을 보이며 손을 흔들었고, 나는 갑자기 뭐라도 주고 싶어 아이들을 불러 세웠다. 나는 한국에서 사온 태극 문양이 새겨진 열쇠고리를 아이들에게 한 개씩 나눠주고 한 번씩 안아주었다. 점소는 그 열쇠고리가 어디에 어떻게 쓰이는 물건인지 몰라 고개를 갸웃했고, 나는 고리를 들어 보이며 문을 잠글 때 쓴다고 설명해 주었다. '혹시 대문 열쇠라는 것이 필요 없는 동네인가?' 하는 생각이 머리를 스쳤지만 더 이상 묻지 않았다. 아이들은 열쇠고리 한 개씩을 손에 들고 우리가 사라질 때까지 손을 흔들어 주었다.

어릴 때 학교 가는 나에게 엄마가 손을 흔들어주던 것이나, 한창 연애할 때 사랑에 빠진 남자가 내게 손을 흔들어주던 것 말고 누가 나와의 이별을 그토록 아쉬워한 적이 있었던가! 이제는 기억도 나지 않는 먼 이야기들이 떠올랐다. 부탄은 불현듯 이렇게 예기치 않은 감동을 안겨준다. 그것은 여행지에서 만날 수 있는 흔한 쇼핑이나 체험과는 다른, 무척 오랜만에 느껴보는 가슴 벅찬 순간이었다.

목 숨 에 　관 하 여

열 살 즈음이었던 것 같다. 1980년대 단독주택에는 다락방이
있었는데 당시 내 취미는 아무도 없는 그곳에서 〈보물섬〉 같은
만화잡지를 읽거나 「국어사전」을 뒤지는 것이 취미였다. 학교
주변의 담벼락에 붙은 영화 포스터에 박힌 야릇한 단어나 TV
뉴스를 타고 흘러나오는 생소한 낱말 등이 나의 주 검색 대상이
었는데, 어느 날 드라마를 보다가 주인공이 내뱉은 대사 한마디
에 나는 마음을 빼앗겼다.
　"내 목숨이 붙어 있는 한, 당신을 사랑하겠어요."
　왜 그랬는지 모르겠지만 그날 TV 드라마에 등장한 '목숨'이
라는 단어는 겨우 열 살 남짓이던 내게 엄청난 무게감과 비장함
으로 다가왔다. 나는 곧장 다락방으로 올라가 「국어사전」을 찾
았다. 거기에는 "목숨이란 사람이나 동물이 숨을 쉬며 살아 있

는 힘”이라고 분명하게 적혀 있었다. 목숨! 목구멍이 턱 막혀올 것 같은 그 숨 막히는 발음! 나는 해가 지도록 다락방을 뒹굴거리며 그 말이 주는 의미를 생각하고 또 생각했다. 내 낡은 「국어사전」의 ‘ㅁ’ 부분이 접혀 있는 건 아마도 그 단어 때문일 것이다. 그렇게 몇 년의 시간이 흘렀고 사전 찾기보다 훨씬 재미있는 것들에 빠져들면서 나는 ‘목숨’이라는 단어에 매료된 기억도 과거로 흘려보냈다. 그리고 그 단어를 다시 만나게 된 것은 그로부터 30년 가까이 지난 이곳 부탄에서였다. 왜 여기까지 와서 목숨이라는 단어가 주는 의미를 다시 생각하게 되었을까? 결론부터 말하자면 부탄은 ‘목숨’을 소중히 여기는 나라이기 때문이다. 그것이 사람이든, 짐승이든 하물며 하찮은 미물이라 할지라도…….

부탄에서의 며칠이 빠르게 지나가고 있었다. 부탄 축구팀을 이끌던 고 강병찬 감독님의 흔적을 찾는 것도 부탄에서 내게 주어진 또 다른 임무였다. 그런데 부탄에서 그의 과거를 찾는 일은 생각보다 쉽지 않았다. 슬며시 ‘어쩌면 아무런 성과 없이 빈손으로 돌아갈 수도 있겠구나’라는 걱정이 들 무렵 거짓말처럼 몇 군데에서 연락이 왔다. 그 중에서 상당히 의미 있어 보이는 전화가 우리나라로 치면 부탄의 문화관광부에서 근무하는 고위 공무원의 전화였다. 인구 10만 명의 수도인 팀푸는 워낙 작은 도시인 데다가 한국에서 방송 제작진이 날아왔다는 소문이 부탄에 삽시간에 퍼진 것이다.

"마담, 왕첸 도르지라는 청년이 찾아 올 거예요. 그는 문화부에 근무하는 정부 관계자의 아들이에요. 아마추어 축구 선수이기도 하고요."

"그 사람이 우리를 왜 만나려는 거예요?"

"아마도 문화부에 근무하는 아버지가 당신을 만나보라고 한 것 같아요. 또, 다큐멘터리나 영상 제작에 관심이 있을 수도 있고요."

"부탄은 정말 소문이 빠른 곳이네요."

"워낙 좁은 곳이니까요. 어때요? 일단 만나서 이야기를 들어보겠어요?"

"좋아요. 만나볼게요."

왕첸 도르지와 점심 약속을 잡은 곳은 팀푸 시내를 가로지르는 강이 내려다보이는 호텔(파인 우드 호텔)이었다. 도시의 제일 높은 언덕 위에 위치해 있는 이 호텔은 팀푸 시내가 한눈에 들어와 경치가 그만이었지만 비수기라 그런지 한적하기 그지없었다. 우리는 호텔에 조금 일찍 도착해 있었는데 종업원으로 보이는 20대 초반의 청년들이 한달음에 뛰어나와 반겨주었다. 그들의 몸에 밴 정중한 매너나 손님을 대하는 태도만 보고도 이 호텔의 수준을 가늠할 수 있었다. 종업원을 따라 안으로 들어가니 인테리어에 세심하게 신경을 쓴 레스토랑이 보였다. 상대가 도착하지 않은 것을 확인한 우리는 팀푸 강이 내려다보이는 창가 쪽에 먼저 자리를 잡고 앉았다.

"실례합니다. 한국에서 오신 분들인가요?"

10분 정도가 지나고 약속 시간을 조금 넘긴 시간에 그 남자가 모습을 드러냈다. 그는 상당히 젊고 잘생긴 청년이었다.

"만나서 반갑습니다. 왕첸 도르지라고 합니다."

"안녕하세요. 다큐멘터리를 만들고 있는 김경희입니다."

블랙 색상의 명함을 내밀며 악수를 청하는 그는 세련된 느낌이 물씬 풍겼다. 2002년에 부탄 국가대표팀을 맡았던 강병찬 감독의 흔적을 찾아왔다는 이야기를 듣고 무척 흥미로웠다면서 관심을 보였다. 그러면서 다큐멘터리 제작을 본격적으로 진행하게 된다면 자신이 부탄의 파트너가 되고 싶다는 이야기도 덧붙였다. 나는 거기서 약간 특이한 느낌을 받았는데, 부탄의 젊은이들은 상당히 빠른 변화를 겪고 있으며 바깥세상의 일에도 놀라울 정도의 지식과 협상 의지를 갖고 있다는 점이었다. 부탄은 수백 년간 농경사회이자 쇄국정책을 고수해 온 나라이자 산업혁명이 비껴간 나라이고 세계대전 속에서도 고요히 잠들어 있던 은둔의 나라다. 그런 부탄이 지금 서서히 변화를 꾀하고 있다는 것은 짐작하고 있었지만 실제로 부탄 젊은이의 생각을 직접 듣기는 처음이었다.

"부탄은 지금 변하고 있는 것이 분명한가요?"

"네. 맞아요. 부탄 젊은이들은 이제 전통만을 고수하지는 않아요."

"부탄은 이제 변화의 기로에 서 있다는 이야기인가요?"

레드라이스가 대부분인 부탄 식사에 흔치 않게 등장한 흰 쌀밥. 치즈에 버무린 감자, 매운 고추. 부탄의 식사는 레드라이스로 대체한다면 거의가 이런 구성으로 이루어진다.

"변화가 일어나고 있다는 건 분명해요. 특히 젊은이들에게는 말이죠."

그는 솔직하게 자신의 의견을 밝혔다. 자신은 아버지의 도움을 받는다면 정부에서 일할 수도 있지만 재미있는 일을 하고 싶다고 말했다. 부탄을 방문하는 사람들이 부탄 사람들에 대해 마냥 세상 물정에 어둡고 순박하기만을 기대한다면 다소 엇갈리는 부분이 있을 것이다. 내가 보기에도 부탄 사람들은 세상 돌아가는 방식에 예전과는 달리 상당한 변화를 겪고 있었다. 아주 깊은 산골짜기에 사는 사람이 아니라면 세상을 보는 눈은 우리와 거의 비슷할 정도였다. 왕첸 도르지와 이런저런 이야기를 나누는 사이에 호텔식 점심 식사가 나왔다. 붉은 기가 도는 레드라이스, 그리고 치즈와 고추를 넣어 조린 감자, 그리고 시금치처럼 생긴 나물과 소고기를 볶은 듯한 음식이 차려졌다. 첫 만남이었는데도 분위기는 걱정한 것보다 훨씬 화기애애했다. 나는 소고기 한 점을 집어 들다가 갑자기 궁금해져서 물었다.

"부탄 사람들도 고기를 먹는 모양이에요? 소를 잡는 도축장이 있나요?"

"아니요. 부탄에서는 동물을 죽이지 않습니다."

"그럼 이런 고기류는 어디에서 가져오는 거죠?"

"인도에서 가져옵니다. 고기뿐 아니라 비누, 세제 등 농산물이 아닌 모든 것을 인도에서 들여오죠. 부탄에는 제조나 가공 공장이 없으니까요."

사실, 이렇게 육류를 파는 것도 이곳이 외부 손님을 상대하는 관광호텔이기 때문이다. 농사를 짓는 대부분의 부탄 사람들은 고기를 먹을 일이 거의 없고, 평상시 반찬은 붉은 쌀로 지은 밥과 아삭한 고추와 감자, 그리고 소금 정도가 전부이다. '외부 손님이라는 이유로 너무 많은 음식을 먹는 게 아닌가' 하는 미안한 마음이 들면서도 내 손은 저절로 고기 쪽으로 향하고 있었다.

그때 어디선가 파리 한 마리가 날아왔다. 한국에서의 유명 호텔이라면 파리가 나온다는 것 자체가 경악할 일이겠지만, 부탄에서는 흔하디흔한 일이다. 파리는 장소를 가리지 않고 어디서

나 등장했다. 그런데 특이한 것은 파리를 대하는 부탄 사람들이었다. 우선 밥상 위에 날아다니는 파리를 그다지 신경 쓰지 않는 분위기였다. 그런데 나는 파리 한 마리 때문에 밥을 먹는 건지 파리를 쫓는 건지 분간이 가지 않을 만큼 은근히 신경이 쓰여 견딜 수 없었다.

"마담, 왜 식사를 하는 둥 마는 둥 하세요?"

"아, 저 파리 때문에요."

"아…… 파리 때문에 신경이 쓰이는군요?"

식사를 하던 왕첸 도르지는 그제야 알아차렸다는 눈빛으로 저만치 있던 종업원에게 손짓을 했다. 로비 앞에서 우리를 맞아 주던 20대 초반의 종업원은 이 상황에 대해 충분히 이해했다는 듯이 고개를 끄덕이면서 아예 내 옆에 서서 손으로 파리를 밀치는 동작을 계속했다. 나는 점점 더 난처해졌다. 파리를 쫓는 사람을 옆에 세워 두고 밥을 먹어야 하는 상황이었기 때문이다. 도저히 이해가 안 된 나는 옆에 앉은 감독님에게 한국말로 조용히 물어보았다.

"이 사람들, 왜 파리를 안 잡는 거죠?"

"몰랐어요? 살생을 안 하는 사람들이잖아요."

"그래도 이건 좀 심하잖아요. 여긴 일류 호텔이고 우린 식사 중인 상황이에요."

"일단 손으로 날리면서 대충 먹자고요."

그리하여 마주 앉은 식탁에는 파리를 쫓는 사람, 파리를 피해

밥을 먹는 사람, 파리 정도는 개의치 않고 식사하는 사람까지 모두 섞여 그야말로 난리가 아니었다. 그렇게 15분 정도가 지났을까. 이제 아예 유리컵을 이용해 파리를 생포하려는 종업원으로 인해 나는 식사를 중단해야 할 지경에 이르렀다. 그 순간 '짝' 하는 소리와 함께 감싸쥔 두 손으로 파리 생포에 성공한 종업원이 나를 향해 환한 웃음을 지어보였다.

"마담, 이제 편하게 식사하세요."

파리를 죽이지 않고 생포한 것이 정말로 기쁜 모양인지, 왕첸도르지도 곧바로 한마디 거들었다. 그리고 종업원의 손아귀에 생포된 파리 한 마리는 즉시 창문 밖으로 날아가는 자유를 얻었다. 나는 이 상황이 너무 우습기도 하고 한편 낯설었다. 부탄 사람들은 밥상 위를 날아다니는 파리 정도는 죽이지 않고도 경쾌하게 웃고 떠들면서 날려 보내는 것이 익숙한 사람들이다. 하찮은 파리 한 마리조차 죽이지 않는 사람들…….. 나는 그날 점심 식사를 마치고 돌아오면서 점배에게 물어보았다.

"파리 한 마리조차 죽이지 않는 이곳에서는 자살이란 있을 수 없는 일일 듯 싶어요."

점배는 고개를 끄덕끄덕하며 수긍했지만, 뭔가 말하고 싶은 것이 있는 것처럼 보였다. 나중에 전해 듣게 된 이야기로는 부탄에서도 몇 년 전부터 한 명씩 자살하는 사람이 나오고 있다고 한다. 하루 평균 43.6명, 33분에 한 명꼴로 자살하는 사람이 생기는 우리나라에 비하면 걱정할 만한 숫자가 아니었지만, 그냥

머리는 양, 몸은 소의 형상을 하고 있는 부탄의 상징 동물인 타킨(takin).

흘려보내기에는 뒷맛이 씁쓸했다. 대부분의 나라가 경제발전을 위해 전통문화, 정체성, 가치 등을 희생하는 사이에 인간의 기본 가치를 잃고 가장 중요한 '목숨'마저 내놓는 무서운 세상이 되어간 것처럼 부탄 역시 개방과 함께 자살하는 사람이 극소수나마 생기고 있다. 물론 부탄의 자살률은 OECD 국가 중 자살률 1위의 우리와는 비교조차 할 수 없는 수치로 1년에 한 명이 나올까 말까한 미미한 정도이다. 그럼에도 부탄 왕국에서는 이 문제를 매우 심각하게 받아들이고 있다고 한다. 삶의 균형을 잃고 폭주기관차처럼 달려가는 세상에서 남과 비교하지 않고 자신만의 속도로 사는 사람들은 자기반성도 강한 모양이다.

요즘 TV나 인터넷 신문기사를 보면 자살이라는 단어를 심심치 않게 마주하게 된다. 게다가 우리는 너무 자극적인 보도와 나쁜 소식만 전하는 뉴스들의 홍수에 무방비 상태로 놓여 있다. 입가에 미소를 지을 만한 소식이 좀처럼 들려오지 않는 세상이다. 유명 연예인들의 자살을 보며 '나도 힘들면 자살할 수 있다'는 생각을 갖게 하는 나라, 한 사람의 자살은 6명의 자살 고위험군을 낳는다는데, 한 해 1만6천 명이 자살하는 사회에서 자살의 위험에 노출되지 않는 사람들은 과연 몇이나 될까.

부탄에 와서 내가 '아!' 하는 탄성을 지르게 되는 때가 바로 목숨에 대한 그들의 생각을 마주하는 순간들이다. 파리 한 마리의 생명도 소중히 여기는 사람들. 그들은 우리와 달리 외로움을 모르고 산다. 아무리 잘 살아도 슬프거나 힘들 때 기댈 어깨가 없다면 부질없다고 말하는 현명한 사람들이기 때문이다. 나는 부탄을 잘 안다고 말할 수 없지만 한 가지 정도는 확실히 알 것 같다. 부탄은 작은 벌레마저도 행복한 나라다. 사람이나 동물이 숨을 쉬며 살아 있는 힘, 미물에도 자비를 베푸는 부탄은 목숨의 존귀함을 아는 나라, 그래서 특별한 나라이다.

알면 알수록 더 알고 싶은 부탄

부탄에 도축장이 있을까?

불교도이지만 부탄 사람들도 육식을 (하기는) 한다. 공식적으로야 살생을 안 한다지만 동네잔치 때는 마른 생선을 포함한 고기가 올라오기도 하고 특별한 날에는 육류를 조리해 어울려 먹기도 한다. 그런데 도축을 하지는 않는다. 살생을 금하는 불교의 계율을 실천하며 살기 때문에 대부분의 고기는 인도에서 들어오는 것들이다. '결국 먹으니 죽이는 것과 다를 바 없지 않나'라고 생각할 수도 있지만 부탄 사람들은 먹는 것과 죽이는 것은 죄질이 다르다고 말한다. 업보가 다르다는 말일 수도 있겠다. 그래도 고기를 때에 따라 먹는다는 것은 종교가 생활을 규제한다기보다는 사람 위주로 편하게 결합한 느낌이 든다.

사 교 육 이 없 는 나 라 ,
교 육 철 학 이 있 는 나 라

그 소년, 점소를 다시 만난 것은 며칠 후 그가 다니는 학교(직메로셀 초등학교)에서였다. 초등학교는 팀푸 시내에 위치해 있었는데 우리는 아이의 등교 시간에 맞춰 교문 앞에서 진을 치고 기다리는 중이었다. 부탄의 어느 학교나 마찬가지겠지만 거대한 산자락 아래 위치한 이 학교는 시야가 탁 트여 있으면서도 무척 아늑한 느낌을 주었다. 특히 운동장 한가운데서 바라보는 정경은 최고였다. 완만하게 경사진 초록색 언덕과 하늘로 맞닿은 들판은 작고 허름한 건물마저도 특별하게 돋보이게 했다. 어느새 등교시간이 가까워졌는지 전통의상을 입은 아이들이 삼삼오오 눈에 띄기 시작했다. 저마다 손에는 도시락 가방(손으로 짠 바구니)을 하나씩 들고 있었는데 나는 그 깔끔하고 앙증맞은 모양에 완전히 마음을 빼앗겨버렸다.

"점배, 도시락 가방이 정말 근사해요!"

"그런가요? 부탄 아이들은 누구나 저런 도시락 가방을 가지고 있어요."

나는 한 손에 도시락 바구니를 들고 교문을 통과하는 아이들을 넋 놓고 바라보았다. 나를 매혹시킨 것은 도시락 가방만이 아니었다. 무엇보다 특별한 것은 호기심 가득한 아이들의 반짝거리는 눈빛이었다. 나이는 일곱 살 정도에서 십대 초반에 이르기까지 다양해 보였지만 아이들의 공통적인 특징은 눈빛이 살아 있다는 점이었다. 일제히 나를 향해 손을 흔들면서 다가온 아이들은 질문하는 데도 거침이 없었다.

"이름이 뭐예요? 어느 나라에서 왔어요?"

이 정도 질문은 보통이고, 함께 사진을 찍자며 통통한 볼을 내밀거나 찍힌 사진이 잘나왔는지 보여 달라며 의사표현도 적극적으로 했다. 나는 약간 어리둥절한 상태에서 아이들과 사진도 찍고 어울려 놀았다. 그러는 사이 놀라운 사실 하나를 알아차렸다. '아이들이 한결같이 영어를 너무 잘하잖아!' 나는 도저히 이해할 수 없어 점배에게 다그쳐 물었다.

"어쩜 저렇게 영어를 잘할 수 있죠?"

"당연한 거예요. 우리는 학교에 입학하면 누구나 영어를 배우니까요."

"한국에서도 초등학교 3학년부터 영어교육을 해요. 학교 수업이 끝나고 대부분 영어학원도 가고요."

부탄 여자들이 손수 만든 아이들의 도시락 가방.
각 교실의 창문 앞에는 밥과 삶은 감자가 담겼음직한 도시락 가방이 옹기종기 모여 있다.

"그럼 한국 아이들도 영어를 잘하겠네요?"

"물론 잘하는 아이들도 많죠. 하지만 이렇게 모든 아이들이 잘하진 않아요."

"부탄 아이들은 누구라도 영어로 대화하는 걸 좋아해요."

"그 비결이 뭘까요?"

"모든 수업이 영어로 이루어지니까요."

"영어로 모든 수업을 진행한다고요? 국제학교도 아니고 보통의 공립학교에서 그게 가능해요?"

"충분히 가능한 일이에요. 궁금하면 잠시 후 부탄의 학교 수업을 직접 한번 보세요."

점배는 특유의 여유로운 미소를 지으며 앞장서서 걸어갔다. 그러는 순간에도 어린 소년들이 발랄하게 웃으며 영어로 인사를 건넸다.

우리는 점소의 담임선생님에게 미리 양해를 구하고, 그 학급의 수업을 지켜보기로 했다. 점소가 속한 5학년은 모두 3학급이었는데 작은 교실마다 들어 찬 아이들은 대략 30명 정도 되어 보였다. 수업 시작까지 10여 분 정도 남은 시각인데 아이들 사이에서 점소의 얼굴이 보이지 않았다.

무슨 일이 생긴 것은 아닌지 걱정스런 마음에 두리번거리고 있는데 '우당탕' 하는 소리와 함께 점소가 모습을 드러냈다. 세수를 한 건지 안 한 건지 겨우 눈곱만 뗀 듯 허둥지둥 들어온 점소는 나를 보자마자 배시시 웃더니, 점배에게 뭔가 사연을 늘어놓았다.

"오늘 늦잠을 자서 버스를 탔대요."

"평소에는 버스를 타지 않나요?"

"부탄 아이들은 한 시간 정도 걷는 건 일도 아니에요. 산골에선 두세 시간씩 걸어서 학교에 가는 아이들도 있어요."

점소도 왕복 두 시간 거리를 매일 걸어서 통학하는 아이지만 오늘은 특별한 날이라 늦고 싶지 않았을 거다. 며칠 전 왕립 축구장에서 우연히 만나 내가 학교를 방문하고 싶다고 했을 때 아

부탄의 초등학교 수업 시간. 고학년 수업도 저학년 수업처럼 모두가 손을 번쩍 들고
수업 참여에 적극적이다. 부탄 학생들은 대부분 공부가 재미있다고 말한다.

이는 부끄러워하면서도 내심 좋아하는 기색이 역력했다. 그런
데 하필이면 오늘 지각을 하고 만 것이다. 뭔가 잘 보이고 싶고
더 잘하려고 할 때 꼭 실수를 하고 마는 것이 나랑 똑같다는 생
각이 들어 웃음이 났다. 뒤통수를 긁적이며 자리에 앉는 점소의
얼굴 위로 열두 살 시절의 내 모습이 겹쳐졌다. 점소가 자리에
앉자 갑자기 한 아이가 우리를 향해 손을 들고 질문을 던졌다.
"궁금한 게 있어요. 점소를 왜 찾아온 거예요?"
"음……, 점소는 앞으로 축구 선수가 될지도 모르니까요."
"점소보다 축구 잘하는 애들도 많아요!"
"그래요? 하지만 점소는 영화배우가 될지도 몰라요!"
아이들은 무비 스타라는 말에 까르르 웃었다. 점소는 이제 귀

까지 벌개졌지만 싫은 표정은 아니었다. 남과 다르거나 주목받는 아이가 있다면 가차 없이 깎아 내리거나 공격할 타깃으로 삼는 것에 익숙해진 한국의 아이들이 얼마나 많은가. 이토록 밝고 활기차며 거침없는 부탄 아이들의 수업 시간이 나는 무척이나 부러웠다.

잠시 후, 1교시 수업이 시작되었다. 부탄의 초등학교는 전 과목을 담임선생님이 가르치는 우리와는 달리 매 수업마다 담당 과목 선생님이 들어온다. 그날 첫 수업은 수학이었는데 다소 드세 보이는 여자 선생님이 역시나 영어로 수업을 진행했다. 학생들은 눈을 반짝이며 집중했고 생각보다 훨씬 적극적인 그들의 수업 태도에 나는 놀랐다.

수업의 분위기도 그러했지만 무엇보다 놀라운 것은 영어회화 수준이었다. 아이들은 거침없이 유창한 영어로 말하기 시작했다. 가능한 모든 기회를 이용해 자기의 존재를 드러내기 위해 노력했고, 틀리더라도 자신 있게 목소리를 내는 점이 내게는 신선한 충격으로 다가왔다.

"자, 어떤 친구가 먼저 시작할 수 있을까?"

선생님이 한 옥타브 높은 목소리로 묻자 아이들은 한 명도 빠짐없이 손을 들어 작은 소동까지 벌어졌다. 아이들은 영어로 또박 또박 노래를 부르듯 말했다.

"바나나, 바나나, 이건 나의 바나나!

당신도 바나나를 좋아하나요?"

(내가 알아들은 건 여기까지다)

"좋아, 아주 잘했어요!"

충분히 만족한 선생님은 간단한 노래에 이어 본격적인 수학 수업에 돌입했다.

"자, 이번엔 어떤 친구가 수식을 설명해 볼까요?"

이번에도 너나 할 것 없이 팔을 쭉쭉 뻗었다. 수업 분위기는 매우 강렬했다. 5학년 수업이었음에도 이제 갓 학교에 들어가 의욕이 흘러넘치는 우리의 저학년 수업과 같은 활기가 흘러넘쳤다. 수업에 집중하는 부탄 아이들의 모습을 본다면 누구라도 나와 같은 기분이 들지 않을 수 없을 것이다. 무엇이 이 아이들을 이토록 능동적으로 만드는가! 아무런 사교육 없이도 말이다.

한국의 영어교육은 정권이 바뀔 때마다 교육정책의 변화로 학교는 혼란을 겪는다. 아이들의 미래가 아닌 정권의 입맛대로 이리저리 휘둘리며 우리는 이른바 '오륀지' 파동까지 겪었다. 초등학교부터 대학교 졸업할 때까지 십수 년간 비중 있게 영어를 배우고도 간단한 회화조차 못하는 우리 영어교육의 현실은 무엇이 문제인 걸까.

나는 부탄의 영어교육을 보면서 어렴풋이 알 것 같았다. 문제는 시설이 아닌 내실인 거다. 우리가 아무리 영어 몰입교육을 강조하며 원어민 교사와 영어 학습 시설에 돈을 들인들 내실 없는 시스템으로는 '빛 좋은 개살구'에 불과할 뿐이다. 공장에서 물건을 찍어내는 것과 사람을 교육시키는 것은 엄연히 다르다.

부탄은 그것을 알고 있고 우리는 시설만 다 갖추면 교육이 된다고 생각하는 자본 만능주의에 젖어 있기 때문이라는 생각이 들었다. 결국 철학 없는 영어 몰입교육은 실패할 수밖에 없다. 우리에게 있는 것은 사교육이고 부탄에 있는 것은 철학이다.

알면 알수록 더 알고 싶은 부탄

부탄의 영어교육에 관하여

부탄 3대 왕인 직메 도르지(Jigme Dorji) 시대에 시작한 부탄의 영어교육은 4대 왕때 완성되었다고 한다. 부탄 아이들은 만 여섯 살이면 초등학교에 들어가게 되는데 학교에서는 종카어를 제외한 모든 과목을 영어로 가르친다. 예전에는 인도 사람이 영어를 가르쳤지만 지금은 외국에서 공부를 하고 온 부탄 사람과 해외에서 온 자원봉사자들이 부탄의 영어교육을 책임지고 있다. 오래전부터 모국어인 종카어(Dzongkha)와 영어를 동시에 사용하며 영어교육을 강조해 온 부탄에서는 국민 80% 이상이 영어로 대화가 가능한 수준이다. 흥미로운 것은 부탄 영어교육의 핵심이 회화라는 점이다. 어린 아이들은 물론 빵집 아주머니, 산 속에서 사과나 치즈를 파는 아낙들까지 온 국민이 기본적인 영어회화가 가능한 나라, 부탄. 19년간 줄기차게 영어를 배우고도 외국인만 보면 슬쩍 시선을 피하게 되는 우리나라의 영어교육에 대해 되돌아보게 한다.

부탄이라는 나라가 어디에 붙어 있는지 제대로 아는 사람은 별로 없다. "부탄에 가려고 해요"라고 당당히 말했을 때 사람들에게 가장 많이 받은 질문은 이거였다.

"아니, 북한에 간다고요?"

"북한이 아니라 부탄이요. 행복의 나라 부탄 모르세요?"

그러고 나면 곧바로 이어지는 농담은 부탄가스는 들어봤다는 우스갯소리였다. 어떤 사람은 아프리카 근처에서 그 나라 이름을 본 것 같다고 진지하게 말하기도 했다. 몇 년 전까지만 해도 부탄이라는 나라를 알고 있는 사람은 이처럼 흔히 만나보기가 힘들었다. 그나마 TV나 신문에서 부탄의 행복지수에 대한 기사를 접한 사람들만이 내가 부탄에 가기로 했다는 말에 반가움과 흥미를 보였다. 어쨌든 나는 아프리카 근처가 아닌 티베트와 인도 사이 히말라야 산맥 깊숙이 자리한 부탄이라는 신비한 나라에 오고야 말았다. 이렇게 비밀스러운 위치에 자리잡은 나라에 오게 되었다는 사실만으로도 이번 여행은 참으로 짜릿한 기분이 든다. '지구상에서 가장 은밀하고 아름다운 나라', 한국으로 돌아가면 나는 주변 사람들에게 부탄을 그렇게 말해 줄 것 같다.

"마담, 오늘은 진짜 부탄을 보여주겠어요."

오늘 아침도 5분 정도는 가볍게 늦은 점배가 자신만만한 표정으로 말했다.

"진짜 모습이라고요?"

"네. 부탄의 아이덴티티에 관한 거죠."

"아이덴티티라…… 부탄이 정체성을 어떻게 지키는지 보여주려는 거죠?"

"맞아요. 우리는 부탄 사람이니까요."

부탄은 지금 변화의 경계에 있다. 집집마다 TV를 구매할 형편이 되지 않아서 그렇지 사람들은 TV를 통해 세상 밖 소식을 접하고 있었고, 팀푸나 파로와 같은 도시에는 인터넷이 가능한 카페도 등장했다. 인터넷을 사용한다는 것은 여러 가지 의미가 있다. 유튜브를 통해 K-Pop을 접한 사람들은 예상을 뛰어넘을 정도로 많았다. 〈강남 스타일〉의 싸이는 기본이고, 한국 드라마를 접해본 청년층은 〈꽃보다 남자〉의 배우 이민호나 김범의 이름까지도 정확히 알고 있었다. 내 생각에 이것은 바람직한 일이다. 순수함을 지킨다는 것도 바람직하지만 언제까지나 세상 돌아가는 방식을 모른 채 살아갈 수는 없기 때문이다. 한번 불어온 변화의 바람은 부탄의 모든 것들을 많이 바꿔 놓았다. 가장 빠르게 문화를 흡수하고 변하는 계층은 당연히 학생들이다. 대부분 조용한 성격에 튀지 않는 부탄 사람들이지만 영리한 그들은 문화를 습득하는 과정도 무척 빠르다. 나는 순수한 부탄 사람들의 마음이 행여 오염되지는 않을까 걱정되었다. 적어도 점배가 내게 명확한 답을 주기 전까지는.

"우리는 균형을 잡을 줄 알아요."

"균형이라고요? 그건 어떻게 잡는 거죠?"

"그건 이 여행이 끝날 무렵 자연스럽게 알게 될 거예요."

스물다섯 살의 점배는 가끔 이렇게 삶에 대해 다 알고 있다는 듯 노인처럼 말하곤 했다. 서른아홉 살의 나는 점배가 말한 것이 무슨 뜻인지 그 진심을 이해하려고 생각에 잠긴다. 그럴 때면 점배는 의기양양하게 저만치 걸어가고 있다. 양손을 뒷짐 진 채 특유의 팔자걸음으로 말이다. 이래서 나는 도저히 점배를 안 좋아할 수 없다.

부탄의 진짜 모습을 보겠다는 야심만만한 계획은 직물 공장을 둘러보는 것에서 시작되었다. 직물 공장(Weaving Center)은 시내에서 가까운 곳에 위치해 있었다. 말이 공장이지 아담한 가정집이나 다름없는 곳이었다. 문을 열고 들어서자 한국의 70년대 영상에서나 막 튀어나온 듯 보이는 여자들이 베틀처럼 보이는 기구로 원단을 직조하고 있었다. 그녀들이 만들어낸 천들은 흠 잡을 데 없이 색상이 풍부했다. 어떻게 이런 색상과 무늬를 만들어 내는지 신기할 정도였다. 점배는 눈이 휘둥그레진 내게 이곳의 모든 세밀한 작업은 손으로 한다고 일러주었다. 나는 이 렇게 직조된 핸드메이드 원단으로 만든 부탄의 전통의상에 자연스럽게 시선이 갔다.

부탄에 도착해서 본 가장 매혹적인 것 중 하나가 의상이었다. 부탄 사람들은 남녀노소를 불문하고 하나같이 전통의상을 입고 있었는데, 그 모습이 그렇게 정갈하고 신선하게 느껴질 수 없었다. 팀푸 시내를 오가는 많은 사람들이 동남아시아의 어떤 도시에서나 만날 수 있는 것처럼 흔한 면 티셔츠에 후줄근한 반바지를 입었다고 생각해 보라. 부탄 사람들에게 은은히 풍기는 분위기는 분명 전통의상에서 나오는 게 틀림없다. 다시 잠깐 설명하자면, 부탄 남자는 '고'라는 의상을 착용하는데 이것은 원피스 형식의 옷에 벨트와 반타이츠로 스타일이 완성된다. 여자들은 '키라(KIRA)'라는 투피스를 입는다. 물론 벨트와 소박한 브로치 정도의 장식을 더한다. 남녀의상 모두 한 벌에 200달러 정도의 값을 치러야 하고, 만약 의상이 실크로 만들어진 거라면 400달러는 내야 한다. 나는 살짝 고민에 빠졌다. 200달러면 적은 금액은 아니기 때문에 옷 한 벌을 손에 든 채로 나는 점배에게 물었다.

"핸드메이드 말고 기성복은 없나요?"

베틀로 옷감을 짜는 부탄 여인.
수작업인 전통방식으로 옷감을 만드는 데 보통 2~3개월이 걸린다.

"시내 상점에 가면 기성복을 구입할 수 있어요. 20~50달러면 충분합니다."

"정말요? 가격 차이가 많이 나네요?"

"손으로 세밀하게 작업한 것과 기계로 똑같이 찍어낸 옷은 분명히 다르니까요."

"점배는 전통의상을 몇 벌 정도 가지고 있어요?"

"손으로 만든 것 2벌과 기성복 3벌, 총 5벌의 고를 가지고 있어요."

"매일 전통의상을 입나요? 불편하지 않아요?"

"천만에요! 부탄 사람들에겐 이 옷이 제일 편해요. 당신도 한번 입어 봐요!"

다른 어떤 옷보다 편하다는 점배의 말에 홀려서 나는 부탄 여자들이 입는 키라를 착용해 보기로 했다. 상아색 상의에 격자무늬가 들어간 갈색 스커트를 권해서 입어보긴 했는데 솔직히 말하자면 나는 이 전통의상이 그다지 마음에 들지 않았다. 무엇보다 긴 스커트가 익숙하지 않았다. 아마도 내가 스커트라고는 스무 살 무렵 이후로는 구입하거나 입어본 적이 없기 때문일 것이다. 언제부턴가 나는 옷을 살 일이 있으면 초지일관 티셔츠와 청바지만 구입한다. 그것도 눈에 띄지 않는 먹색이나 검은색이 대부분이다. 그런 내게 롱스커트라니! 가당치도 않은 일이었다. 게다가 상아색 상의는 가뜩이나 넓은 내 어깨를 더 도드라져 보이게 했다. 나는 살짝 기분이 상해 키라를 구입하는 것을 포기

했다. 대신 아줌마답게 실용적인 식탁보와 청바지에 어울릴 만한 푸른색 스카프를 한 장 구입했다. 가격은 싸지 않았지만 부탄 여자들이 훌륭한 직공이라는 것을 눈으로 확인한 나는 그들이 부르는 가격을 깎지 않고 구입했다. 자신들의 가치를 함부로 헐값에 내놓지 않는 사람들, 나는 부탄의 이러한 당당함이 무척이나 마음에 들었다.

직물 공장을 나서 길을 따라 내려오니 종이 공장(Paper Factory)이라고 쓰인 아담한 백색 건물이 있었다. 이곳은 옛날 방식을 고수하고 있었는데 공장 내부의 풍경은 마치 색채를 잃어버린 듯 낡은 느낌이었다. 마당 한가운데 위치한 커다란 가마솥에서는 종이의 원료가 될 나무 껍데기 같은 것들이 펄펄 끓고 있었다. 직물 공장이나 종이 공장을 방문하면서 나는 어린 시절 엄마를 따라갔던 시장 골목이 떠올랐다.

서울에서 태어난 내게도 그런 시절이 있었다. 엄마 손을 잡고 들어선 골목은 가내 수공업을 하는 작은 주택들이 즐비했다. 이를테면 콩나물을 사기 위해 정아네 콩나물 집에 간다거나 두부를 사려고 연희네 두붓집에 들르곤 했던 기억들 말이다. 지금 떠올려 봐도 콩나물 시루는 참 풍성했고 사각 판에 꽉 들어찬 두부에서는 김이 모락모락 올라왔다. 나는 종이 공장 한가운데 서서 아련한 기분을 맛보았다. 우리는 이제 어디를 가도 정아네 두부나 연희네 콩나물을 만날 수 없기 때문이다.

대형마트나 골목 상권까지 장악한 슈퍼마켓에 가면 1회용 팩

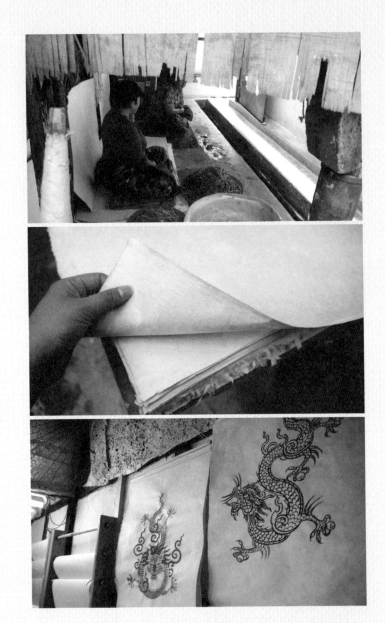

페이퍼 팩토리 내부.
종이 질감이 한지와 비슷하다. 전통 방식으로 만든 더할나위 없이 아름다운 종이들.

에 담긴 네모반듯한 두부가 칸칸이 정리되어 있다. 언제 어디서 만들어진 것인지 알 수 없는, 차갑게 식어버린 두부는 단단하지도 않고 어딘가 모르게 헛헛하다. 그 부실한 두부로는 한 모를 다 썰어 찌개에 넣어 먹어도 왠지 허기가 진다. 갑자기 우리가 살고 있는 회색의 번듯한 도시가 을씨년스러운 공간으로 느껴졌다. 부탄에 와서 나는 과거에 대한 그리움이 사무치는 슬픔이 어떤 감정인지 비로소 알게 되었다. 부탄에 오면 누구라도 예전의 나를 만나게 된다.

알면 알수록 더 알고 싶은 부탄

부탄의 공정여행에 대하여

Q. 관광객이 지불하는 체류비에는 어떤 것들이 포함되어 있나요?

A. 여행객이 부탄 정부로 입금하는 하루 체류비(200~300달러)에는 가이드와 운전기사가 포함된 차량, 숙박, 식사, 생수 비용, 관광지 입장료 등이 포함됩니다.

Q. 부탄 정부는 이 비용을 어떻게 관리하나요?

A. 관광객이 내는 비용의 47%는 정부로 입금되어 그 나라의 복지(교육, 의료 등)에 쓰입니다. 나머지 33%는 관광객의 숙박과 음식, 입장료, 서비스 비용이고 그것을 제한 나머지 20%가 여행사 수수료와 가이드 등의 인건비로 쓰입니다.

버 터 차 의   추 억

대학에 들어오기 전까지 나에게 있어 차(茶)의 의미란 그저 시험기간에 독서실에서 잠을 쫓기 위한 각성제일 뿐이었다. 그 종류라는 것도 뻔했다. 슈퍼마켓에서 흔히 접할 수 있는 인스턴트 커피나 달달한 자판기 커피가 마시는 차의 전부였다. 커피 맛을 모르던 내가 비로소 차의 세계에 눈을 뜬 것은 스물다섯 살 무렵이었는데, 이른 아침 테이크아웃 잔에 담긴 아메리카노를 손에 쥐고 걸을 때면 제법 근사한 어른이 된 듯 묘한 쾌감마저 들었다.

내가 커피 맛을 제대로 알기 시작한 것은 꼭 서른이 되던 해, 그러니까 아이를 낳고 나서부터다. 누군가를 위해 희생이라고는 해본 적 없이 30년을 살아온 내가 '자식'이라는 대상에게 무한대의 희생을 감내해야 한다는 것을 알아차린 우울한 시기였다. 커피 맛을 알려면 인생의 쓴맛을 알아야 한다는 막연한 사실을 차츰 깨닫고 있던 그즈음 한 동네에 사는 묘령의 여인이 내게 슬그머니 다가와 밀어를 속삭였다.

"우리 차 한 잔 할래요? 커피!"

"커피요? 모유 수유 중인데 마셔도 되나요?"

"하루에 한두 잔은 괜찮지 그럼. 당장 우리 집으로 가요. 내가 커피 내려 줄게."

끝이 보이지 않는 긴 터널 같은 육아와 헤어나올 길 없는 피로감에 푹 젖어 있던 내게 그녀가 원두를 갈아서 직접 내려준 커피는 말 그대로 신세계였다. 그날부터 나는 그녀의 집에 하루도 거르지 않고 들러 갓 내린 뜨겁고 검은 음료, 커피를 얻어 마셨다. 매일 마시는 커피 한 잔은 지친 삶에 필수 옵션이 되었고 신기하게도 우울함과 불안감 같은 감정도 커피 잔이 비워질 때면 사라지곤 했다. 물론 온전히 커피 때문만은 아닐 것이다. 우리는 세상의 모든 재미있는 이야기를 원두와 함께 갈아마셨다. 누군가 내게 육아의 고통을 어떻게 이겨낼 수 있느냐고 묻는다면, 나는 기필코 육아 동지와 함께 커피를 마시며 긴 수다를 이어가라고 말하고 싶다.

우리는 1년 정도 커피회동을 하며 육아를 함께했다. 그녀가 지방 발령이 난 남편을 따라 이사를 가게 되면서 달달하고 행복했던 커피 타임은 막을 내렸지만. 그 이후 나는 습관처럼 커피를 달고 산다. 나에게 마실 차라는 것은 처음부터 커피였고, 다른 차들은 그저 마른 풀을 물에 우려먹는 것에 지나지 않는다고 생각했다.

그렇게 커피에 인이 박힌 나에게 색다른 차 맛을 알게 해준 것이 부탄에서 만난 '버터차(Butter Tea)'였다. 평소라면 아마 입에도 대지 않았을 느끼한 이름을 가진 그 차는 부탄 사람들이 습관처럼 즐겨 마시는 국민 음료였다. 이름도 느끼한 버터차를 처음 만난 것은 부탄에 도착한 지 4일 정도 지나서였다. 우리 일행은 수도 팀푸를 떠나 자연 그대로의 풍경을 만날 수 있다는 붐탕(Bumtang)으로 향하고 있었다.

붐탕으로 가는 길은 매우 멀고 험했다. 국제공항이 있는 파로와 수도 팀푸를 제외한 부탄의 모든 지역은 길이 제대로 닦여 있지 않아 험난한 산길 그 자체였다. 산등성이를 넘는 길은 몹시 구불구불했고, 창밖으로 고개를 돌리는 순간 가파른 기암절벽이 시야에 가득 들어왔다. 수백 미터에 이르는 낭떠러지가 눈앞에 있다는 것은 무척 아찔한 기분이었지만, 나는 운전사 초키를 믿기로 하고 눈을 지그시 감았다. 이따금 차가 심하게 흔들릴 때면 신경이 날카로워지곤 했지만 이미 떠나온 길이니 믿고 가는 수밖에 도리가 없었다.

"마담, 두 시간이면 붐탕에 도착해 있을 테니 걱정 말아요."

들쭉날쭉한 산길을 달리는 것이 마음에 걸린 듯 짐배가 걱정스러운 투로 말했다.

"괜찮아요. 전동 안마기에 앉은 기분이에요."

점배의 마음 씀씀이가 고마웠던 나는 농담을 한마디 건네고 다시 눈을 감았다. 부탄의 가장 신비로운 자연을 볼 수 있을 거라는 기대를 하면서 상상 속의 그림을 그렸지만 덜컹거림은 끝없이 이어졌다. 그렇게 우리는 두 시간 가량을 달렸다.

"여기가 바로 붐탕입니다!"

드디어 운전기사 초키가 선언하듯 말했다. 마을 입구로 들어서는데 마침 장터가 열린 것 같았다. 부탄의 재래 장이란 농부들이 수확한 채소들을 바닥에 내려놓고 파는 것이 보통이지만 그날 장터의 규모나 분위기는 조금 특이했다. 우선 장에 참가한 인파가 꽤 많았고 팔고 있는 물건의 가지 수도 상당했다. 곳곳에서 외국인들의 모습이 자주 눈에 띄었는데 그들은 부탄 전통의상이나 가방 등을 어깨에 멘 차림새로 무척 들뜬 모습이었다. 우리가 도착했을 때는 오후 5시가 거의 다 되어가고 있어서 장은 파장 분위기였는데도 사람들은 쉽사리 돌아갈 분위기처럼 보이지 않았다. 나는 궁금해져서 점배에게 물었다.

"평소에 서는 장은 아닌 것 같아요, 점배."

"부탄의 유기농법에 대한 국제회의가 열린 모양이에요."

"국제회의요?"

"네. 참가한 사람들은 유럽 쪽인 것 같아요."

아는 사람들은 다 아는 이야기지만, 부탄은 100퍼센트 유기농 국가를 선언한 나라다. 그들의 선언 속에는 근대적 의미의 성장을 쫓아가지 않겠다는 다부진 각오가 엿보인다. 부탄 사람들이 생산하는 주요 농산물은 쌀, 보리, 과일과 감자를 비롯한 채소들이며, 도시에 사는 사람들을 제외한 대부분이 자기가 먹을 만큼(약간은 인도로 수출하기도 하지만)만 농사를 짓는다. 워낙 땅이 척박해 자기 먹을거리 재배하기도 벅차기 때문인데, 부탄에만 있는 느림의 여유와 맑은 물, 신선한 공기가 어우러진 풍경은 현대인이 꿈꾸는 '마지막 웰빙'의 공간이라 해도 손색이 없다. 그러니 세계 최초로 유기농 국가를 선언한 부탄으로 세계인의 관심이 쏠리는 건 당연한 일이다.

나는 참 운이 좋다. 지나는 길에 들렀는데 '유기농 국제회의'의 뒤풀이격인 붐탕 장터에서 부탄의 농산물을 모두 만나게 된 것이다.

"젬배, 여기를 좀 둘러보고 가면 안 될까요?"

"장을요? 거의 끝나는 분위기로 보이는데."

"내 눈엔 금방 돌아갈 사람들 같지 않은데요!"

"좋아요. 여기서 구경하다가 저녁에 숙소로 이동하죠."

몇 시간을 이어 달려온 탓에 젬배나 초키 모두 지쳐보였지만, 정이 많아 부탁을 잘 거절하지 못하는 그들은 흔쾌히 내 의사를 따라 내려주었다. 장터 안으로 들어가니 마을 사람들은 농작물 앞에 앉거나 서 있었고, 회의 참가자로 보이는 파란 눈의 외국인들은 몰려다니며 구경하느라 정신이 없었다. 갖가지 크기의 빨간 고추와 파란 고추들, 다소 자극적인 냄새가 나는 화려한 색의 가루들이 있었고 직접 만든 것 같은 퀴퀴한 냄새를 풍기는 치즈 덩어리도 종종 눈에 띄었다. 장터라고 해도 파는 농산물의 종류가 다양하지는 않았지만 시골 느낌이 물씬 풍기는 어수선한 그 공간이 나는 무척 마음에 들었다. 하지만 선뜻 다가서지 못했다. 뭔가를 사고 싶었지만 말이 통하지 않을까 봐 겁이 났고 이들이 팔고 있는 채소의 이름이나 값도 모르니 속절없이 바라볼 수밖에 없었다. 그때 누군가 내게 다가와서 뭔가를 건네며 먼저 말을 걸었다.

"이거 한 잔 마셔 볼래요? 내 이름은 더마예요."

장방형의 긴 천을 몸에 휘감고, 초록색 키라 상의를 입은 전형적인 부탄의 시골 여자였다. 그녀가 내게 건넨 것은 작은 컵에 담긴 따뜻한 음료였는데, 스멀스멀 풍겨오는 비릿하고 눅눅한 냄새에 선뜻 마시고 싶은 마음이 들지 않았다.

"버터차예요. 먹어봐요!"

"버터차라고요?"

"네. 블랙티(Black Tea)에 버터를 넣어 마시는 음료예요. 외국 사람이죠? 어디서 왔어요?"

"한국에서 왔어요. 한국을 알아요?"

"물론이죠. 한국 노래가 부탄에서 엄청 인기 있어요. 자요, 일단 마셔 봐요."

두 번의 제안은 거절할 수가 없어서 그녀가 건넨 차에 천천히 입을 댔다. 다행히 냄새보다는 덜 느끼했고 밍밍한 맛이 났다. 어떤 선의로 내게 차를 건넨 것인지 모르지만 나는 한 모금 더

블랙티에 버터를 넣어 마시는 부탄의 국민 음료 버터차.

마신 후, 그녀에게 고맙다는 인사를 했다. 내가 차를 마시는 동
안에도 그녀는 물끄러미 나를 쳐다볼 뿐 아무것도 묻지 않았다.
마음 속으로 여러 가지 생각이 스쳐갔다. '내게 차를 팔려는 건
가? 왜 나에게 호의를 베푸는 거지?' 이런저런 생각이 들어 나
는 그녀에게 단도직입적으로 물어보았다.

"내게 뭘 팔고 싶어요?"

"아뇨! 나는 물건을 팔지 않아요. 여기 놀러왔어요."

"놀러왔다고요?"

"네. 우리 엄마가 여기서 물건을 팔고 있거든요."

"그렇군요. 결혼했나요?"

"그럼요. 나는 아홉 살짜리 아들이 한 명 있고 친정엄마와 함

110

께 살고 있어요."

"아, 나도 열 살짜리 아들이 있어요."

"정말이에요? 사진 볼 수 있어요?"

"물론이죠. 당신 아들도 내게 보여주세요."

그녀와 나는 둘 다 영어가 서툴렀지만 오히려 그것이 서로를 더 편안하게 했다. 내가 먼저 스마트폰에 저장된 아들 사진을 보여주었고 그녀도 자신의 2G폰에 저장된 아들의 사진을 건네주었다. 우리는 서로의 휴대 전화를 바꿔 보며 잠시 웃었다. 좀 더 대화를 해보니 그녀는 나보다 두 살 아래인 서른일곱 살이었다. 솔직히 그녀를 처음 봤을 때 마흔다섯 살 정도 되지 않았을까 짐작했는데, 내 생각보다 여덟 살 정도나 적은 나이였다. 부탄에서 내 마음대로 만든 계산법 하나는 그들의(특히 여자들) 나이가 궁금하면 짐작한 숫자에 7~8세를 빼면 대충 맞는다는 것이다. 고산지대라서 그런지 아니면 먹는 게 부실해서 그런지 부탄 사람들은 우리보다 조금 더 늙어 보인다. 나중에 점배에게 물어보니, 예상대로 이곳 사람들의 평균 수명도 60세 전후라고 했다.

"당신 엄마가 파는 물건이 궁금해요. 좀 구경해도 돼요?"

"물론이에요. 나를 따라와요."

나는 더마를 따라서 장터 안쪽으로 갔다. 그녀가 걸음을 멈춰서자 바로 앞에 조용히 앉아 있는 주름이 깊은 할머니가 보였다.

"우리 엄마예요. 이건 우리 엄마가 직접 만든 것들이에요."

얼굴에 굵은 주름이 팬 할머니는 부탄의 전통 무늬가 직조된 천을 하나 둘 꺼내 보였다. 변변한 진열대가 없어 그저 바닥에 투박하게 쌓아올린 직물 상품들은 내게 무척이나 신선하게 다가왔는데, 더욱 흥미로운 것은 그들이 내게 물건을 사라고 권하거나 강요하지 않았다는 것이다. 나는 그 점이 무척 마음에 들었다. 물건을 구매할 때 내 스스로 마음이 움직일 시간을 준다는 것, 이 얼마나 신선한 경험인가!

등이 새우처럼 굽은 할머니는 내가 천 조각들을 만져보는 동안 가만히 앉아서 기계적으로 염주 알을 돌렸다. 그리고 내 선택이 끝났을 때, 비로소 웃으며 천 조각을 둘둘 말아 대충 신문지 같은 것에 포장해 주었다. 내가 구입한 것은 머플러 용도였는데 두 장에 20달러를 주었으니, 그다지 싼 가격은 아니다. 하지만 그것은 그녀가 직접 손으로 만든 것임이 분명하다. 얼굴에 주름이 깊게 팬 그녀는 천을 짜면서 쉼 없이 기도를 했을 것이다. 기계적으로 염주 알을 돌리며 나의 결정을 기다리는 것처럼 그녀는 충실하게 손으로 직물을 엮어내며 누군가를 위해, 혹은 산등성이의 바람과 골짜기를 위해 기도했을 것이다. 그런 생각을 하니 20달러는 터무니없이 싼 가격이라는 생각이 들었다. 자본을 가진 기업들의 욕심으로 만들어진 스카프 한 장이 수십만 원에 팔리는 세상에서 대자연의 기도가 담긴 머플러를 20달러에 두 장이나 산 것이 아닌가! 그런 생각을 하는데 더마가 내게 차 한 잔을 더 권했다.

"처음이라 그래요. 자꾸 마시면 이 차가 좋아질 거예요."

"좋아요, 한 잔 더 주세요."

서른일곱 살의 더마는 내게 함박웃음을 지어보이며 한 컵 가득 버터차를 따라 주었다. 나는 그녀의 마음이 담긴 차를 한 모금 마셨다. 버터차의 맛은 여전히 비릿한 맛이 났다. 그것은 뭐라고 형언할 수 없는 심심한 맛이었다. 그렇지만 나는 더마를 향해 엄지손가락을 세워 보였다. 차를 마시는 나의 얼굴을 뚫어지게 바라보는 그녀를 서운하게 하고 싶지 않았기 때문이다. "당신이 좋아하니 나도 기분이 좋아요"라고 말하면서 그녀는 나를 꼭 안아주었다. 나보다 두 살 어린 그녀는 정신연령만큼은 나보다 한참 높은 45세쯤 되는 것 같았다. 비위에 맞지 않는 버터차를 끝까지 비워내고 나는 그녀에게 작별인사를 고했다. 그녀는 손을 흔들며 돌아서려다가 갑자기 내게 이름을 물어보았다. "경희"라고 나는 몇 번씩 대답해 주었다. 내 이름의 발음이 이상한지, 그녀는 까르르 웃더니 허공에 대고 "경희! 경희!" 하고 여러 번 불렀다. 저만치 사라지는 그녀에게 나 역시 두 팔을 들어 오래도록 손을 흔들었다.

얼마 후, 나는 버터차가 비워진 컵을 코끝에 가져다 대보았다. 여전히 비릿한 향이 났다. 그런데, 가끔씩 그 차가 그립다. 따뜻했던 그녀, 더마의 마음이 담긴 버터차가.

작가라면 누구나 부당함에 맞서는 삶에 대한 갈증이 있다. 그것
은 살면서 여러 상황에서 표출되곤 하는데, 나의 경우는 '결혼'
이라는 제도권에 들어서면서 그 갈증이 본격적으로 드러나기
시작했다. 그것은 '시스템'에 맞서야 하는 거대한 문제이기도
했다. 결혼과 동시에 떨어진 불합리한 책임과 의무에 맞서는 것
은 가히 투쟁에 가까운 일이다. 386세대가 아닌 나는 솔직히 투
쟁이란 것을 잘 모르고 살아왔다. 그러나 투쟁이 무엇인가. 목
적을 이루기 위해 위험을 무릅쓰고 활동하는 것이 투쟁의 본질
적인 의미이다. 그것은 결혼과는 도무지 어울리지 않는 거친 말
같지만 사실 결혼이 그다지 달콤하지만은 않다는 건 살아본 사
람은 다 알 만한 이야기다.

그렇게 나의 30대는 투쟁과 함께 흘러갔다. 투쟁을 한다고

해서 눈에 띄게 달라지는 점이나 큰 이득이 있는 것도 아니다. 그것은 부조리한 상황에 대해 지치지 않고 안간힘을 쓰는 억척스러움이 있어야만 가능한 일이다. 동네 아줌마들과 모여 커피라도 한잔 마실 때면 우린 가끔 이런 말을 주고받는다.

"민주주의가 그냥 얻어지는 게 아니지. 피를 두려워하지 않는 투쟁 없이는 시스템의 노예로 살 수밖에 없어!"

물론 이것은 결혼이라는 시스템에 저항하는 다소 드센 아줌마들의 경우이다. 사실 대부분은 불합리함을 알면서도 참거나 적응해 가면서 결혼 생활의 내공을 키워간다. 여자라는 존재가 특별한 이유는 그러한 휴머니즘 때문은 아닐까? 페미니스트는 아니지만 내가 여태 보아온 수많은 여자들은 가정이라는 울타리를 지키기 위해, 그리고 구성원들의 평화와 안녕을 위해 기꺼이 희생하는 역할을 마다하지 않았다. 많은 어머니들이 지금껏 그렇게 살아왔고 아버지들은 살뜰한 아내들 덕분에 인생의 봄을 맞은 것도 사실이다. 그렇게 결혼이라는 울타리는 탄탄하고 꽤 견고해 보인다. 적어도 재잘거리던 아기 새들이 모두 날아가기 전까지는 말이다.

문제는 중년 이후의 삶에서 시작된다. 사십대 즈음이 되면서 자신의 정체성에 대해 회의를 품게 되고 심한 허전함을 느끼는 이른바 '빈 둥지 증후군'이 슬며시 고개를 들기 때문이다. 집안의 소소한 살림, 자녀 교육, 가족들 뒷바라지까지 혼자 짊어지며 참아온 시간들이 부메랑이 되어 돌아오면 여자들은 그때부터 심하게 흔들린다. 자녀에 대한 기대치가 높아 출생과 동시에 모든 것을 자식들에게 쏟아 붓는 우리나라 여자들이 느끼는 빈 둥지 증후군은 세계 어느 나라보다 정도가 심할 수밖에 없다.

이쯤에서 우리는 한 번쯤 생각해 보아야 한다. 여자를 제외한 모든 가족이 행복한 결혼 생활이 아닌, 여자도 행복한 결혼 생활에 대해서 말이다. 어쩌면 그 답을 가난하지만 행복한 나라 부탄에서 찾을 수 있을지도 모른다. 여행깨나 했다는 사람들도 쉽게 발을 들여놓지 않았던 곳, 부탄. 과연 부탄 여자들은 어떤 결혼 생활을 하고 있을까?

아침 8시 30분, 도출라 패스(Dochula Pass)로 이동하기 위해 호텔 앞으로 나왔다. 도출라 패스는 해발 3,150미터 위치에 있는 산으로 소나무 숲이 우거진, 말하자면 전망대 같은 곳이다. 구름이 발 아래로 흐르는 전망대에서 부탄의 산하를 내려다볼 생각을 하니 아침부터 마음이 들떴다. 뜨거운 커피 한 잔을 손에 들고 막 호텔 로비로 내려왔는데 점배와 초키가 예상을 깨고 일찍 나와 있었다. 오늘도 두 사람은 고를 멋들어지게 차려입은 모습이다. 총각인 점배는 어제 입은 옷과 같은 차림새였는데 초키는 새로 한 벌 사 입었는지 유독 멋스러움이 느껴졌다.

"초키, 오늘따라 더 멋져 보여요."

"그래요? 칭찬 고마워요. 우리 아내가 사준 옷이에요."

총각인 점배와 달리 운전사 초키는 이렇게 종종 아내 이야기를 꺼낸다. 사실 나는 초키를 만난 첫날부터 그의 아내가 궁금

도출라 패스
해발 3,150미터 고개에 위치해 있어 히말라야 산맥을 360도 파노라믹으로 조망할 수 있다.
우리나라 호국사처럼 부탄을 지키겠다는 의지와 염원이 담긴 108개의 탑이 세워져 있다.

했다. 오늘은 그의 아내에 대해 물어보리라는 기대를 가지고 우리는 그날의 일정을 시작했다.

오전 9시가 지나서 호텔을 출발한 자동차는 한 시간쯤 지나서부터 가파르게 산을 오르기 시작했다. 그렇게 얼마나 오르내렸을까. 어느새 낮고 조용하게 펼쳐진 마을이 눈에 들어왔다. 마치 우리나라 어느 산간 마을 어디쯤에 와 있는 기분이었다. 마을이 가까워지자 간간히 흠집 난 과일들을 파는 젊은 아낙들이 보였다. 아기를 업거나 안고 있는 여자들은 서른 살도 채 안되어 보였지만, 표정이 어둡거나 힘들어 보이지 않고 무척 즐거워 보였다. 하물며 팔기 위해 쌓아놓은 과일을 옷에 쓱쓱 닦아 한 입 베어 무는 아낙도 있었다.

"마담, 차를 잠깐 세워도 될까요?"

천천히 내리막길을 가던 초키가 백미러를 통해 나를 쳐다보며 조심스레 물었다.

"물론이죠. 그런데 무슨 볼일이라도 있어요?"

"잠깐만 저기 좀 다녀올게요."

초키의 손가락이 가리키는 곳은 흠집 난 과일을 파는 아낙들 너머에 있는 작은 좌판이었다. 거기서도 뭔가를 팔고 있는 것 같았는데 차 안에서 보기에는 그것이 무엇인지 잘 분간이 가지 않았다. 무엇을 사려는 건지 물어보려는 찰나, 초키는 잽싸게 차에서 내리더니 성큼성큼 걸어갔다. 저만치 사라지는 초키를 바라보는 것이 우스웠는지 점배가 내게 질문을 던졌다.

"초키가 뭘 사러 가는지 궁금해요?"

"네. 과일은 아닌 것 같은데."

"초키는 치즈를 사려는 거예요."

"치즈라고요?"

"저긴 초키의 단골집이에요. 보통은 인도에서 만든 가공 치즈를 사서 요리하지만 여기를 지날 때면 꼭 저 집의 치즈를 사가거든요."

고산지대 아낙에게 구입한
야크 젖으로 만든 수제 치즈.
어린 아이 주먹만 한
치즈덩어리 10개 한 묶음이
우리 돈으로 8,000원 정도다.

"그렇군요. 치즈가 정말 신선한가 봐요. 아마도 초키의 아내
가 주문한 거겠죠?"

"아니에요. 초키는 요리할 때 쓰일 식재료를 직접 골라요."

"어머! 초키는 가끔 요리를 하는군요?"

"가끔이 아니고 매일하죠. 집에서 요리 담당은 초키로 알고
있어요."

"정말이에요? 와, 멋진 남편이네요!"

덩치가 큰 반면 목소리가 가늘어 마냥 재밌기만 한 인상을 주
는 초키에게 그토록 멋진 면이 있는 줄은 미처 몰랐다. 의외의
모습에 감탄하며 창밖을 보는데 저만치에서 초키가 치즈 한 뭉
치를 들고 뛰어오는 것이 보였다.

아, 저 모습은 어디선가 많이 보던 모양새가 아닌가!

그것은 대형 마트의 할인 코너에서 신선한 식재료를 저렴하
게 구입한 동네 아줌마들의 가슴 벅찬 표정과 거의 흡사했다.

"기다리게 해서 미안합니다."

"괜찮아요. 오늘 구입한 치즈는 어때요?"

"아주 신선해요. 어서 집으로 가져가고 싶어요."

"초키, 요리가 재밌어요?"

"하하, 요리를 재미로 하나요? 가족들과 함께 맛있게 먹기 위해서 하죠."

"그렇구나. 초키는 정말 좋은 남편이에요."

"누구나 하는 걸요, 뭘. 한국 남자들은 요리를 안 하나요?"

"요리를 하긴 하죠. 하지만 '누구나'는 아니에요."

"그럼 요리는 아내가 하는 건가요?"

"거의 대부분 그래요."

"한국 여자들은 착한가 봐요. 우리 아내는 아주 무서워요."

아내가 무섭다고 말하면서 초키는 어깨를 움츠리더니 겁에 질린 표정까지 지어 보였다. 하지만 그가 아내를 흉본다는 생각은 들지 않았다. 무섭고 드세지만 그런 아내를 좋아한다는 느낌이 물씬 풍겼기 때문이다. 내가 초키와 그의 아내의 이야기에 관심 있어 하자 옆에 있던 K 감독님이 좀 더 사적인 질문을 던졌다.

"초키는 아내와 어디서 처음 만났어요?"

"우리는 길에서 만났어요."

"길에서 만났다고요? 거리 헌팅?"

"맞아요. 하지만 마음만 있지 말을 못 건네고 있었는데 아내가 먼저 전화번호를 달라고 했어요."

"와우! 그럼 아내가 먼저 대시한 건가요?"

"네. 부탄에서는 여자들이 먼저 대시하는 경우가 많아요."

"차일까 봐 미리 걱정하지 않는군요?"

"물론이에요. 부탄 여자들은 강해요."

얼핏 들으면 부탄 여자들은 드세고 험상궂을 거라는 생각을 할 수도 있지만, 실제로 내가 만난 부탄 여자들은 참으로 긍정적이고 쿨했다. 점배 말로는 남편의 마음이 떠나거나 서로에 대한 사랑이 식으면 관계에 집착하기보다는 담담히 보내주는 것이 부탄 여자들이라고 했다. 그것은 자신이 먼저 이혼을 요구할 수도 있다는 이야기이다. 그래서 부탄은 이혼율이 생각보다 높은 편이다.

문득 이런 생각이 들었다. 남들 시선을 의식해서 쇼윈도 부부로 살아가는 커플들이 늘어가는 우리나라의 현실과 비교할 때, 어느 쪽이 진짜 자신의 삶을 살고 있는 것일까? 부탄은 모계사회의 전통이 남아 있어 여전히 결혼 생활에도 영향을 미친다. 어떤 것이 정답이라고 할 순 없지만 적어도 부탄 여자들은 남의 인생이 아닌 자기 인생을 산다는 생각이 들었다. 부탄 여자들이 결혼할 때 가장 중요하게 여기는 것은 남자의 재산이나 직업이 아니라 자신의 '감(感)'이라고 한다. 쉽게 말해, 끌리느냐 안 끌리느냐의 문제인 것이다. 그러니 결혼 생활도 누구의 눈치를 볼 이유가 없다. 자신의 감을 믿고 선택한 남자이니만큼 사랑의 콩

깍지가 갑작스레 모두 벗겨져도 남을 탓할 이유는 없다. 가시 박힌 자기 눈만 찌르면 그만인 거다. 이토록 쿨한 여자들이라니, 감탄이 절로 나왔다.

그날 오후, 우리 일행은 점심을 먹기 위해 변두리에 있는 작은 마을로 향했다. 그런데 마을 입구에 남자 성기 모양이 그려진 집들이 여러 채 보였다. 우리 세대는 어릴 때 성교육을 제대로 받지 않아서 그런지, 나이가 들어도 성적인 그림들만 보면 왜 그렇게 얼굴이 빨개지는지 모르겠다. 그런데 마을 안으로 들어갈수록 다양한 크기와 색깔의 성기들이 그림과 조각으로 곳곳에 배치되어 있었다. 나는 그것이 무엇인지 묻지 못한 채 차에서 내렸고, 우리 일행은 식사를 위해 한 건물로 들어갔다. 그런데 식당 입구 역시 성기 모양의 기둥이 떡 하니 자리하고 있는 게 아닌가. 나중에 점배에게 듣기로는 악귀를 쫓아내는 의미라고 했다. 어찌되었든 나는 거북하기도 하고 한편으론 호기심도 생기는 터라 흘끔흘끔 그것을 바라보았다. 밥이 어디로 들어가는지 무슨 맛인지도 모를 만큼 정신없이 점심 식사를 마쳤을 때, 여종업원인 부탄 아주머니 한 분이 디저트로 커피 한 잔을 가져다 주었다.

"고마워요, 정말 친절하군요!"

나는 매우 어른스럽게 그녀의 친절에 화답했다. 뜨겁고 진한 커피가 들어가자 몸도 마음도 넉넉해졌다. 그때 사십대 후반으로 보이는 그 아주머니가 불쑥 내게로 다가왔다. 그러더니 장난

치미라캉 사원 인근 마을. 이곳의 벽화나 조각품은 다산과 번영을 상징한다.
식당 입구에 세워진 남근상과 부탄 이곳저곳에서 보이는 남근 숭배물들.

스러운 표정으로 식당 입구의 거대한 조각상을 가리키며 내게 엄지손가락을 척 들어보였다. 아뿔싸! 내가 그것을 흘끔거리는 것을 그녀는 알아차린 모양이었다. 어쩐지 나는 어른 여자가 아니고, 그녀만이 진정한 어른 여자라는 패배감이 슬그머니 고개를 들었다. 이토록 쿨하고 당당한 여자들에게 누구라도 반하지 않을 수 없지 아니한가.

19금! 부탄의 남근 숭배 풍습에 관하여

부탄의 치미라캉 사원이 있는 인근 마을에 가면 너무나 적나라한 그림에 눈을 어디다 두어야 할지 모르는 순간을 맞이하게 된다. 그림뿐만이 아니다. 가정집 처마에 남근 조각품을 걸어 놓은 집도 한두 곳이 아닌데 사실 이는 부탄 사람들의 남근 숭배 풍습 때문이다. 어떤 곳은 집안에 '포'라고 불리는 남근을 그린 그림을 걸어두기도 한다. 말하자면 악귀를 쫓고 다산과 번영을 상징하는 부탄의 민속 신앙인 셈인데 우리나라 강원도 삼척 등지에 전해 내려오는 남근 숭배 민속과 비슷하다. 알고 보면 고개가 끄덕여지는 부탄의 19금 민속 신앙, 그러니 부탄에서 그것을 만나게 되더라도 너무 놀라지 마시길!

부탄에 도착한 지 5일째 되는 날, 우리는 홉지카(Phobjikha)라는 곳으로 향하기로 했다. 지도를 펴 놓았을 때 홉지카는 부탄의 한가운데에 위치하는 행정구역이다. 여행 지도를 펼쳐보면 대부분 홉지카 밸리라고 표기되어 있는데, 마을 전체를 계곡이나 골짜기가 감싸고 있는 지형인 것 같았다. 물론 이것은 홉지카에 도착하기 전까지 상상의 느낌일 뿐이다. 부탄은 실제로 가보기 전까지는 예측하기가 힘든 나라이다. 어딜 가더라도 매번 나의 예상과 기대를 벗어났으며 우리가 무언가를 예측하고 확신하며 살아간다는 것이 얼마나 부질없는 짓인지를 명확히 일깨워주었으니까.

우리 일행이 홉지카 밸리를 거치려는 이유는 다음 목적지가 '붐탕'이기 때문이다. 붐탕(Bumtang)은 부탄에서 가장 아름답고 성스러운 고장으로 알려진 곳이다. 붐탕으로 가려면 현재 위치에서 동쪽으로 출발해야 하는데 워낙 길이 멀고 험하다 보니 중간에 위치한 홉지카에서 하룻밤 묵어가자는 것이 점배가 세운 이동 계획이었다. 물론 나는 홉지카에 대해 어떤 정보도 갖고 있지 않았다. 여행할 때 그 지역에 대해 미리 공부하는 성격도 아니고 워낙에 준비성이 없던 터라 그저 내키는 대로, 혹은 가이드가 이끄는 대로 따라가면 그만이라는 생각이었기 때문이다. 꼭 어디를 가봐야 한다거나 남들 가는 데서 반드시 사진을 찍어야 한다는 생각도 없다. 어디를 가든, 무엇을 보든 어떤 시각으로 바라보느냐가 더 중요하다는 것을 알 만한 나이는 된 모양이다. 다만 그곳으로 떠나기 전에 점배가 홉지카의 사진 한 장을 보여주었는데, 안개가 자욱하게 낀 시골 마을의 풍경이 마치 강원도 평창이나 정선 어디쯤과 비슷하다는 생각이 들었다.

우리는 아침을 먹고 나서 곧바로 홉지카라는 미지의 공간을 향해 출발했다. 부탄에 온 이후로 줄곧 날이 흐리다 개기를 반복했는데 오늘 아침은 유독 구름이 손에 닿을 듯 낮게 흘렀다. 누군가 내게 "당신은 부탄에서 무엇을 보았나요?"라고 묻는다면 나는 주저 없이 "구름!"이라고 말할 것 같다. 어디를 가더라도 낮거나 높게, 때로는 뭉게뭉게 떠다니는 구름을 실컷 볼 수 있었으니까. 내가 좋아하는 소설가 김승옥의 소설 『무진 기행』에 나오는 한 문장이 떠올랐다. 소설 속 무진의 명산물이 안개라면, 부탄의 명산물은 구름이었다.

좁고 거친 산길을 달리느라 오전 시간을 내내 차 안에서 보냈다. 수도 팀푸나 공항에 인접한 파로를 제외하고는 부탄의 어느 지역도 길이 닦여 있지 않다. 당연히 이동 길은 험난할 수밖에 없고 운전하는 사람은 물론 뒷좌석에 앉은 사람도 고단하긴 마찬가지 상황이었다. 안전을 위한 보호대나 기둥 하나 박혀 있지 않은 아찔한 절벽을 달리는 건 이제 놀랄만한 수준도 아니다. 나는 안마의자에 앉은 듯 강력한 진동을 느끼면서도 종종 차 안에서 간식을 꺼내먹을 정도가 되었다. 어디서나 적응력이 뛰어난 나의 장점이 빛을 발한 것일까.

가는 도중에 작은 마을에 들러 간단히 점심을 먹고 다시금 두 시간을 달려왔을 때 점배는 홉지카가 멀지 않았다며 손가락으로 언덕 아래를 가리켰다. 그가 손끝으로 가리킨 마을이 가까워질수록 나는 감동을 받았는데, 홉지카가 한국의 강원도와 정말 비슷한 느낌이었기 때문이다. 마을을 감싸고 있는 병풍처럼 둘러진 언덕들이 그러했고, 길가를 이리저리 거니는 검정 개나 게을러 보이는 닭, 그리고 얼룩무늬 젖소들까지 마치 내가 지금 '대관령 어디쯤에 와 있는 게 아닐까' 하는 착각마저 들었다. 집집마다 널어놓은 빨래들도 정겨웠다.

그리고 무엇보다 내 시선을 사로잡은 것이 있었다. 바로 깃발이었다. 바람에 펄럭이는 그 깃발이 그렇게 보기 좋을 수가 없었다. 나중에 점배에게 물어보니 그것은 오색 경전인 룽다(Lungda)라고 했다. 룽다는 티베트 불교와 관련된 여러 그림과

글자가 인쇄된 사각형의 기도 깃발(Prayer Flag)이다. 언뜻 보면 초등학교 가을 운동회 때 학교 운동장에 화려하게 내걸린 만국기와도 비슷하다. 부탄에서 룽다는 여러 가지 의미로 쓰인다. 고갯마루 등지에서 길의 이정표 역할을 하고 어떤 장소에서는 신성한 공간임을 표시해 주는 기능을 하기도 한다. 잡귀와 나쁜 기운을 쫓아내기 위해 내거는 것도 물론이다. 그러나 내가 바람에 나부끼는 룽다에서 받은 느낌은 염원이었다. 룽다는 티베트어로 '바람의 말'이라는 뜻이다. 한자로는 '풍마(風馬)', 영어로는 '윈드홀스(Wind Horse)'라는 뜻이다. 평균 해발 2,000미터 이상의 고산지대인 부탄은 사시사철 바람이 존재한다. 부탄 사람들은 그 바람에 자신의 소망을 실어 하늘로 날려 보낼 수 있다. 부탄 사람들의 소박한 마음이 큰 감동으로 다가왔다.

마을 입구가 가까워지자 나는 창문을 좀 더 열었다. 공기가 달콤했다. 부탄에 도착한 첫날 팀푸 강을 건너면서도 그런 달콤함을 느꼈는데, 이곳은 또 다른 농도의 공기였다. 시인이 아닌 나는 그런 달콤함 기분을 어떻게 표현하면 좋을지 모른다. 이럴 땐 표현의 무능에 대한 고뇌가 깊어질 수밖에 없다. 진부한 대로 그 느낌을 표현하자면 홉지카의 공기는 깨끗한 달콤함이다. 우기가 가까워져서인지 농작물은 에메랄드 빛깔로 익어가고 있었고 무성한 숲에서 나오는 향기가 어우러져 상쾌하면서도 달달한 조화를 이루는 것 같았다. 인간은 왜 이리도 탐욕스러운지, 나는 달콤하고 깨끗한 공기를 듬뿍 마시고 가야겠다는 욕심이 나서 창문을 활짝 열었다.

　그때였다. 바람이 훅 들어오는 것과 동시에 공기보다 더 달콤한 여학생들의 목소리가 안으로 한꺼번에 밀려들어왔다.

　"저기 좀 봐요, 소녀들이에요!"

　나는 손가락으로 창문 밖을 가리켰다. 키라를 입은 소녀 세 명이 저만치서 걸어오고 있었다.

　"이 마을 학생들인 것 같은데 이야기를 나눠 보겠어요?"

　내가 소녀들에게 호감을 갖고 있다는 것을 눈치 챈 점배가 내게 말했다. 잰 걸음으로 걸어오는 소녀들의 매력은 강렬했다.

　"네. 차를 좀 세워주세요."

　운전사 초키가 길옆에 차를 세웠다. 걸어오던 소녀들은 불쑥 등장한 이방인들이 신기했는지 잠시 키득거리더니 어느새 우리를 향해 거리낌 없이 손을 흔들어 주었다. 개중에 더 용감해 보이는 한 소녀는 아예 두 팔을 높이 들어올리기까지 했다. 우리는 차에서 내려 그 소녀들에게 다가갔다.

　"안녕 친구들! 우린 여행객들이야. 어디에서 오는 길이니?"

　"우린 학교 수업을 마치고 집으로 돌아가고 있어요."

　"그래, 학교는 어디에 있지?"

　"여기서 두 시간 거리예요."

　"학교에서 여기까지 걸어온 거니?"

　"그럼요. 우리는 함께 걸어 다녀요."

　"정말 대단하다. 옆에 있는 친구들을 소개해 줄래?"

룽다. 불교 경전의 문구들을 부탄 사람들의 소망을 담아 새겨놓은 깃발들.
부탄 사람들은 깃발이 펄럭일 때마다 글귀의 깊은 뜻이 바람을 타고 온 세상에 퍼져나가기를 소망한다.

"네. 이 친구는 소남 초린, 얘는 정추린, 제 이름은 정하몽이
에요."

"모두 몇 살이니?"

"우리는 열네 살이에요. 그런데 당신들은 어디에서 왔어요?"

"한국에서 왔어. 한국에 대해 들어봤니?"

"그럼요. 나는 한국을 알아요. 그리고 아주 좋아해요."

"좋아한다고?"

"네. 나는 한국말도 알아요. 고마워, 잘 가, 사랑해."

"와! 정말 대단하다. 어떻게 한국말을 알고 있니?"

"한국 드라마를 좋아해요. 그리고 나는 이미논을 좋아해요."

"이미논? 이미논이라고?"

정하몽이라는 소녀는 내가 자신의 말을 알아듣지 못하자, 갑
자기 난감한 표정을 지어보였다. 그러더니 잠시 후 좋은 생각이
났다는 듯 필통을 꺼내서 내게 내밀었다. 그녀가 건넨 필통은
뚜껑 안쪽이 작은 스티커로 장식되어 있었는데, 자세히 보니 수
년 전에 방영된 한국 드라마 〈꽃보다 남자〉에 출연한 배우들이
었다. 그제야 나는 그녀가 말한 이미논이 누구인지 알 것 같았
다. 이미논은 배우 이민호를 뜻하는 거였다. 나는 웃음이 나오
려는 걸 겨우 참으면서 그녀에게 이미논을 안다고 대답했다. 그
러자 정하몽의 표정이 달처럼 환해졌다. 신이 난 그녀는 필통뿐
아니라 줄이 그어진 노트, 연필과 책받침 등을 연달아 꺼내서
보여 주었는데 물건 하나하나마다 앙증맞은 스티커가 붙어 있

었다. 나는 스티커 사진을 내밀며 그녀에게 밝은 얼굴로 물어보았다.

"정하몽, 이민호가 왜 좋아요?"

그녀는 내 질문에 얼굴이 발갛게 달아오르더니, 어느 순간 똑부러지는 말투로 또박또박 대답했다.

"그는 똑똑한 남자라는 생각이 들어요. 그리고 웃는 얼굴이 보기 좋아요."

부탄 소녀들은 이렇게 두 가지 모습을 다 가지고 있다. 수줍고 부끄러움을 타는 전형적인 소녀의 모습과 어느 순간 속에 있는 말을 끄집어내는 당찬 모습 말이다.

"정하몽은 꿈이 있어요?"

"물론이죠. 저는 가수가 되고 싶어요."

"가수라고요?"

그녀의 꿈이 가수라고 말하는 순간, 옆에 있던 두 친구 모두고개를 끄덕이며 맞장구를 쳤다. 나는 그녀의 노래 실력이 궁금했지만 왠지 그 이상을 묻는 것은 실례가 될 것 같아 차마 요청하지 못했다. 그때 내내 지켜만 보던 K 감독님이 소녀에게 이렇게 물었다.

"혹시 우리에게 노래 한 곡 선물해 줄 수 있어요?"

정하몽은 의외의 요청에 눈이 동그랗게 커졌다. 그리고 잠시도 고민하지 않고 "예스!"라는 대답을 던져주었다. 우리 일행모두 소녀의 화통한 모습에 환호를 보냈고 그녀는 잠시 목을 가

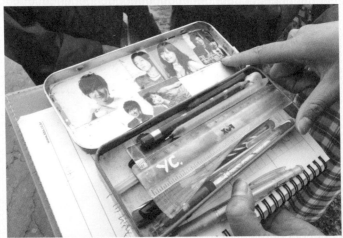

하굣길에 만난 사춘기 소녀 정하몽(14, 맨 왼쪽)과 친구들.
한국 드라마와 배우에 관심이 많지만 집에 TV나 컴퓨터가 없어
학교(인터넷 수업시간)에서 유튜브 검색을 한다.

다듬더니 수줍게 노래를 부르기 시작했다. 오디션도 아닌데 지금껏 불러왔던 노래 중에 가장 잘 부르고 싶다는 표정이 역력했다. K 감독님은 발 빠르게 소녀의 모습을 카메라에 담기 시작했다. 나는 이렇게 사소한 순간에도 온 힘을 다하는 소녀의 태도에 큰 감동을 받았다. '나에게 저도록 볼이 빨개지도록 무언가를 열심히 했던 적이 언제였던가' 하는 자책도 들었고 그저 고맙다는 말 외에 다른 어떤 말도 떠오르지 않았다. 채 5분이 되지 않았지만 소녀가 주먹을 쥐고 노래를 부르던 그 순간은 내 인생에서 결코 잊을 수 없는 선물 같은 시간으로 남았다. 소녀가 불러준 노래는 부탄의 전통가요라고 했다.

"정말 멋진 노래였어, 정하몽! 난 네가 꼭 가수가 될 거라고 믿어!"

우리나라로 치면 중학교 2학년인 그 소녀들은 매일 학교까지 두 시간씩 걸어 다닌다. 수업을 마치고 집에 돌아오면 소를 몰러나간 엄마 대신에 감자 요리를 하고, 어린 동생들을 돌보며 닭장에서 달걀을 가져온다. 대체 친구와는 언제 노느냐고 묻는 내게 소녀들은 해질 무렵에 친구들과 배드민턴을 친다고 했다. 학교 끝나면 우르르 수학이나 영어학원으로 몰려가고, 근처 편의점에서 즉석 식품과 컵밥으로 끼니를 때우며 오로지 공부에만 매달리는 우리 아이들과는 참 많이 다른 생활을 하고 있었다. 그렇다고 이 아이들이 한국의 청소년들보다 지식 면에서 현저히 뒤처지는 것도 아니다. 학교에선 모국어인 종카어와 영어, 과학과 역사, 수학을 배우고 최근에는 IT 과목까지 정식으로 채택되어 제법 수준 있는 교육을 받고 있다. 게다가 모든 수업은 영어로 이루어진다. 그러니 외국인들과 영어로 의사소통하는 데도 전혀 어려움이 없는 부탄 청소년들이다. 다만 집집마다 TV나 컴퓨터가 없기 때문에 바깥세상의 소식을 접하는 것이 조금 늦어질 뿐이다. 하루 종일 스마트폰을 손에 놓지 못하는 우리 아이들의 지적 수준이 부탄 청소년들보다 더 낫다고 누가 장담할 수 있을까? 그 부분에 있어서 나는 자신 있게 대답할수 없다. 내가 본 부탄 소녀들은 생각보다 훨씬 똑똑하고 현명했다. 말하자면 이런 대화가 그러했다.

"한국에 돌아가면 나에게 이메일을 보내줄 수 있나요?"

노래를 마친 정하몽이 내게 던진 질문이다. 그녀는 나와 함께 찍은 사진은 물론 내가 돌아간 이후의 한국 소식을 이메일로 받아보고 싶다고 했다.

"물론이지. 그런데 집에 컴퓨터가 있니?"

"집에 컴퓨터는 없어요. 하지만 학교 IT 시간에 컴퓨터를 사용할 수 있어요."

"그렇구나. 한국에 돌아가면 꼭 사진을 보내줄게."

"고마워요. 그런데 너무 실망하진 마세요!"

"실망이라고?"

"바로 이메일을 확인할 수 없으니 답장이 늦어져도 이해해주시면 좋겠어요."

영어 선생님이 되고 싶다는 소냠 초린과 과학자가 꿈이라는 정추린이라는 소녀도 인상적이었지만, 가수가 꿈인 정하몽이라는 소녀는 정말 용기 있고 똑똑한 친구라는 생각이 들었다. 나는 마지막으로 소녀들에게 사진 한 장을 더 찍자고 요청했다. 저마다 가장 예쁘거나 멋진 포즈로 성의껏 자세를 잡아주는 소녀들이 참으로 고마웠다. 한국에서 길 가는 중학생들에게 사진을 찍자거나 노래를 불러달라고 말한다면 그들은 내게 뭐라고 할까? 아마도 '아줌마 어디 아파요?'라는 눈빛을 보낼 것이다. 순수하면서도 당찬 열네 살 부탄 소녀들의 긍정적인 모습에 기분이 참 좋아졌다. 우리 아이들이 어둡고 우울하다면 그건 모두 어른들 탓이다.

알면 알수록 더 알고 싶은 부탄

부탄의 공식 언어인 종카어를 아시나요?

부탄은 국토가 상당히 작은 나라임에도 지역마다 사투리가 심하다. 그 이유는 지리적인 영향이 큰데, 해발 2,000~4,000m에 이르는 고산지대가 대부분인 만큼 오랫동안 고립된 지역이 많아 종카어 외에 다양한 방언들이 존재하게 되었다고 한다. 부탄 정부는 1970년대부터 적극적인 종카어 보급 정책을 만들어 문법을 개발하기 시작했는데, 승려들만 쓰던 종카어를 일반 학교 학생들에게 가르치기 시작한 것도 그리 오래된 일은 아니다. 종카어는 배우기 쉽지 않다. 30개나 되는 자음과 단어마다 별개의 높임말까지 있기 때문이다. 그래서인지 모든 과목을 영어로 배우는 부탄 학생들이 가장 어려워하는 과목 중 하나도 종카어라고 한다. 하지만 부탄 학생들은 종카어에 대해 이렇게 말한다. "언어를 잃는 건 우리 문화를 잃는 것이고 종카어는 불교 사상과 맞닿아 있는 우리 언어예요."

누구나 행복한 사람이 되는 곳

마음을 멈추고 부탄을 걷다

3장

마 지 막
샹그릴라,
부 탄 의
자연에 취해

도시에 있는 것들은 아무리 커도 가치가 없다.

숲에 있는 것들은 아무리 작아도 가치가 있다.

- 부탄 속담

여행이 해결해 주는 것은 많지 않다. 일상을 떠나 낯선 자신의
모습을 발견하고 아련한 추억을 남긴다고 하지만 그마저도 곧
일상에 묻혀 잊히기 일쑤이다. 어떻게 살아야 하는지에 대한 질
문과 마흔 살, 그러니까 사십대를 준비하기 위해 떠난 여행이라
고는 하지만 부탄 여행이 내 삶의 불가항력적인 것들까지 해결
해 줄 리는 만무했다. 결국 붓다의 말씀대로 '인생은 헛수고'인
걸까?

 우리는 신화 속의 저주받은 영웅 '시시포스'처럼 끊임없이 굴
러 떨어지는 바위를 밀어 올리는 운명에 처해진 인간들이다. 그
러니 잠시의 짧은 여행이 삶을 바꿔줄지 모른다는 환상은 깨버
려도 좋다. 그럼에도 우리가 끊임없이 여행을 꿈꾸는 이유는 우
리 일상에서 흔치 않은 '일탈'을 가능케 해주기 때문이다. 세상

에 나를 떨리게 할 존재들이 남아 있다는 것, 그 기분 좋은 먹먹함과 설렘만으로도 여행은 충분히 가치가 있으니까. 여행을 많이 다닌 건 아니지만 내 인생에 특별했던 두 번의 여행은 제주도와 부탄 딱 두 곳이다. 두 여행지가 특별한 이유는 바로 '눈물' 때문인데, 이번 부탄 여행에서 나는 또 한 번 눈물의 의미를 생각하게 되었다. 행복한 나라 부탄에서 나는 왜 울고 말았을까?

> 눈물 : 사람이나 짐승의 눈알 위쪽에 있는 누선(淚腺)에서 나와 눈알을 적시거나 흘러나오는 투명한 액체 상태의 물질. 늘 조금씩 나와서 먼지나 이물질을 없애거나 각막에 영양을 공급해 준다. 어떤 자극 따위를 받으면 더 많이 분비된다. 특히 사람의 경우 슬프거나 매우 기쁠 때에 흘러나온다. 세는 단위는 방울, 줄기이다.

「국어사전」에는 "사람의 경우 슬프거나 매우 기쁠 때 눈물이 흘러나온다"고 설명되어 있지만 나는 이 말에 공감하지 않는다. 내 경우에는 우선 기쁠 때 속으로만 쾌재를 부를 뿐, 잘 내색하지 않기 때문이다. 그것은 슬픈 일을 겪을 때도 마찬가지인데, 그런 상황에서는 눈물이 흐르기는커녕 오히려 입을 꾹 다물고 눈물을 삼켜내기 일쑤다. 내가 눈물을 흘릴 때는 화가 나거나 억울할 때이다. 사실은 울고 싶은 게 아니라, 화를 삼키려 할

수록 눈물이 주체할 수 없이 흘러나오는 건지도 모르겠다.

몇 년 전의 제주도에서 그랬고 이번 부탄여행에서도 나는 눈물을 쏟고 말았다. 어떤 시인의 말대로 "눈물을 자르는 눈꺼풀처럼" 잘라내고 또 잘라낼수록 뜨거운 무엇이 멈추지 않고 눈물로 흘러내렸다. 내가 눈물을 쏟은 곳은 타이거 네스트(Tiger's Nest), 그러니까 부탄 여행의 백미라고 알려진 탁상사원(Taktshang Monastery) 아래서였다. 멀리서 바라보는 것만으로도 아찔한 그곳은 누군가 '네 삶은 아직 멀었어'라고 말해 주는 것처럼 압도적인 풍광을 자랑하는 곳이다.

부탄 여행은 나의 오랜 꿈이었지만, 항공예약과 현지 체류비를 입금하는 것 외에는 별다른 준비를 하지 않고 떠난 길이라 많은 것들이 예상을 빗나갔다. 우선 체력 면에서 그랬다. 남들은 여행을 떠나기 전에 동네 뒷산이라도 오르며 체력을 기른다는데 나는 아침부터 해가 질 때까지 카페나 사무실에 앉아 컴퓨터만 보기 일쑤였고, 집에 돌아가면 지쳐서 뻗어버리는 게 일상이었다. 그러니 체격은 커보여도 체력은 저질인 내가 해발 2,000미터 이상이 대부분인 나라, 부탄에 간다는 건 솔직히 무모한 일이었다. 다행히 약간 숨이 차는 것 외에 큰 어려움은 없었지만 문제는 두통이었다. 부탄에 도착한 날부터 끊임없이 이어지는 미미하지만 끈질긴 두통. 그나마 버틸 수 있었던 건 식욕이 떨어지지 않아 잘 먹으며 견뎠다는 사실이다. 이대로 2주를 버틸 수 있을까 싶을 만큼 피로와 편두통이 심해질 무렵, 나는 드디어 초현실적인 거대한 산과 마주하게 되었다. 타이거스 네스트, 해발 3,120미터 높이의 산에 자리 잡은 이 사원은 파로 골짜기의 절벽 위에 아슬아슬하게 자리하고 있었다. 산 아래에 서서 사원이 위치한 절벽을 올려다보는데 가히 아찔했다. 그런 내 표정을 읽고 먼저 말을 건 것은 점배였다.

"마담, 여기서 사원까지 올라가는 방법은 두 가지예요. 하나 는 저 앞에서 말을 타고 올라가는 겁니다."

"그리고요?"

"또 다른 하나는 자신의 의지를 믿고 걸어가는 거죠."

"의지를 믿으라고요?"

두통과 피로감으로 고생하던 내 앞으로 몇몇 여자들이 말을 타고 올라가는 모습이 보였다. 그런데 그 모습이 내게는 썩 좋 게 느껴지지 않았다. 말들은 몹시 지친 것 같았고 무엇보다 불안 한 것은 한 발만 잘못 내딛으면 수백 미터 낭떠러지인 산길을 말 에게 의지해서 간다는 것이 석연치 않았다. 말의 네 발이 아닌 내 두 발로 가겠다는 말을 하려는 순간, 점배가 불쑥 내 앞을 막아 서더니 앞서가는 말 한 마리를 가리키며 말했다.

"해발 3,000미터가 넘는 산길이에요. 사람까지 태우고 가는 건 말에게 너무 큰 짐을 지우는 겁니다."

점배다운 말이었다. 나는 그의 진심을 충분히 이해했다는 표 정을 지으며 걱정 말라고, 스스로 걸어가겠다고 선언했다. 사실 내 경우는 말이 안쓰러워서라기보다는 절벽 아래가 훤히 내려

말을 타고 올라가는 관광객들과 전망대 근처 카페.

다보이는 산길에 내 목숨을 내놓고 싶지 않아서였다. 그런데 점
배는 동물을 위한 내 결정이 아주 훌륭하다는 듯 연신 엄지손가
락을 치켜 올리며 "베리 굿!"을 외쳤다. 쑥스러움 반, 걱정 반을
안고 일행을 따라 산길을 오르며 10분, 20분, 30분이 지났다.
서서히 식은땀이 흘러내렸다. 그것은 밀려오는 두통 때문이었
는데, 나는 아픈 것을 내색하고 싶지 않았고 일행의 등반 시간
이 나로 인해 지체되는 것도 원치 않았다. 그렇게 끊임없이 오
르고 또 오른 한 시간 반 만에 우리는 전망대 근처의 카페에 도
착했다. 카페에는 간단한 차와 허브를 뿌려 구운 비스킷 같은
것들이 준비되어 있었고 그것은 맘껏 가져다 먹을 수 있을 만큼
넉넉한 양이었다.

"김 작가, 괜찮겠어요?"

앞에서 걷던 K 감독이 다가와서 말을 걸었다.

"물론이죠. 멀쩡해요."

"얼굴색이 안 좋아 보이는데요?"

"제가요? 생각보다 힘들지 않아요."

왜 그런지 나는 호기를 부리고 있었다. 두통으로 속이 메슥거리고 골이 흔들리기 시작했는데 도무지 아프다는 말이 입에서 떨어지지가 않았다. 마흔 즈음에 와서 깨달은 것 중 하나는 평생을 유년 시절에 형성된 인성이나 삶을 대하는 방식으로 살게 된다는 것이다. 그것은 집안의 분위기와 관련된 이야기인데 우리 집의 경우 고통을 표현하고 드러내 나누는 것이 아니라 각자 참고 견뎌야 한다는 분위기였다. 그것은 성인이 되어서도 크게 달라지지 않았다. 탁상사원이 가까워질수록 폭격과도 같은 통증을 느꼈지만 오직 드러내고 싶지 않다는 생각뿐이었다.

"이제 다시 출발하죠."

"그래요, 이번엔 쉬지 않고 쭉 가보죠!"

앞서가는 일행에 뒤처지지 않기 위해 나는 이를 악물고 따라붙었다. 어찌나 어금니에 힘을 주고 걸었는지, 나중에 한국에 돌아와서 당시 찍은 사진들을 보니 끔찍하기 이를 데 없었다. 아름다운 골짜기와 바람에 펄럭이는 오색 깃발, 수직 절벽 위에 아슬아슬하게 걸려 있는 사원을 배경으로 수십 장의 사진을 찍었건만 내 얼굴은 통증을 참아내느라 이를 악문 기괴한 표정이 전부였다. 그렇게 한 시간 가량을 더 올라가니 의지와 상관없이 자꾸만 다리가 풀려 몇 번씩 무릎이 꺾이곤 했다. 앞에서는 쉬엄쉬엄, 천천히 오라고 말했지만 나는 뒤처지고 싶지 않았다. 그것은 현실의 삶에서 뒤처질까 봐 전전긍긍하는 내 모습하고도 무척 닮아 있었다.

아등바등 따라 붙은 끝에 나는 일행과 큰 차이 없이 탁상사원에 도착할 수 있었다. 그때까지만 해도 모든 것이 괜찮았다. 약간의 두통이 남아 있었지만 나는 뒤처지지 않았다는 사실에 안도했고 깊은 계곡 사이에 자리한 암벽 사원은 바라보는 것만으로도 가슴이 벅찼다. 파드마삼바바가 호랑이를 타고 와서 내렸다는 동굴을 지나 그의 명상 장소까지 둘러보고 나서 점배를 따라 기도했다.

"점배, 무슨 기도를 했어요?"

"하늘과 자연, 깨끗한 공기에 대해 기도를 했어요. 당신은 무슨 기도를 했나요?"

"아, 저는…… 저는, 비밀이에요."

마음이 불편해진 것은 그때부터였다. 사람들은 다양한 기대를 가지고 부탄에 들어오겠지만 확실한 것은 '기대'가 '부끄러움'으로 바뀌는 순간을 맞이하게 될 거라는 점이다. 가만히 생각해 보면 부탄에 오기 전까지 내가 힘들었던 이유는 전부 내욕심 때문이었다. 나는 그저 마흔이 되고 싶지 않아서 힘들었던건지도 모르겠다. 부조리하고 불공평한 세상에 화가 난다는 것은 나도 어떤 힘을 갖게 되어 이 상황을 역전시키고 싶다는 욕망이 있어서가 아닐까. 하지만 그런 힘이 생긴다고 가정했을 때 내가 권력을 가진 자들과 전혀 다르게 깨끗한 삶을 살 거라고 장담할 수 없는 일이다. 돈이나 권력이 무서운 이유는 바로 거기에 있다. 방송계에서 10년 이상 일을 하면서 점점 괴물이 되어가는 줄 모르고 무섭게 변해가는 사람을 너무도 많이 봐왔고 그때마다 나는 저렇게 살지는 않겠다고 다짐했었다. 하지만 내가 그들처럼 괴물이 아니라고, 혹은 품위 있는 인간이라고 과연 말할 수 있을까. 그런 생각들을 하니 머리가 뻐근해지면서 다시금 두통이 몰려왔다.

"마담, 정말 괜찮아요?"

"네, 괜찮아요."

"가방이라도 이리 주세요. 얼굴색이 너무 안 좋아요."

"난 괜찮아요, 정말이에요."

말은 그렇게 하고 뒤돌아섰지만 사원에서 내려오는 내내 집요하고 거칠게 밀려오는 두통에 시달렸다. 한 발 한 발 내딛을 때마다 위협적인 통증이 뒤통수를 파고들었는데, 시간이 갈수록 골의 흔들림도 더욱 심해졌다. 통증이 거의 폭격 수준으로 치닫고 있었지만 참고 견디는 것 외에 내가 할 수 있는 일은 아무것도 없었다. 여기서 걸음을 멈춘다고 해도 잦아질 통증도 아니었다. 한 걸음씩 내딛는데 속에서 무언가 울컥하는 감정이 자꾸 솟구쳤다. 나는 통증을 감추기 위해, 그리고 주저앉아 울지 않기 위해 쉬지 않고 한 발씩 내딛었다. 점배에게 정말 고마웠던 것은 그러는 동안에 무엇도 강요하거나 요구하지 않았다는 점이다. 어떠한 친절도 상대가 원치 않을 땐 짐이 된다는 것을 그는 알고 있었다. 그것은 느리게 흘러가는 시간 속에서 자연스럽게 몸으로 체득한 기다림이라는 삶의 방식이 아닐까. 점배는 한 걸음 뒤에서 쉽게 다가오지도 않고 또 세 걸음 이상 물러서지도 않으며 산을 내려오는 내내 뒤를 지켰다. 타인에게서 그런 배려와 기다림을 받아본 적이 도무지 언제였는지 기억도 나지 않는다. 그만큼 우리 모두가 불안하고 조급하게 살아가고 있다는 사실이 나를 더욱 슬프게 했다. 몇 시간을 더 걸어 트래킹을 마친 우리가 호텔 앞에 도착한 건 이미 해가 진 후였다.

"미안하지만 오늘은 그만 쉬고 싶어요."

그저 한숨 자고 싶은 생각밖에 없었다. 나는 룸으로 돌아와 타이레놀 서너 알을 동시에 삼켰다. 그리곤 죽은 듯 잠이 들었다. 얼마나 깊고 아득한 잠을 잤는지 눈을 떴을 땐 베갯머리가 흠뻑 젖어 있었다. 그것은 땀이었을까, 아니면 잠든 동안 쏟아낸 눈물이었을까. 정신이 들었을 땐 두어 시간쯤 지난 뒤였다. 다행히 온몸을 파고들던 두통도 슬그머니 물러간 뒤였다. 살았다. 아니, 살 것 같았다. 어쩌면 나는 죽었다가 살아난 건지도 모르겠다. 어정쩡하게 일어나 침대 앞에 놓인 거울로 시선을 돌렸다. 정녕 꼴이 말이 아니었다. 두 눈은 붉게 충혈되어 있었고, 통증을 참아서 그런지 얼굴이 소보로 빵처럼 부풀어 있었다. 쓰나미 같은 통증이 물러가자 갑자기 허기가 몰려왔다. '앞으로 어떻게 살아가지'라는 고민은 배고픔 앞에 묻히고 만 것이다. 아무래도 뭔가 먹어야지 싶었다. 나는 비틀거리듯 일어나 부끄러움을 무릅쓰고 전화를 걸었다.

"저기요, 배가 고픈데 어디라도 갈까요?"

"그래요. 뭘 좀 먹자고요. 시내가 가까워요."

다행히 점배와 초키가 호텔 밖에서 차를 대기하고 기다리고 있었다. 우리는 차를 몰아 붐탕 도심지로 향했다. 초키는 콧노래까지 부르며 운전을 했고, 점배는 아무런 말없이 창밖을 바라보았다. 제법 큰길을 따라가자 상점들이 늘어서 있는 시내가 보였다. 거기서 나는 순식간에 어떤 간판을 발견했는데 분명 '베이커리(Bakery)'라고 씌어 있었다. 세상에! 부탄에 온 지 얼마 만에 만나는 빵집이란 말인가! 나는 새 신을 신고 폴짝 날아오

버섯 패스트리 빵. 유기농 재료로 만든 것이라 그런지 더욱 맛이 좋았다.

를 만큼 몹시 기뻤다. 그리곤 곧장 들어가 패스트리 빵을 한 박스나 구입했다. 붐탕에서 재배한 유기농 버섯으로 속을 꽉 채운 빵이었는데 주인 여자 말로는 가게에서 가장 잘 팔리는 빵이라고 했다. 나는 가게 앞에 서서 그것을 한입 크게 베어 물었다. 속에 든 버섯은 향긋했고, 내용물을 감싸고 있는 빵은 더 없이 고소하면서 부드러웠다. 몇 시간 동안 절벽을 기어오르면서 느낀 땀과 통증 때문인지 갓 구워낸 빵 맛은 정말 최고였다. 속 깊은 위로를 받은 것처럼 뱃속이 뜨거워지는 기분이었다. 나는 하이에나처럼 연달아 빵 몇 개를 흡입했다. 무수히 많은 약점 속에서 유일하게 빛나는 나의 장점은 힘든 일을 금방 잊어버린다는 점이다. 가히 천부적인 재능이다. 울고 싶은 날, 나는 부탄에서 달달한 빵 한 조각에 눈물을 잊기로 했다.

죽음에 관하여 _
탁상사원에서 2

그녀에게서 연락이 왔다. 누구나 힘든 시절이 있지만 내 어려운
시절을 잠시나마 덮어 주었던 사람, 어느 날, 그녀의 전화번호
로 전달된 문자 메시지 한 통.

누나가 세상을 떠났습니다.
꼭 오셔서 마지막 길을 함께해 주세요.
발인 **월 **일 S대학병원 장례식장 2호.

그녀의 휴대폰으로 그녀의 남동생이 보낸 문자였다. 그때 나
는 집 앞 놀이터에서 아이의 그네를 밀어주던 참이었는데 메시
지를 받고는 그만 주저앉고 말았다. 놀라서 그네에서 뛰어내린
아이가 주먹을 동그랗게 쥐고 내게 달려왔다.

"엄마, 울어?"

아이는 까만 눈으로 한참동안 나를 바라보았다. 나는 아이를 쳐다보면서 "어떡하지……!"라는 말만 되풀이했다.

집으로 돌아와 최소한 머리라도 감고 가야 했다. 그런데 머리 감는 시간 동안 지체할 수 없었다. 그녀와의 마지막 대화가 자꾸만 마음에 걸렸기 때문이다.

"왜 이사 가더니 통 연락이 없어?"

"미안해. 내내 좀 정신이 없었어."

"그래, 워낙 바쁜 사람이니까. 주말에 시간이 좀 나는데 내가 그쪽으로 가면 만날 수 있어?"

"이번 주는 선약이 있어서 안 돼. 그런데 무슨 일 있어?"

"무슨 일은…… 그냥 보고 싶어서 그래."

"그래, 우리 한번 봐야지. 내가 시간 봐서 연락할게!"

그녀가 떠나기 딱 일주일 전에 나눈 마지막 대화였다. "한번 봐야지"라는 무책임하고 영혼 없는 대답만 던지고 나는 서둘러 전화를 끊었던 것 같다. 대체 뭐가 그리 바빴을까? 정말로 바쁜 일이 있기나 했을까? 어쩌면 나는 "한번 봐야지"라는 말을 습관적으로 내뱉고 사는 대책 없는 사람이었는지도 모르겠다. 사실은 당장 볼 생각도 없으면서 말이다.

한 동네에서 또래의 남자 아이를 키우면서 친구가 된 우리는 꽤 오랜 시간 마음을 나누며 지냈다. 그녀는 커다란 덩치만큼 손도 커서 무슨 음식이든 많은 양을 만들어 나눠주던 솜씨 좋은 여자였다. 유치원 버스에서 내린 아이를 데리고 가끔 그 집에 놀러가곤 했는데 그때마다 그녀는 맛있는 음식을 만들어 주었다. 음식의 종류도 매번 달랐다. 간단한 떡볶이에서 매콤한 닭볶음탕까지 마치 요술이라도 부린 듯 그녀는 뭐든 뚝딱 만들어내는 데 선수였다. 특히 맛있게 먹은 것은 그녀의 커리 요리였다. 채소와 고기를 한꺼번에 익혀 끓인 커리는 확실히 내가 만든 것보다 풍성하고 기막힌 깊은 맛이 났다. 어쩌면 똑같은 오뚜기 카레를 가지고 이런 맛을 낼 수가 있지? 한번은 비법을 알려달라고 물어보았는데 그녀가 무심한 투로 이렇게 말했다.

"비법이 어디 있어. 냉장고에 남은 재료 다 넣고 뭉근하게 끓이는 거지."

일과 육아를 동시에 하느라 또래 엄마를 사귈 기회가 없던 내게 그녀는 선뜻 다가와서 내 허술한 곳을 가려주었다. 나는 그녀가 만들어준 뜨거운 커리 한 그릇을 비워내며 일상의 피곤함을 덜어내곤 했었다. 아이를 키우며 어울려 지내던 그 동네를 내가 먼저 떠나기 전까지 말이다.

그녀의 남동생이 보낸 문자를 받고나서 가장 먼저 스쳤던 생각은 '도대체 왜?'였다. 나는 왜 그녀의 전화를 성의 없이 받고 말았을까? 그녀는 왜 갑자기 내가 보고 싶었을까? 원래 어디가 아팠던 건 아닐까? 나는 왜 이다지도 눈치가 없는 걸까? 왜! 왜! 왜! 아무리 파고 들어봐야 하나마나한 질문일 뿐이다. 벌써 5년도 더 지난 일이니까.

해발 3,120미터 탁상사원 정상. 부탄 여행의 백미인 절벽 사원의 정상을 찍고 나서 우리 일행은 곧바로 하산을 시작했다. 남자 일행들보다 먼저 체력이 떨어진 데다 극심한 두통까지 겹친 나로 인해 등반 시간이 지연되었기 때문이다. 얼마나 걸었을까. 헉헉 숨소리가 발걸음과 호흡을 같이 하며 어쨌든 한 발 한 발 아래로 향했다. 비틀거리며 걷는데 귀가 먹먹했다. 해발 3,000미터, 아득한 히말라야 산자락에 존재하는 것은 내 거친 숨소리와 발소리뿐인 것 같았다. 사력을 다해 걷고 있음에도 도무지 진도가 나지 않았다. 그리고 정상에서 그만 다리가 풀린 탓에 내려오는 길 역시 만만치 않았다. 특히 등반 내내 머리를 부수는 듯한 극심한 두통에 시달리고 있던 터라 나는 정신이 온전한 상태가 아니었다. 내가 할 수 있는 것은 한 발씩 내딛으며 속으로 중얼거리는 기도뿐이었다.

'제발 무사히 내려가게 해주세요. 누군가의 등에 업혀 내려가지 않도록 힘을 주세요.'

묵묵히 걸으면서 혼자 중얼거리며 기도를 하다 보니 다른 것들에도 생각이 미쳤다.

'한국에 돌아가면 착한 사람이 되게 해주세요. 아이에게 공부하라는 잔소리는 이제 하지 않을 거예요. 누구도 미워하지 않고 누구라도 사랑하게 해주세요.'

천근만근인 몸을 이끌고 내려오는 길에서 '기도'는 꽤 큰 도움이 된다. 아무래도 기도하며 걸음을 옮기는 사이 자연스레 욕심 같은 것을 내려놓을 수 있기 때문인 것 같다. 나는 빨리 산을 내려가려는 욕심을 내려놓고 내 체력과 인내력의 한계를 인정하며 천천히 걷기로 했다. 그러니 내려가는 것이 조금은 수월해졌다. '당신들 뜻대로 하소서!' 하고 내다 맡기면 마음이 한결 편해지는 게 있는 것 같다. 정말 신기한 일이 아닌가. 그렇게 기어가는 속도로 내려오니 어느새 중간 지점인 카페테리아에 도착해 있었다. 저만치에서 점배가 걱정스러운 눈빛으로 나를 살피면서 다가왔다.

"마담, 점심 먹을 수 있겠어요? 등반 시간이 지연되어서 점심 때를 놓쳤어요. 한참 더 내려 가야하는데 조금이라도 먹고 가는 게 어때요?"

솔직히 별로 먹고 싶은 생각이 없었다.

"그래요. 여기서 뭐라도 좀 먹고 가죠."

앞장서서 걷던 K 감독님까지 식사 제안을 하자 나는 도리 없이 고개를 끄덕였다. 그리고 잠시 후, 벌겋게 달아오른 내 얼굴 앞에 허름한 식판이 주어졌다. 달밧(Dal Bhat), 그러니까 네팔이나 부탄의 가정식쯤 되는 소박한 음식이 나온 것이다. 음식이라고 해봐야 수북이 쌓인 밥과 오직 감자만 넣은 묽은 커리가 전부였다. 연한 갈색을 띤 커리는 그다지 맛있어 보이지 않았다.

"보기보다 맛은 괜찮아요. 한번 먹어봐요."

K 감독님은 마치 국에 밥을 말아 먹듯 밥을 커리에 적셔 먹기 시작했다. 산더미처럼 수북하던 밥이 금세 줄어드는 것이 보

였다. '이런 상황에서 밥맛이 좋단 말인가!' 나는 뒤틀린 심사로 마지못해 한 수저 떴다. 그런데! 맛이 은근히 고소했다.

"어라, 이거 먹을 만하잖아?"

나는 조금 빠른 속도로 입에 밥을 밀어 넣었다. 밥에 커리를 적셨기 때문인지 목으로 넘어가는 것도 수월했고 약간의 향이 두통을 잠시 잊게 하는 효과도 있는 것 같았다. 텁텁했던 입 속에 침이 돌았다. 나는 작정하고 밥을 크게 떠서 입속으로 마구 집어넣었다. 희한하게도 먹으니 힘이 났다. 그런데 힘이 나는 만큼 왠지 가슴이 먹먹해졌다. 대체 여기까지 와서 밥을 먹으며 나는 왜 가슴이 먹먹해지는 걸까? 아마도 커리 때문인 것 같았다. 아니, 커리가 아니라 오뚜기 카레를 만들어 주던 그녀가 생각났기 때문일 거다. 한 걸음 떼기도 힘들어 하며 겨우겨우 여기까지 왔는데, 히말라야 산 앞에서 잊은 줄 알았던, 아니 잊고자 했던 그녀가 생각나고 만 것이다.

불쑥 눈물이 났다. 무슨 감정인지는 잘 모르겠다. 그녀가 미치도록 보고 싶었던 것도 아니다. 두통과 피로함에 찌든 나에 대한 연민인지, 그녀를 비롯해 다시는 볼 수 없는 곳으로 간 사람들에 대한 미안함 때문인지 자꾸만 눈물이 났다. 나는 커리를 적신 밥을 한 수저씩 떠 넣으며 밥과 함께 눈물을 삼켰다. 저만치서 점배가 나를 물끄러미 쳐다본다. 밥 생각이 없다더니 식판에 남은 커리를 싹싹 긁어먹고 있는 내가 이상하게 생각되었던 모양이다. 밥을 다 먹고 나니 그제야 복받치는 감정도 잦아들었

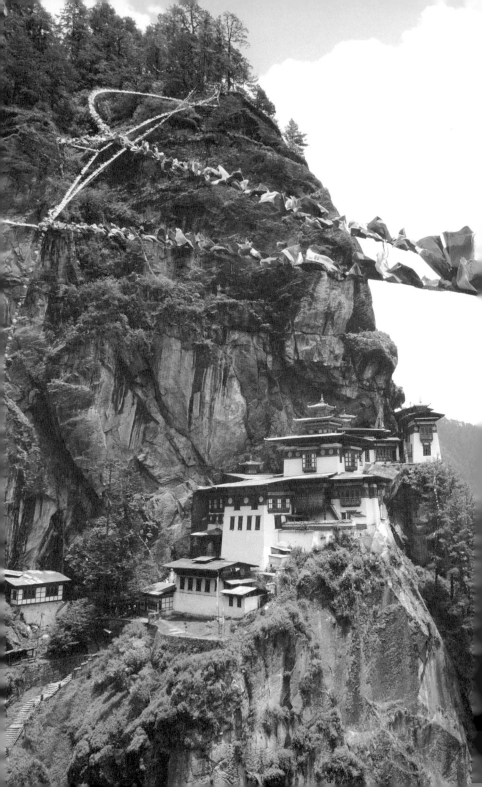

다. 허전하고 춥던 마음에 온기가 돌았다. 역시 먹어야 사나 보다. 아니, 살아 있으면 먹는 모양이다.

그날 나는 해발 3,120미터 탁상사원을 내려오며 세상에서 가장 허술한 음식을 눈물에 말아 먹었다. 수북한 밥에 거친 감자만 겨우 들어간 묽은 커리가 전부인 소박한 음식이었다. 내 안의 묵혀 있던, 혹은 외면하고 싶었던 감정을 꺼내게 하는 음식, 죽음에 관해 생각하게 하는 산 사람의 배를 채워주는 음식 말이다. 부탄 속담에 '죽음은 옆방에 가는 것과 같다'라는 말이 있다. 즉, 문을 가만히 열고 옆방으로 건너가는 것과 같다는 의미이다. 죽음이란 회피하고 외면할 대상이 아니다. 죽음을 생각하며 살아간다면 지금 사는 이 순간이 귀중해질 수 있다는 생각이 들었다. 나는 이제 그녀에게 미안해 하지 않으려 한다. 그녀가 남들이 가지 않는 길을 간 것도 아니고 누구나 가는 길을 조금 먼저 갔음을 알게 되었기 때문이다. 이제 한 번쯤 누구의 엄마가 아닌, 그녀의 이름을 가만히 불러보고 싶다.

수연아! 나 네가 보고 싶다!
그리고 네가 만들어주던 오뚜기 카레는 정말 눈물 나게 맛있었어!

두 바께스의 물과
7번 방의 기적

나는 밤거리를 아주 좋아한다. 도시에서 태어나고 자라서 그런
지, 네온사인이 불야성을 이루는 오묘한 밤거리를 배회하는 것
을 특히 좋아한다. 휘청거려도 좋은 자유와 약간의 환락이 있는
밤거리에는 항상 맛있는 음식들이 있고 긴장이 풀린 사람들이
있으며 거나한 술자리도 있다. 그 사이에 앉아 있어도 좋지만
내가 진짜 좋아하는 것은 밤거리를 활보하는 이들의 일탈을 살
짝 엿보는 거다. 내가 만끽하는 밤의 즐거움은 대략 이런 정도
이다.

이토록 밤거리를 좋아하는 내가 그러나 끔찍이 싫어하는 것은
바로 어둠이다. 겁이 많아서인지 살면서 알게 모르게 지은 죄
가 커서 그런지 나는 칠흑 같은 어둠을 잘 견디지 못한다. 창피
한 이야기지만 나는 스무 살 무렵까지 밤에 혼자서 화장실에도

가지 못했다. 거실에 불이라도 켜져 있으면 좋으련만 당시 우리 집은 쓰지 않는 전기를 밤새 켜놓는 것이 허락되지 않는 집이었다. 왜 그렇게 밤마다 오줌은 마려웠는지 결국 내가 택한 방식은 네 살 터울인 언니를 깨워 화장실에 함께 가는 거였다. 그로부터 20년 가까이 지났음에도 나는 여전히 어둠에 잘 적응하지 못하고 있다. 마흔이 코앞인 지금도 은은하게나마 조명등을 켜놓아야 잠을 잘 수 있다. 그렇게 수십 년간 '불빛' 하나에 의지해 살아온 내가 한 번도 예상해 보지 못한 사태에 직면하고 말았다. 생애 최초로 날것 그대로의 칠흑 같은 어둠에 직면하는 순간이 찾아온 것이다. '쿵.쿵.쿵.쿵.쿵.' 아침부터 가슴 속 어딘가를 흔드는 불안한 울림이 느껴졌다. 그날은 우리가 홉지카에 도착한 첫날이었고, 날은 점점 더 궂어지고 있었다.

홉지카에 막 도착했을 때 시간은 어느덧 저녁 무렵이 가까워져 있었다. 워낙 깊은 산골이라 호텔이라고 할 만한 숙소가 없었는지 우리 일행은 처음으로 게스트하우스에서 하루를 묵게 되었다. 그다지 세련된 숙소는 아니었지만 조금은 귀곡 산장 분위기가 풍기는 것이 나름대로 운치가 있었다. 게다가 조금씩 비가 흩뿌리고 있었다. 늦은 밤부터 비가 쏟아질 것 같다는 예보가 있었지만 시야를 가득 메운 회색 구름을 보고 있노라니 약간 몽롱한 기분이 들면서 조금씩 기분이 좋아졌다. 그런데 낭만적이고 들뜬 기분도 잠시였다. 차에서 짐을 내리는 나에게 점배가 슬쩍 다가오더니 걱정스러운 듯 말을 걸었다.

"기상 상태가 좋지 않아서 오늘 밤은 전기가 안 들어올 것 같아요."

전기가 안 들어온다! 처음에 나는 그 말이 어떤 상황을 의미하는지 바로 알아차리지 못했다. 그러나 전기가 안 들어온다는 것은 곧 완벽한 어둠을 뜻한다는 것을 뒤늦게 감지하고서는 명한 상태가 되고 말았다. 잠시 후, 게스트하우스에서 일하는 여종업원 한 명이 다가와서 내게 뭔가를 내밀었다.

"이게 뭐죠?"

"당신이 묵게 될 7번 방 열쇠와 양초예요."

"양초라고요?"

"네, 필요하면 더 가져다 드릴게요."

"고마워요. 그런데 전기가 아예 안 들어오는 건가요?"

"네. 워낙 깊은 산 속이라 가끔 그래요. 전기가 끊어지면 여긴 오로지 암흑뿐이에요."

"암흑이라고요?"

"네, 암흑이죠. 불빛 하나 없는 곳에서 밥을 먹고 잠도 자야 해요."

암흑이라니! 이것은 부탄에 오기 전까지는 한 번도 경험해 보지 못하고 생각해 보지 않은 상황이었다. 아무리 은둔의 왕국이라고 해도 전기가 들어오지 않는 상황이 발생하리라고는 예측하지 못했기 때문이다. 머리를 굴려 가방 속에 흩어진 짐들을 헤아려봤지만 도무지 손전등을 챙겨 넣은 기억은 없었다. '나는 어찌하여 이렇게 준비성이 없고 무계획하며 대책이라곤 손톱만큼도 없는 사람일까'라는 자책감이 들었다. 내 표정을 보고 여종업원이 걱정스러운 듯 다시 물었다.

"무슨 문제 있어요?"

"아뇨, 그냥 좀 어두운 게 싫어서요."

"어둠이 싫어요? 그렇군요. 우리는 늘 이렇게 살아요. 아마 하룻밤 지내보면 그리 나쁘지 않을 거예요."

"걱정해 줘서 고마워요."

"모든 건 곧 괜찮아져요. 방에 양초를 몇 개 더 두고 갈게요."

부탄에서 만난 사람들은 대부분 이렇게 외국인들에게 친절하다. 그것은 외국인이라서 그런 것이 아니다. 친절하고 상냥한 건 부탄 사람들의 타고난 성품인 것 같다. 양초를 몇 개 더 두고 나가면서 그녀는 내게 안심하라는 듯 미소를 지어보였다. 나중에 그녀의 나이가 겨우 스물한 살이라는 걸 알았다. 나는 그녀보다 곱절 가까이 살아왔음에도 어둠을 무서워하고 있었으니 부끄러운 마음이 들었다. 이상했다. 행복한 나라 부탄에 오면 한없이 편안하고 여유로울 줄 알았는데, 시간이 지날수록 하루하루 마음이 요동을 치면서 불편해지고 있었다. 그건 다름 아닌 초라한 내 모습, 약해빠진 내 마음을 쳐다볼 기회가 자꾸 생기고 있었기 때문이다. '그래, 한번 완전한 어둠과 마주해보는 거야!'라는 생각으로 '훅~' 한숨을 내뱉는데 '똑똑' 다시 노크 소리가 들렸다.

"누구세요?"

모든 일이 잘 될 거라고 믿으며 나는 문을 활짝 열었다. 문 앞에 양초 몇 개를 더 주고 간 스물한 살의 그녀가 서 있었다.

"무슨 일이에요?"

"한 가지 잊은 게 있어요. 오늘 밤은 더운 물도 안 나올 거예요. 그것도 괜찮겠어요?"

전기가 안 들어오는 암흑의 밤도 모자라 차가운 물로 샤워를 해야 한다니! 게다가 훕지카에 도착했을 때부터 부슬부슬 비가 내린 터라 온몸은 젖은 상태였다. 그제야 어둠보다 따뜻한 물이 우선이라는 생각이 들었다.

"미안하지만 따뜻한 물을 좀 얻을 수 있을까요? 오늘 비를 맞아서요."

"따뜻한 물이 필요한가요? 한번 알아볼게요. 그런데 투 바케스(two buckets)면 될까요?"

실로 오랜만에 들어본 '바케스'라는 말에 나는 그만 웃음이 터져 나왔다. 옛날 어른들이 일본식 발음으로 양동이를 '바께스'라고 부르곤 했는데, 그 말을 부탄에서 와서 다시 듣게 되다니! 예상치 못한 재미있는 상황이었다. 사실 '바케스'라는 말은 우리에게 잃어버린 단어가 된 지 오래다. 대부분의 거주 공간이 아파트로 바뀌면서 우리는 뜨거운 물을 펑펑 쓸 수 있는 시대에 살고 있으니까. 문득 '이렇게 항상 청결을 유지할 수 있는 환경이 반드시 좋은 것일까?'라는 의문이 생겼다. 언제부턴가 우리는 신체나 건강 문제뿐 아니라 일이나 사람들과의 관계 등 삶의 모든 측면에서조차 지나친 위생을 추구하며 살아가고 있다. 모든 불확실성을 제거하고 깔끔하게 정리한다는 것은 곧 삶을 예측 가능하게 만든다는 것이다.

그런데 삶이란 정말 예측 가능할 수 있을까? 예측하고 준비하고 예방 주사를 맞는데도 왜 사람들은 더 많이 아프고 더 깊은 통증을 갖게 되는 것일까? 어찌 보면 우리가 할 수 있는 것은 그저 묵묵히 하루하루 살아나가는 것뿐이라는 생각이 든다. 좀 더 가볍게 말하자면 하루하루 수습하며 사는 것도 버거운 게 삶인 것 같다. 그러니 지나치게 씻어댈 필요도 없고 청결하지 못해 전전긍긍할 필요도 없다. 그런 생각을 하자 뭔가 무거운 것을 털어낸 것처럼 마음이 가벼워졌다. 스물한 살의 부탄 아가씨가 무심코 던진 '바케스'라는 말 한 마디가 내 마음을 움직인 것일까.

"난 투 바께스면 충분해요."

"좋아요. 잠시 후 아래층으로 내려오세요."

"고마워요. 당신은 정말 친절한 사람이에요."

그녀는 가만히 돌아서서 천천히 문을 닫아주었다. 문은 나무로 만들어져 있어 잘못하면 삐걱거리는 소리가 났는데 그녀의 배려 덕분에 소리 없이 문이 닫혔다. 친절하고 상냥한 데다 드러내지 않고 상대를 챙기는 마음이 참으로 고맙게 느껴졌다.

그날 저녁, 나는 1층으로 내려가 미지근하게 데워진 두 양동

전기가 안 들어오는 암흑 같은 밤. 양초 하나면 충분하다.

이의 물을 얻어왔다. 겨우 두 바가지 정도의 물을 가지고 작지 않은 몸을 구석구석 씻으려면 적절한 고민과 계획이 필요했다. 아무래도 목욕은 터무니없는 일인 것 같았고 그럼에도 머리는 감고 싶다는 작지만 실현가능한 욕망이 생겼다. 그리하여 먼저 세수를 하고 그 물로 가볍게 머리를 감은 후에 마지막으로 발을 씻는 것으로 잠정 결정했다. 그런 다음 나는 그 계획을 조용히 실천했다. 물을 낭비하지 않고 씻는 임무를 완수해야 한다는 것 외에는 아무 생각도 들지 않았다.

그날 밤 어둠 속에서 나무 침대에 누웠다. 신중한 그녀가 했던 대로 나는 침대에 천천히 걸쳐 앉아 삐걱거리는 소리를 피할 수 있었다. 와이파이가 되지 않으니 음악을 들을 수도 없었고 불빛이 없으니 책을 읽기에도 좀 애매했다. 아무것도 하지 않고 고요함 속에 누워 있으니 평소 들리지 않던 소리들이 귀에 들렸다. 몇 시간 사이에 빗줄기가 굵어졌는지 처마를 타고 흐르는 빗소리가 전해졌다. 그것만이 아니었다. 선반 위에 올려놓은 두 개의 양초가 타닥타닥 타들어가는 소리, 이리저리 뒤척이는 내 몸이 만드는 버석거리는 소리가 들렸다. 그런 살아 있는 소리들에 집중하자니 마음이 한없이 평화로워졌다. 뜨거운 물이 펑펑 나오는 호텔에서 샤워를 한 것보다 오히려 더 개운하고 뿌듯한 느낌마저 들었다.

부족함 없이 모든 것이 풍족한 상황이 지속되면 곧 지루함과 번뇌가 일어난다는 것을 여러 문학작품이나 영화 등에서도 확인한 적이 있지 않던가. 부족과 풍족, 그리고 만족이라는 세 단어가 내 머릿속에 조용히 자리 잡았다. 비가 부슬부슬 내리는 홉지카 마을, 나는 이곳에서 겨우 두 양동이의 물로 돈으로는 절대 살 수 없는 만족이라는 기분을 얻었다. 그토록 싫어하는 칠흑 같은 어둠 속에서 몸을 씻는 동안, 희한하게 한 번도 무섭거나 불안하다는 느낌이 들지 않았다. 그야말로 7번 방의 기적이다.

부탄 처녀들이
남자를 선택하는 특별한 기준

그녀는 겁이 없다. 운전할 때 안전벨트를 맨다지만 핸들을 돌리면서 틈틈이 사진을 찍고 조수석의 서랍을 뒤져 선글라스도 꺼내 쓴다. 172센티미터의 장신인 그녀는 조화로운 이목구비를 지니고 있어 보통의 외모를 가진 여자들 사이에서도 항상 도드라져 보인다. 그녀는 식성도 좋다. 하루에 네 끼에서 여섯 끼 사이를 챙겨 먹는 걸 본 적이 있는데 많은 양의 음식을 먹어치움에도 활동량이 많아서인지 그녀는 썩 괜찮은 몸매를 유지하고 있다. 무엇보다 그녀의 장점은 열정이다. 한번은 오밤중에 자전거를 타고 우리 집 앞에 찾아와 대뜸 전화를 걸어왔다.

"이런 밤에 잠이 와? 베란다 아래를 내려다봐!"

쾌활한 그녀의 목소리에 부스스 잠이 깬 나는 마지못해 창밖을 내다보았는데 가로등 아래에서 그녀가 손을 흔들고 있었다.

마치 영화 속의 한 장면처럼 말이다. 아마도 어느 봄날의 밤이었을 거다. 바람이 더 없이 포근했고 그 바람에 실려 온 아카시아 꽃향기가 코를 간질거리던 그런 밤이었다. 그러면 나는 곧장 트레이닝복에 슬리퍼 차림으로 뛰어나가 그녀와 밤 수다를 즐기다 돌아오곤 했다. 우리가 나누는 이야기라고 해봐야 사실 뻔한 것들이다. 20여 년 전 우리의 우상이었던 '서태지와 아이들' 1집에 얽힌 이야기나 GOD의 컴백에 관한 의견, 혹은 갈 데까지 간 막장 드라마를 바라보는 시선 등 우리를 둘러싼 일상의 모든 이야기들이 우리 대화의 주제였다. 우리는 늦은 밤까지 벤치에 앉아 커피회동을 하며 시답지 않은 이야기들을 나누곤 했다. 웃을 때마다 어깨가 닿는 서로의 그 온도가 그렇게 좋을 수 없었다. 한 시간 정도 농축된 수다를 쏟아내고 나면 두 사람 모두 몰라보게 생기가 돌았다. 대화가 통한다는 건, 몸속에 피가 도는 것과 같은 이치인 걸까.

어찌되었든 그녀는 내게 선물 같은 사람이다. 낭만적인 데다가 긍정적인 에너지가 넘치는 그녀는 단언컨대, 참 괜찮은 여자다. 그런 그녀가 요즘 결혼생활에 위기를 맞고 있다. 결혼이라는 제도의 틀을 유지하기 위해 하염없이 노력하는 그녀를 나는 오랜 시간 옆에서 지켜봐 왔다. 하지만 결혼이란 건 한 사람의 노력만으로 실마리가 풀리는 간단한 문제가 아니기에 시간이 지날수록 그녀의 상황은 나아지지 않고 있다. 이 모든 과정을 지켜본 나로서는 도무지 납득이 가지 않는 부분이 한 가지 있는데 그녀의 남자보는 눈, 즉 '기준'에 관한 문제다. 남부러울 것 없는 빼어난 외모에 성격이나 품성까지 모든 면에서 완벽한 그녀는 왜 결혼만큼은 최악의 선택을 했을까? 배우자의 무엇을 보고 인생을 걸어도 좋으리라는 확신을 했던 것일까?

이것은 비단 그녀만의 문제가 아니다. 과거에서 현재로 이어지는 나의 문제이기도 하고, 앞으로 결혼이라는 선택을 앞둔 모든 여자들의 문제이기도 하다. 나는 고심 끝에 이런 결론을 내기에 이르렀다. 남자를 선택하는 데 있어 대부분의 여자들이 직관을 사용하지 못하게 된 것이 문제의 본질이 아닐까. 주도면밀하게 남자를 고르고 순식간에 그의 배경을 스캔하며 미래에 어떤 모습으로 살게 될지 영악하게 예측하곤 하지만 정작 우리는 육감이나 통찰력을 잃은 채 섣부른 결혼을 선택하고 말았다. 그렇다면 국민의 97퍼센트가 행복을 느낀다는 부탄의 여자들은 어떤 기준으로 남자를 선택할까? 부탄에서 이 질문에 대한 해답을 찾아보고 싶었다. '뭔가 실마리를 잡게 된다면 꼼꼼히 적어와 그녀에게 내밀어 보아야지' 하는 마음도 있었다. 내가 부탄에 도착해서 적은 메모의 한 문장은 이렇게 시작한다.

부탄 처녀들이 남자를 선택하는 특별한 기준

정말로 그런 기준이 있을까? 홉지카에서의 첫날밤을 무사히 보내고 나는 평소보다 일찍 잠에서 깼다. 전기가 끊긴 밤은 생

178

각보다 평온했다. 아침이 되어보니, 이곳은 '홉지카 밸리'라는 이름에 걸맞게 펼쳐진 풍광이 매력적인 곳이었다. 전기가 끊기고 더운 물이 없다는 말에 패닉 상태가 된 어제의 나는 온데간데 없었고 날아갈 듯 기분이 상쾌했다. 이럴 땐 뭐니 뭐니 해도 커피가 생각난다. 눈앞에 펼쳐진 그림 같은 풍경에 뜨겁고 검은 커피 한 잔이면 바랄 게 없는 아침이다. 차 한 잔이 간절해진 나는 뜨거운 물을 얻을 요량으로 커피믹스 두 봉지를 챙겨 1층으로 걸음을 옮겼다.

"굿모닝! 간밤에 별일 없었어요?"

누군가 나를 부르는 소리에 뒤를 돌아보았다. 어제 만난 그녀였다. 칠흑 같은 어둠에 불안해 하는 내게 양초 몇 개를 건네주고 간 그녀가 사뿐사뿐 걸어서 내게로 다가갔다. 이른 시각인데도 삼단 같은 머리를 곱게 빗어 묶은 단정한 모습이었고 얼굴에는 웃음기가 가득했다. 그녀의 이름은 르다였다. 간밤에 너무 정신이 없어 나는 겨우 그녀의 이름밖에 물어보지 못했다.

"안녕! 난 아주 잘 잤어요! 르다…… 르다 맞나요?"

"네, 맞아요. 르다에요."

"잠을 깨운 건 아니에요? 내가 너무 일찍 내려온 것 같아요."

"아뇨. 커피나 블랙티를 한 잔 드릴까요?"

"고마워요. 뜨거운 물만 있으면 돼요. 이걸 한 잔 마시려고요."

나는 주머니에서 커피믹스 봉지를 꺼내 보여주었다. 그녀는 그것을 유심히 쳐다보더니 특유의 편안한 웃음을 지어보이며

이른 아침, 산등성이에 걸린 홉지카 밸리의 구름.

'오케이'라는 손짓을 보냈다. 그녀가 자리를 비운 사이, 나는 홉
지카 밸리의 절경이 한눈에 내려다보이는 위치에 자리를 잡았
다. 르다가 오면 달달한 믹스 커피 두 잔을 타서 한 잔을 건네고
영어가 되는 대로 이런저런 이야기를 나눠볼 생각이었다.

　그때 저만치서 쿵쿵거리는 발소리와 함께 가성이 섞인 이상
한 노랫소리가 들려왔다. 그것은 고요한 이곳의 풍경과는 도무
지 어울리지 않게 출렁거리는 기이한 음성이었다. 나도 모르게
눈이 가늘어지면서 소리가 나는 쪽을 노려보았는데, 정체는 다
름 아닌 중국인 관광객 두 명이었다. 삼십대 초반으로 보이는
남자 한 명과 또래의 여자 한 명인 그들은 한눈에 보기에도 커
플인 것 같았다. 멋을 과하게 부린 남자의 손에는 초코바처럼

생긴 기계가 들려 있었는데 음악을 재생하는 기능이 있는 모양이었다. 그러니까 출랑거리는 음성은 그 기계에서 흘러나오는 노랫소리였고, 그들이 따라 부르는 통에 기이한 소리로 들린 것이다. 나는 그들의 행동이 마음에 들지 않았다. 지금 흘러나오는 정체불명의 음악이 자신들에게는 사랑의 온도를 높이는 촉매제가 될지 몰라도 우리에게는 그저 소음에 불과했기 때문이다. 순간 '여보세요!'라는 말이 입안에서 맴돌았지만 나는 차마 입을 떼지 못하고 참느라 애를 쓰고 있었다. 이제 멋진 홉지카의 풍경은 눈에 들어오지도 않고 화가 나서 어쩔 줄 몰라 하고 있었는데 맞은편에서 걸어오는 르다가 보였다. 그녀도 꼴불견인 중국인 남녀가 눈에 거슬렸는지 잠시 미간을 찡그렸다.

"괜찮아요?"

"뭐, 그럭저럭요."

"많이 불편하면 내가 가서 이야기할게요."

"고마워요, 르다. 이런 상황이 처음은 아닌가 봐요."

"부탄을 찾는 중국인 관광객들이 엄청 늘었으니까요."

"정말이지 너무 시끄럽네요."

"시끄럽기도 하지만 그들은 어떤 과시욕이 있는 것 같아요."

"그런가요?"

"그들은 돈을 많이 지불한 만큼의 대접을 받기 바라죠. 물론 점잖은 관광객들도 있지만요."

행여 반대편의 남녀가 들을까 봐 내게 소곤거리며 이야기하는 그녀는 귀여운 구석이 있었다. 나는 그녀의 까만 눈을 들여다보며 장난스레 물었다.

"저런 남자를 보면 어떤 생각이 들어요, 르다?"

"우! 별로예요."

"르다는 남자친구가 있어요?"

"아니요. 지금은 남자에게 관심이 없어요."

"스물한 살인데 남자에게 관심이 없다고요?"

"아직은요. 돈을 더 벌어서 모아둬야겠다는 생각이 더 커요."

"돈은 벌어서 뭘 하려고요?"

"우리 집은 추카라는 곳인데 홉지카에서 걸어서 다섯 시간을 가야 해요. 그곳에 부모님과 세 명의 동생이 있어요."

"그렇군요. 하지만 나중에 결혼은 할 거잖아요?"

"물론이죠."

"르다는 어떤 사람과 결혼을 할 생각이에요?"

"마음이 잘 맞는 사람이요. 노 핸섬 가이, 노 머니. 난 그런 건 상관이 없어요."

"노 핸섬 가이, 노 머니?"

"돈은 같이 벌면 되고, 잘생긴 건 겉모습에 지나지 않아요."

"정말 그렇게 생각해요?"

"그런 생각은 변하지 않을 거예요. 부모님도 그렇게 결혼했고, 세 명의 언니들도 모두 사람만 봤어요."

"오직 마음만요?"

"네, 부탄에서는 다들 그렇게 결혼해요. 그리고 여기서 일하면서 더 그런 생각이 확고해졌어요."

"무슨 뜻이에요?"

"저 중국 남자들이 아무리 돈이 많아도 하나도 멋져 보이지 않으니까요. 부탄 여자들은 섬세하고 아름다운 구애를 원한답니다."

부탄에 와서 줄곧 느껴지는 사실 한 가지는 부탄인의 자존감이 무척 높다는 것이다. 표면적으로는 중국 관광객들이 갑(甲)이고 부탄의 여종업원들이 을(乙)이라고 생각할 수도 있다. 하지만 겨우 스물한 살인 르다는 절대로 그런 식으로 그들을 대하지 않았다. 그것은 일종의 '자존심'이라고 부를 수도 있을 것 같다. 참으로 현명하고 똑똑한 아가씨였다. 부탄 아가씨들은 대부분 그런 것 같다. 강하면서도 부드럽고, 상냥하면서도 긍정적이다. 누구에게도 의지하지 않기 때문에 자신의 선택을 두고 타인의 탓을 하지 않는다. 그녀들이 믿는 것은 오로지 자신의 감이다. 그러니까 자신의 직관을 믿고 행동한다는 뜻이다. 마음속에서 무슨 일이 일어나고 있는지 알기 위해 그녀들은 자신의 감을 사용한다. 헛똑똑이가 되어버린 우리가 잃어버린 것은 바로 그런 육감과 통찰력이 아닐까. 아뿔싸, 우리는 너무나 영악했다.

그날 아침, 주머니에 넣어가지고 내려간 커피믹스 두 봉지를 다시 쑤셔 넣고 나는 7번 방으로 돌아왔다. 대신 머그컵 한가득 뜨거운 물을 담아왔다. 나는 르다와의 대화에서 한 가지 확신하게 된 것이 있어 가방에서 노트를 꺼냈다. 한국으로 돌아가면 나에게 선물 같은 그녀를 향해 이런 문자를 보내기 위함이다.

'부탄 처녀들이 남자를 선택하는 특별한 기준은 사람과 마음이다!'

현명한 부탄 아가씨들은 돈이나 배경보다 사람을 먼저 본다. 그리고 그 사람이 얼마나 섬세하고 아름다운 구애를 펼치는지 본능으로 받아들인다. 우리는 남자를 선택할 때 무엇을 먼저 보았던가. 만약 지금의 내가 불행하다면 그건 누구의 탓도 아닌, 스스로 직관을 잃은 탓이다.

알면 알수록 더 알고 싶은 부탄

자연에게서 배워라! 부탄의 전인교육

수도 팀푸의 외곽에 있는 한 초등학교를 방문했을 때 가장 인상적이었던 것은 운동장 한쪽에 자리한 개인 텃밭과 화단이었다. 텃밭에는 아이들이 키우는 식물과 가꾸는 학생의 이름이 표시되어 있었는데 부탄 아이들은 그것을 매우 자랑스럽게 생각하고 있었다. 이것만 봐도 부탄 정부가 학업 성취도보다 중요한, 사람을 기르는 전인교육을 기치로 삼고 자연과 더불어 사는 것의 소중함을 아이들에게 가르치고 있다는 것을 알 수 있다. 함께 텃밭을 가꾸고 잔가지와 물병을 재활용해 만든 빗자루로 직접 학교를 청소하며 전통적인 행복의 가치를 배우는 부탄 아이들. 자연에서 배우고 자연이 키우는 아이들의 표정은 확실히 풍부하다.

혀 위 의 부 탄

부탄은 조금씩 발달하면서 근대화하고 있지만 스스로 속도를 조절한다. 대자연이 너무 빨리 변하는 것은 안 된다고 부탄 사람들에게 속삭이는 것 같기도 하고, 그 자연에서 생산된 청정 농산물들이 이곳 사람들의 몸에 배어 그런 것 같기도 하다. 그저 달관한 듯 있는 그대로를 받아들이는 부탄 사람들의 진면목을 알게 된 곳은 '부탄 키친(Bhutan Kitchen)'이라는 식당에서였다. 수도 팀푸의 시내 뒷골목에 위치한 이곳은 부탄의 전통 음식을 파는 꽤 유명한 레스토랑이다. 나는 그곳에서 혀 위의 부탄을 느낄 수 있었다. 그 맛은 전통과 현대가 어우러진 조화로운 맛이기도 했고, 도리 없이 변해가는 문명의 맛이기도 했으며 그럼에도 정체성을 지키기 위해 안간힘을 쓰는 쓸쓸한 맛이기도 했다.

부탄에서의 일정이 중반으로 접어들 무렵 예상치 못한 무기력증이 찾아왔다. 고백하건데 그것은 음식 때문이었다. 끼니마다 먹는 음식이 너무 단조로운 탓에 어느 순간 숟가락이 더 이상 입에 들어가지 않았다. 여행지에서 무슨 배부른 소리냐며 나를 한심한 눈으로 본다 해도 어쩔 수 없는 일이다. 변명을 늘어놓자면 우리 일행이 며칠간 먹은 식사는 대략 이러했다.

아침 : 커피와 빵, 때때로 달걀
점심 : 레드 라이스와 감자 반찬, 약간의 매운 고추
저녁 : 레드 라이스와 시금치나 버섯, 그리고 역시 고추

사실 부탄에 막 도착해서는 이런 음식들이 그렇게 맛이 좋을 수 없었다. 앞서 말한 대로 100퍼센트 유기농 국가인 부탄에서는 감자나 채소 등이 신선해서 특히나 맛이 좋다. 게다가 우리나라 사람들과 식성까지 비슷해서 부탄 음식에 들어가는 매운 고추를 곁들인 요리는 그럭저럭 내 입에 잘 맞았다. 찰기는 없지만 쌀밥이었고, 반찬도 우리나라에서 먹는 것과 비슷했기 때문에 재료의 신선함으로 먹는다면 나쁠 게 없었다. 그런데 문제는 치즈였다. 제 아무리 치즈를 좋아하는 사람이라도 끼니마다 치즈를 듬뿍 버무린 익힌 감자를 반찬으로(그것도 메인 반찬으로) 먹기란 곤혹스러운 일이 아닐 수 없다. 그렇게 3~4일 정도 지날 무렵, 슬쩍 지겨워진 나는 가이드에게 물어보았다.

"점배, 감자가 치즈와 어울린다고 생각해요?"

"아, 치즈를 좋아하지 않나요?"

"아니요. 좋아해요. 그런데 매 끼니 먹기엔 좀 힘들어서요."

"한국에선 감자를 어떻게 요리하나요?"

"우리나라에선 간단히 볶아 먹거나 아니면 삶아서 간장 소스에 조려먹어요."

"간장 소스?"

"콩이 원료인 한국의 전통 소스라고 생각하면 돼요."

"그렇군요. 사실은 부탄 요리가 조금 변하고 있어요."

점배는 뭔가 이야기를 할 듯 잠시 골똘히 생각하더니 이렇게 말했다.

"마담, 오늘은 좀 특별한 저녁 식사가 준비되어 있어요."

"아, 무슨 일이에요?"

"마침 여행사 대표님께서 우리를 저녁 식사에 초대하셨거든요. 부탄 키친이라는 식당인데 우리가 퇴근 후 즐겨 찾는 식당이에요."

"우와! 그럼 오늘은 치즈에 버무린 감자를 안 먹어도 되는 건가요?"

"글쎄요. 그건 가보면 알겠죠?"

처음 며칠은 서로 말도 건네지 못하던 점배와 나는 이렇게 농담도 주고받고 때론 약을 올리면서 대화할 정도의 사이가 되었다. 물론 영어가 짧은 나는 틈틈이 대화 사이에 끼어들어 통역을 해준 K 감독님이 아니었다면 점배와 소통이 되지 않아 서로 눈치만 보고 있었을지도 모를 일이다. 가보면 알게 된다는 부탄 키친의 저녁 식사가 나로서는 무척 궁금해졌다. 불현듯 고등어나 갈치 같은 생선, 성성한 해산물이 무척 먹고 싶었지만 바다가 없는 부탄에서는 불가능한 일이었다. 그렇다면 팀푸에 도착한 첫날 맛본 민물고기 튀김 같은 것일까? 먹고자 하는 본능은 왜 이리 시도 때도 없이 나를 장악할까.

저녁을 먹을 '부탄 키친'에 도착한 것은 약속 시간보다 조금 늦은 7시 반경이었다. 뱃속에서는 아까부터 요란한 소리가 울려대고 있었지만 만찬을 기대한 우리 일행은 오후 4시쯤 찾아오는 간식에 대한 유혹까지 이겨내고 꼬박 하루를 보낸 후였다. 이 정도의 공복이라면 치즈에 버무린 감자도 맛있게 먹을 것 같았다. 여행사 대표를 너무 오래 기다리게 해서는 안 된다는 생각으로 우리는 서둘러 차에서 내렸다.

팀푸 시내의 뒷골목에 위치한 부탄 키친은 허름한 건물 2층에 위치하고 있었는데 벽에 내건 간판이 다소 특이했다. 부탄 키친이라는 간판을 거꾸로 매달아 놓은 익살스러움이 그러했고, 흘러내리는 듯한 글자체도 흥미로웠다. 팀푸는 부탄에서도 주요 관공서와 호텔, 그리고 여행사 등이 밀집된 중심지이다. 부탄 키친은 중요한 손님을 접대하거나 미팅을 하는 식당, 말하자면 명동이나 광화문에 위치한 한정식 집과 비슷한 곳인데 익숙한 틀에 갇히지 않는 독특함이 신선하게 느껴졌다. 우리는 서

팀푸 시내의 '부탄 키친'. 영어를 종카어처럼 꾸민 영문간판이 특이하다.

둘러 식당 안으로 들어갔다. 외국인들을 많이 접한 식당이라 그
런지 종업원들은 편안한 인상에 여유로움이 느껴졌다.

"저기 먼저 와 계시네요."

점배가 손을 들어 가리키는 곳에 여행사 대표로 보이는 중년
의 사내가 앉아 있었다. 그는 창가에 앉아서 혼자 맥주를 마시
고 있었다. 30분 정도 늦었기 때문에 나는 자리에 앉자마자 양
해를 구했다.

"기다리게 해서 미안합니다. 이곳저곳 사진을 찍다보니 조금
늦어졌어요."

"괜찮습니다. 그저 늦나보다 하고 생각했어요."

그도 정확한 시간과 상관없이 그 장소에 나타나기만 하면 약
속은 지켜진 것으로 보는 전형적인 부탄 사람이었다. 그는 우리
일행에게 맥주를 한 잔씩 권했다. 부탄 맥주였다. 맥주가 시원

해서 그런지 한국의 것과 크게 다르지 않았다. 단숨에 맥주 한 잔을 마시고 잔을 내려놓는데 종업원이 다가와 우리 테이블에 나무 바구니를 툭 놓고 갔다. 그것은 채소튀김이었다. 우리의 동네 분식점 어디서나 흔히 맛볼 수 있는 채소튀김(양파와 당근에 고추를 넣은 것)과 거의 흡사했다. 우리는 그 자리에서 명함을 주고받았다. 그는 텐 도르지라는 이름을 가지고 있었는데 '도르지'라는 익숙한 이름 탓인지, 처음 만나는 사람인데도 생각보다 분위기는 훈훈했다. 재미있는 사실은 중년의 사내로 보이는 여행사 대표가 내게는 남동생뻘쯤 된다는 사실이었다. 그가 늙어 보이는 건지, 내 나이가 많은 건지 어쨌든 부탄에서 만난 모든 남자들에게 나는 누나였다.

그때까지만 해도 점배는 우리 테이블에 합석하지 않고 건너편에서 초키와 함께 식사를 하고 있었는데, 텐 도르지가 맥주를 함께 마시자며 그들을 불렀다. 점배는 두 번 정도 손사래를 치다가 결국 우리와 합석하게 되었는데, 자리에 앉자마자 내게 맥주 한 잔을 더 권했다. 양 소매를 걷어 올리고 정성껏 따라주는 맥주, 그 맛은 마셔보지 않으면 모른다. 맥주 맛도 모르는 나는 기꺼이 두 번째 잔을 단숨에 비워내고 나서 아까부터 궁금한 걸 물어보았다.

"점배, 아까 부탄 요리가 변하고 있다고 했죠? 부탄 요리가 어떻게 변하고 있는 거예요?"

예의 바른 점배는 고개를 옆으로 돌려 맥주 한 잔을 단숨에 마셔버리고 다소 씁쓸한 표정으로 이렇게 말했다.

"맞아요. 부탄 요리는 변하고 있어요. 모든 것은 치즈 때문이에요."

"치즈 때문이라고요?"

"원래는 모든 요리에 치즈를 넣지 않았거든요."

"그럼 어떤 조리법이었어요?"

"대부분 물에 데치거나 찌는 방식이었어요."

"한국과 아주 비슷하네요."

"그런데 변하고 있어요. 변할 수밖에 없는 상황이고요."

점배가 거기까지 말했을 때, 말없이 맥주만 마시던 여행사 대표인 텐 도르지가 불쑥 끼어들었다.

"그건 인도의 영향이에요. 부탄은 어쩔 수 없이 인도의 영향권에 있어요. 인도 사람들이 수시로 드나들다 보니 음식도 자연스레 변화를 겪는 거죠."

"그럼 부탄에서 먹는 치즈 대부분은 인도에서 온 건가요?"

"맞아요. 부탄은 대부분의 공산품을 모두 인도에서 가져와요. 아무래도 먹을 식재료가 부족한 부탄으로서는 영양가 높은 치즈를 저렴한 가격에 구하기 위해 인도 제품을 멀리하기가 어려운 거죠."

어느 정도 이해는 되었지만, 그렇다 해도 조리법까지 바뀌어야 하는 건지 다소 의문이 남았다. 그런 내 마음을 읽었는지 점배가 조심스레 덧붙였다.

"마담, 부탄 음식이 단조롭다고 했죠?"

"미안해요. 며칠 지나니 너무 지겨워졌어요."

"사실 부탄은 먹을 것이 별로 없어요. 간혹 말린 고기를 조리해서 먹긴 하지만 흔치 않은 일이고 우리에겐 쌀과 감자, 고추가 전부예요. 어떤 사람들은 밥에 고추나 소금만 먹기도 해요."

"고추와 소금만요?"

"물론이에요. 하지만 우리는 누구나 그렇게 먹기 때문에 불평을 하지 않아요."

"그렇군요. 치즈를 버무린 감자는 부탄 사람들에겐 맛있고 저렴한 영양가 있는 반찬이군요."

"맞아요. 비록 인도의 것이긴 하지만요."

'인도의 것'이라고 말할 때 점배의 표정이 밝지 않았기 때문에 나는 더 이상 묻지 않기로 했다. 가이드 일을 하는 점배는 굉장히 총명하고 영리한 청년이다. 자기 나라에 대한 자부심과 사랑이 큰 만큼 인도의 영향을 받을 수밖에 없는 작금의 상황이 마냥 좋지만은 않으리라는 것이 짐작되었다. 치즈에 버무린 감자는 현재 부탄이 직면한 문제의 맛이었다.

그런 대화를 나누며 맥주를 마시는 사이, 느지막이 메인 메뉴가 나왔는데 역시나 치즈에 버무린 감자요리였다. 다만 이곳이 중요한 손님을 접대하는 유명한 식당이라 그런지 몇 가지 신기한 요리가 곁들여졌다. 그 중 하나가 미역국 같은 국이었다. 수제비 같은 밀가루 덩어리가 씹히는 이 수프에는 잘게 썬 미역

어제의 감자, 오늘도 감자, 내일 또 감자.
단조로운 재료지만 부탄 음식은 싱싱한 야생의 기운과 소박함이 듬뿍 어우러져
건강한 맛을 느끼게 한다.

이나 해초 같은 것이 들어 있었다. 한편으로는 감자 수제비처럼 구수한 맛도 났다.

"바툽이라고 해요."

"바툽이요?"

"강에서 건져 올린 풀이에요. 이걸 감자와 함께 넣고 끓이면 바툽이라는 수프가 돼요."

바다가 없으니 해초류가 있을 리 없는 부탄에서는 미역 같이 생긴 이것을 넣고 감자와 함께 끓여낸 수프가 인기라고 했다. 이로써 점배가 말한 특별한 저녁 식사는 '바툽'이었음을 나는 알게 되었다. 전통과 현대라는 변화의 흐름 속에서 스스로 위로 하듯, 혀 위의 바툽은 어쩐지 뭉클한 맛이 났다. 수프의 온도가 따뜻해서일 수도 있고 감자 수제비처럼 익숙한 맛이라서 그랬는지도 모르겠다. 바툽의 뜨거운 국물은 그 자리에 함께한 우리 모두의 마음을 훈훈하게 데워주었다.

부탄 여행을 하면 어느 호텔, 어떤 식당에 가도 치즈를 듬뿍 넣은 감자와 매운 고추요리가 나온다. 처음엔 재료의 신선함 덕분에 모든 것이 다 맛있다. 하지만 며칠이 지나면 분명 곤혹스러운 순간이 온다. 그것은 배탈로 인해 화장실을 자주 들락거리게 되는 시기와 거의 일치하게 된다. 하지만 음식이란 것은 계속 먹다보면 적응하는 순간이 오게 마련인 것 같다. 혀 위의 그 느끼한 맛과 매운 향이 좋아지기 시작할 때, 그때부터 진짜 부탄 여행은 시작된다.

푸 나 카 의   강 물 은
인 도 로   흘 러 간 다

팀푸는 놀라울 만큼 갑자기 깨어나는 도시이다. 밤이 그 어느
곳보다 고요하다면 아침은 어떤 도시보다 유독 시끌벅적하게
시작한다. 가장 먼저 눈에 띄는 이들은 새벽 운동을 마치고 돌
아오는 부지런한 사람들이다. 해가 지면 금방 깜깜해져서 그런
지 부탄 사람들은 아침을 일찍 시작한다. 깊은 어둠 속에서 푹
단잠을 자서일까?

꽤 이른 시간인데도 사람들의 표정은 더 없이 편안하고 건강
해 보인다. 그러면서 도시는 눈 깜짝할 사이에 분주해진다. 거
리는 갑자기 출근하는 사람들과 시민을 가득 채운 미니버스, 걸
어서 학교에 가는 학생들로 가득 찬다. 이들의 움직임으로 도로
곳곳이 활발해지면 팀푸의 하루가 시작되는 것이다.

그쯤 되면 나의 하루도 시작된다. 내가 부탄에서 겪은 가장

큰 변화라면 눈 뜨자마자 더듬거리며 찾던 스마트폰에서 자유로워졌다는 것이다. 참으로 오랜만에 나는 쏟아지는 뉴스의 홍수에 빠지지 않아도 되었다. 부탄에서는 와이파이가 연결되지 않는 호텔이 대부분이기 때문에 자연스럽게 스마트폰과 인연을 끊어야 한다. 처음 며칠은 그 시간에 도무지 뭘 해야 좋을지 몰라 무척 심심했다. 하지만 부탄은 불가능한 것도 가능해지는 곳이 아니던가. 스마트폰을 내려놓으니 생각보다 얻는 것이 많아졌다. 거리에 나서면 고나 키라로 된 교복을 입은 볼이 발그레한 생기 넘치는 학생들 무리와 마주하게 된다.

등교하는 아이들이 사라지면 시내 상점들이 하나 둘 문을 연다. 가게 안에는 보통 할아버지나 할머니들 서너 명이 모여 있고, 그들은 함께 블랙티에 버터를 녹여 마시면서 하루를 시작한다. 이런 게 바로 일상이자 실상이다. 우리가 스마트폰으로 검색하는 수많은 뉴스들은 어쩌면 실상을 가장한 허상일지도 모른다. 사람들은 소통을 위해 뉴스를 생산하고 소비하지만 뉴스야말로 사람들의 진짜 소통을 가리고 있다는 생각이 든다. 우리가 만든 매체라는 건 이렇게 엉성하다.

"내일은 심심할 틈이 없을 거예요."

어젯밤 호텔 앞에서 헤어지면서 점배가 건넨 말이다.

"무슨 재미있는 일정이라도 있는 건가요?"

나는 조금 시큰둥한 말투로 물었다. 청정 자연과 평온한 사람들의 표정에서 매일매일 감동을 받는 것은 사실이지만 여행 일정이 다소 단조로운 것도 사실이기 때문이다.

"내일은 푸나카 드종(Punakha Dzong)에서 멋진 하루를 시작하려고 해요."

"또 드종에 간다고요? 종은 이미 너무 많이 봤어요, 점배."

"마담, 드종은 부탄의 역사가 그대로 담겨 있는 곳이에요. 게다가 푸나카 종은 정말로 아름다운 곳이랍니다."

점배는 그렇게 말하고 나서 눈썹을 약간 치켜 올리며 나를 빤히 쳐다보았다. 부탄 여행을 하게 되면 누구라도 이처럼 공식적인 가이드와 자동차, 그리고 운전사를 배정(?)받게 된다. 좋건 싫건 여행객이라면 그들과 함께 모든 일정을 소화해야만 한다. 사실 나는 그것이 조금 불편하게 느껴지기도 했다. 자유여행을 기대한 건 아니었지만(물론 언어 때문에 그럴 수도 없지만) 공식적으로 배정된 가이드 팀과 이 정도로 끈끈하게 붙어 다닐 거라고는 생각하지 못했기 때문이다.

부탄에서는 머무는 숙소나 매 끼니 먹는 음식, 그리고 이동하는 장소까지 정해진 대로 따라가야 한다. 부탄을 여행하려면 그 정도는 감수할 마음의 준비를 해두는 게 좋다. 어차피 휘황찬란한 건축물이나 심장을 뛰게 할 익스트림 스포츠, 혹은 미각을 깨울 맛있는 먹거리를 기대하며 부탄을 선택한 것이 아니기 때문이다. 그러나 그런 불편함을 감수한다면 세상의 꼭대기에 있는 듯한 아름답고 한적한 풍경에 금세 마음이 젖어든다. 그렇게 부탄이라는 나라에 취해갈 즈음에는 이 나라가 택할 수밖에 없었던 어떤 키워드를 읽어낼 수 있게 되는데 나는 그것을 '전통과 통제'라고 해석했다. 빠르게 변하는 세상에서 가난하지만 마음의 평화를 갈망하는 이들이 자신들만의 고유함을 지키기 위해 선택한 것들, 부탄에 온 지 5일째 되어갈 무렵 나는 그런 것들이 보이기 시작했다.

호텔을 출발한 자동차는 좁은 산길을 내내 달렸다. 다행히 고단한 여정이 길어지지 않았고 금세 큰길이 나타났다. 거기서부터 만나게 된 정경은 그야말로 초자연적인 아름다운 풍경이었다. 그 풍경 한가운데는 연한 에메랄드빛의 아름다운 강이 자리하고 있었다. 언제까지라도 그대로 존재할 것 같은 고색창연한 강, 잔잔히 흐르는 강물은 우리를 환대하는 듯한 느낌을 주었다.

"저기 좀 보세요. 모추(Mo Chu) 강과 포추(Po Chu) 강이 만나는 지점이에요."

"모추, 포추 강이라고요?"

"모추 강은 어머니 강, 포추 강은 아버지 강을 뜻해요."

"그렇군요. 저기 두 강이 합쳐지는 곳 말인가요?"

"맞아요. 저 마을 입구에 푸나카 종이 자리하고 있어요."

"정말 멋진 마을이에요. 또 종에 가느냐고 투정부린 건 잊어줘요, 점배!"

"물론이죠. 부탄 남자는 마음이 넓으니까요."

"저 강물처럼 말이죠?"

푸나카 종은 그 앞에 펼쳐진 마을을 바라보며 서 있다. 폭이 넓고 넉넉하게 흐르는 강물 앞에 세워진 그 건물은 무척이나 웅장한 느낌을 주었다. 부탄에는 이런 드종(Dzong)이 19개나 있다. 대부분 18세기 무렵에 지은 것으로 종은 요새의 역할과 동시에 사원 역할을 한다. 지금은 정부 청사로 쓰이거나 종교 지도자들이 머무는 곳으로 사용되기도 하는데 부탄 여행에서 가장 많이 만나게 되는 곳은 단연 드종이다. 왜 이렇게 종에 많이 데리고 가는지, 내심 불만이 있었던 것도 사실이다. 하지만 부탄의 역사가 종을 빼고는 말할 수 없기 때문에 그들은 관광객들에게 종을 보여주고 설명하는 것에 무척 공을 들이고 있었다.

나는 그들의 역사와 삶을 완전히 이해하기는 어려웠지만 종종거리며 따라나섰다. 거대한 비밀통로가 여기저기 뻗어 있는 드종은 건물 외관이 참으로 독특하다. 짐배에게 물어보니 자갈과 나무를 진흙에 섞어서 만든 것이라고 한다. 무엇보다 감동적인 부분은 우리의 전통 건축 방식과 똑같이 못을 쓰지 않는 부탄의 건축 방식이다. 그런데 못만이 아니라 심지어는 설계도면도 따로 없다고 한다. 그럼에도 부탄의 건축물들은 견고하면서도 유연해 보였다. 세상 모든 일들이 계획대로 되는 것이 아니며 완벽한 설계도 자체가 환상이라고 보는 부탄 사람들의 생각을 읽어낼 수 있었다. 다만 기둥만은 지진이 날 것에 대비해서 밧줄을 엮어 동여매어 놓았다. 17세기에 지어진 이래 지진과 홍수 등 갖은 풍상을 겪으면서도 꾸준히 버텨온 것이 마냥 신기했다.

그때 어디선가 종소리가 들렸다. 마침 스님들의 기도 시간이었다.

"뎅, 뎅, 뎅……."

종소리와 함께 청년으로 보이는 젊은 스님들이 일제히 수도원 법당으로 모여들었다. 일렬로 줄을 지어 걸어가는 스님들을 자세히 보니 앳된 얼굴을 하고 있었다. 나는 스님들의 이동에 거치적거리지 않기 위해 조용히 구석으로 자리를 옮겼다. 곧바로 "옴마니반메훔, 옴마니반메훔" 하는 차분하면서도 울림 있는 독경 소리가 이어졌다. 한 분이 먼저 시작하면 나머지 스님들이 따라하는 식이었다. 별 다른 기대 없이 따라나선 길이었는데 푸나카 종 내부의 모습과 스님들의 기도 소리, 그리고 푸드득거리며 날아가는 비둘기들이 만들어내는 아득한 풍경은 내게 큰 감동을 전해주었다. 나는 보리수나무 아래에서 스님들의 기도를 잠시 따라했다. 부탄에 와서 얻은 지혜 중 하나는 '개인적인 것을 위해 기도하지 말라'는 것이다.

나는 푸나카 드종 앞에 흐르는 강물을 떠올렸다. 부탄의 강은 모두 인도로 흘러간다. 나는 부탄의 정신마저 모두 인도로 흘러가버리지 않기를 바라며 그들을 위해 기도했다. 스님들의 기도는 한 시간 반 이상 이어졌다. 기도가 끝난 후에 스님 중 한 분이 나와서 비둘기 떼를 향해 무언가를 던졌다. 나는 가까이 가서 물어보고 싶었지만 어린 스님의 표정이 워낙 진지해서 차마 끼어들지 못했다. 나중에 점배에게 물어보니 그것은 밀가루 같은 곡물을 뭉친 것이라고 했다. 벌레 한 마리, 새 한 마리에도 겸허한 마음을 가지는 그들의 마음이 참으로 아름답다는 생각이 들었다. '태어나는 것 자체가 행복'이라는 부탄의 속담이 있다. 그 말에 절로 고개가 끄덕여졌다.

나는 스님들 모르게 혼잣말로 인사를 하고 천천히 종을 나섰다. 가파른 드종 어귀의 계단을 내려가는데 점배를 향해 누군가 다가오는 것이 보였다. 외국인 관광객 몇 명과 함께 드종 안으로 들어가는 걸로 보아 그 역시 가이드인 것 같았다. 부탄 사회는 좁다. 한 다리만 건너면 대부분 친구요, 친척이다. 좋은 정보든 나쁜 소식이든 소문도 삽시간에 퍼진다. 부탄 사람들은 대부분 이런 사실을 잘 알고 있다. 그러한 이면에는 사회적 통제가 자리하고 있다.

부탄이 이렇게 사회적 통제를 강화한 배경에는 우리가 잘 모르는 부탄의 역사가 있다. 시킴(Sikkim) 왕국의 선례 때문이다. 시킴은 부탄과 마찬가지로 히말라야에 위치한 불교국가였다. 산세가 험한 국토를 개발하기 위해 값싼 네팔 인력을 받아들이기 시작했고 그 결과 이주민 수가 기하급수적으로 늘어나 통제 불능의 상태에 빠져든 비운의 국가이다. 결국 시킴은 1975년에 인도의 22번째 주로 병합되고 말았다. 시킴의 선례를 보며 자국을 보호하기 위해 부탄이 선택한 것이 바로 '전통과 통제'였다. 전통을 고수하는 부탄의 정책이 언제까지 이어질 수 있을까. 나 역시 무척 궁금한 부분이다.

푸나카 드종을 나와서 늦은 점심을 먹기 위해 우리는 차량으로 돌아갔다. 차에 막 올라타려는데 길 건너편에 경운기 한 대가 지나가는 것이 보였다. 경운기를 운전하는 청년 뒤에는 꽤 어려보이는 부탄 아가씨가 앉아 있었는데 그녀는 약간 뾰로통한 표정을 짓고 있었다. 나는 약간 토라진 듯한 그녀가 무척이나 귀엽게 보였다. 그에 반해 경운기를 운전하는 청년은 상당히 유쾌한 표정이었는데 그것은 마치 '경운기 한 대쯤은 있어야 남자지!'라는 자부심으로 보였다. 일부이긴 하지만 부탄의 수도 팀푸에는 마이카를 모는 '오렌지족'들이 늘어가고 있다. 푸나카 같은 시골에서는 청년들이 경운기를 몰고 숙녀를 태우지만, 팀

푸나카 드종의 외부(좌)와 통사 드종의 내부 모습(우).

푸와 같은 도시는 자가용을 타는 젊은이들이 생겨나고 있다. 이
는 도시와 농촌 사이의 빈부의 격차가 드러나기 시작했다는 증
거일 것이다. 그러나 물론 도시를 조금만 벗어나면 눈앞의 저들
처럼 경운기를 타고 가는 어여쁜 연인들을 만날 수 있으니 부탄
은 아직 순수한 나라이다. 전통과 통제 사이에서 부탄은 앞으로
어디로 나아가게 될까? 우리를 태운 차량은 큰길을 따라 천천
히 이동했다. 저만치 모추 강이 흘러간다. 빙하가 녹은 차가운
물, 푸나카의 강물은 지금도 인도로 천천히 흘러가고 있다.

여 자 는 무 엇 으 로   사 는 가

: 부탄에 사는 네 명의 한국인과의 만남

부탄에서의 첫 주가 지나가고 있었다. 처음에는 모든 것이 생소한 데다 말도 통하지 않아서 바깥출입을 꺼려했다. 하지만 시간이 흐르면서 적어도 호텔 주변을 탐색할 용기를 내보자고 결심했다. 부탄의 수도인 팀푸는 골짜기에 위치해 있어 해가 금방 진다. 하루는 일찌감치 저녁을 먹은 뒤에 큰 결심을 하고 몰래 호텔을 빠져나왔다. 약간의 설렘과 호기심으로 근처를 돌아다녔는데 딱히 재미있는 일은 없어 보였다. 무엇보다 주위가 너무 고요했다. 이 고요함은 밤이 되면 더욱 짙어진다. 팀푸 시내 어디를 가더라도 흥청망청 취해 거리를 활보하는 사람은 찾아보기 힘들다. 다른 사람에게 피해를 주지 않는 것이 부탄 사람들의 공통된 매너인 걸까? 아니면 시끌벅적하게 떠들면서 노는 것을 즐기지 않는 걸까? 나는 다소 의아해 하며 점배에게 이유를 물어보았는데 그는 명확한 답을 주지 않았다. 다만 호텔 주변에 가볼만 한 곳이 없다고 푸념하는 내게 진귀한 정보라도 건네듯 이렇게 속삭였다.

"팀푸에 한국인들이 살고 있어요."

"여기에 한국인이 산다고요?"

"한 분은 산마루라는 한식 레스토랑을 운영하고 있다는데, 한번 가보겠어요?"

내가 손뼉을 치며 아이처럼 좋아하자 점배의 입가에 웃음이 스쳤다.

"마담, 얼굴이 환해졌어요."

그의 말이 맞다. 나는 좋고 싫은 것이 금세 얼굴에 다 드러내는 성격이다. 점배가 하얀 치아를 드러내며 눈을 흘겼다. 그렇지 않아도 가무잡잡한 얼굴이 더 새까매 보이고 웃음 짓는 눈가에는 주름이 가득하다. 점배는 겨우 이십대 중반인데 말이다. 그런데도 눈가에 잔주름이 자글자글 퍼져 있다. 그 주름은 오랫동안 그가 행복한 웃음을 지으며 살아왔음을 보여주는 거라고 나는 생각한다. 덩달아 내 마음에도 행복한 기운이 차오른다.

그나저나 한국인들이 어떻게 부탄에서 살게 되었을까? 자국민 보호를 위해 이민자를 받지 않는 것은 물론, 외국인과의 결혼도 허용하지 않는 나라가 부탄이 아니던가. 나는 한식 레스토랑에 당장 가보자고 점배를 졸랐다.

잠시 후 그가 알아낸 번호로 전화를 걸었다. 서너 번 신호음이 울렸을 때 상대방이 전화를 받았는데 좀 의외였다. 수화기 너머의 상대 목소리가 무척 앳되게 느껴졌다.

"헬로, 거기가 산마루 식당인가요? 이연지 씨와 통화를 하고 싶은데요."

"제가 이연지인데요. 누구시죠?"

"안녕하세요, 부탄에 한국인이 살고 있다는 소식을 듣고 연락드렸어요. 저는 김경희 작가라고 하는데 지금 팀푸에 와 있습니다."

"팀푸에 계신다고요? 정말 반갑네요. 시간이 되실 때 저희 식당에 꼭 한번 들려주세요."

"그래서 급하게 연락드렸어요. 오늘 잠깐이라도 만날 수 있을까요?"

"지금은 좀 바쁘지만 오후에는 언제든 좋아요."

오후라면 언제든 좋다는 말, 그건 부탄 사람들이 즐겨 하는 말이다. 재차 말하지만 그들의 시간 개념은 우리와 조금 다르다. 바깥세상과 교류가 시작되면서 많이 바뀌긴 했지만 부탄 사람들의 시간 개념은 다소 두루뭉술한 편이다. 오후에 오라는 말을 해석해 보면 점심 장사가 끝난 이후, 그리고 저녁 장사로 분주해지기 전이면 언제든 좋다는 뜻이다. 그런 말을 건네는 사람은 조금 늦게 가더라도 화를 내지 않는다. 상대를 천천히 오래오래 기다려줄 수 있는 마음이 부탄 사람들에게는 있다. 연지 씨도 이제 부탄 사람이 다 되어가나 보다.

언뜻 시계를 보니 오후까지 대략 몇 시간은 빈둥거릴 여유가 있었다. 갑자기 온갖 잡다한 일이 떠올랐다. 감히 건들지 못했던 여행 가방을 뒤집어 정리했고 이것저것 쑤셔 넣은 지갑 속도 가지런히 정돈했다. 손톱도 깎고 카페에 내려가 커피도 두어 잔 마셨다. 꽤 긴 시간이 지난 줄 알았는데 그래봐야 두 시간 남짓 지났을 뿐이다. 나는 조금 당황스러워졌다. 시간이 넉넉히 주어져도 어찌할 바 모르는 내 모습과 자기만의 시간을 충실히 사는 부탄 사람들의 모습이 대조적이었다.

오후 3시쯤, 우리 일행은 산마루 식당에 도착했다. 예상과 달리 거리에는 인적이 드물었다. 간간이 아이스크림을 먹으면서 걸어가는 십대들의 모습만 보일 뿐 시내는 한적했다. 약간 김이 빠지긴 했지만 차도 없는데다 인적까지 드문 거리를 한가로이 걷는 기분도 썩 괜찮았다.

"저기가 바로 산마루 식당이에요."

"어머, 여기서 한국어 간판을 보니 신기해요!"

산마루 식당은 수도 팀푸의 다운타운가 거리 위쪽에 위치하고 있었다. 건물 2층 식당에서 내려다보면 시내가 훤히 내다보일 정도로 좋은 위치였다. 중심 거리는 우중충한 건물들이 길게 늘어 서 있지만 전통 문양이 장식되어 있어 대체로 고풍스러운 느낌이 들었다. 거대하고 특이한 건물이나 화려한 인테리어가 된 상점은 없었지만 그 자체만으로도 개성이 살아 있는 도시이다. 그것은 순전히 사람들 덕분이다. 밋밋한 도시를 오가는 팀푸 시민들의 표정에는 건강한 풍미가 있다.

"이연지 씨? 얼마 만에 써보는 한국말인지 모르겠네요. 정말 반가워요!"

"아유, 제가 더 반갑죠. 부탄에 오신 걸 환영합니다!"

특유의 밝은 톤으로 인사를 건네는 한국 여자, 그녀는 이제 막 서른을 넘겼다고 했다. 부탄 남자를 만나서 결혼을 했고 팀푸 생활은 4년 차였다. 궁금한 것이 백 가지도 넘었지만 우선 남편 이야기를 묻는 것이 순서인 것 같았다.

"저희 남편이 궁금하세요?"

"물론이죠. 어떻게 부탄 남자와 결혼을 한 거예요?"

한창 깨가 쏟아지는 신혼이라 그런지 남편 이야기가 나오자 그녀는 함박웃음을 지어보였다. 그러더니 저만치 서 있는 남편을 향해 이쪽으로 오라고 손짓을 했다. 호탕한 성격의 그녀와 달리 부탄인 남편은 부끄러워 선뜻 다가오지 못하는 모습이 인상적이었다.

"저 이가 저렇다니까요. 부끄럼을 좀 타는 성격이에요. 하지만 얼마나 싹싹하고 상냥한 남자인지 몰라요."

싹싹하고 상냥한 남자! 나도 모르게 입이 떡 벌어졌다. 한국에서 남자들이 자기 아내를 소개할 때 싹싹하다고 치켜세우는 건 봤어도 아내가 남편을 향해 싹싹한 남편이라고 하는 말은 처음 들어봤기 때문이다. 잠시 후, 그녀의 성화에 못 이겨 부탄인 남편이 우리에게 다가와 인사를 했다.

"남편과는 인도 유학시절에 만났어요. 한국 남자들과 달리 싹싹하고 착한 모습에 끌렸다고 해야 하나?"

"부탄 남자들 대부분이 그런가요?"

"아무래도 그런 편이죠. 모계 사회의 전통이 남아서 그런 것 같아요. 대부분 착하고 싹싹해요."

"모계 사회 전통이라…… 예를 들면요?"

"부탄에서는 여성들의 지위가 높아요. 말하자면 딸에게 우선적으로 재산을 나눠줘요. 아무래도 여생을 함께 보낼 딸들을 아들보다 중시하는 거 아니겠어요?"

"여생을 함께 보낸다는 건 딸들이 부모를 모신다는 건가요?"

"모신다기보다는 함께 산다고 봐야겠죠. 한 집이 아니더라도 가까운 곳에서 일가를 이뤄 살아요. 그래야 서로 돕고 살 수 있으니까요."

조금 과장하자면 부탄은 여존남비(女尊男卑)의 사회이다. 정치나 경제를 포함한 여러 사회영역에서 여성의 역할이 남성을 능가한다. 그것은 부탄 정부에서 제작한 관광 안내 책자에도 명확하게 표시되어 있다. 검게 그을린 얼굴로 환하게 웃는 부탄 여성의 사진 아래는 이런 문구가 인쇄되어 있다.

BHUTANESE WOMEN

'Bhutanese women play an important role in decision-making and running house'

부탄 여성들은 우리나라에 비해 상대적으로 우월한 여권을 가지고 있다. 부탄인들은 아들에게 주로 상속하는 우리와 달리 장성한 딸에게 우선적으로 재산을 넘긴다. 남편이 사망했을 경우 통상적으로 부동산은 딸에게, 동산은 부인에게 넘긴다. 물론 관례에 따라 상대적으로 능력이 처지는 자녀에게 좀 더 많은 재산을 물려주기도 한다. 하지만 이런 상속 과정에서도 일단 아들은 제외시킨다. 이것이 부탄 사회의 관례이자 대다수 부탄 부모들이 아들보다는 딸을 바랄 수밖에 없는 이유이다.

"궁금한 게 있어요. 연지 씨 집에서는 결혼을 반대하지 않았나요?"

"친정이 경상도의 보수적인 집안이라 처음에는 반대가 있었죠. 하지만 남편을 몇 번 본 뒤로는 반대하지 않으셨어요. 어른들이 보기에도 정말 착하고 상냥한 사람이었으니까요."

따스한 석양을 등지고 앉아서 깔깔대며 남편 이야기를 하는 그녀는 무척이나 행복해 보였다. 나는 편안하고 자연스런 모습으로 살아가는 그녀를 보며 한국에 있는 몇 명의 독신녀 친구들이 떠올랐다. 부탄 남자가 이토록 싹싹하고 상냥하며 여성을 위한다는 이야기를 그녀들에게 전해주겠노라 생각하는 찰나 그녀가 이런 말을 했다.

"부탄은 이제 외국인과의 혼인이 금지되었어요. 저는 운이 좋아서 혼인신고도 하고 팀푸 시민으로 살고 있지만요."

"아예 금지라구요?"

"네. 몇 년 전 잠깐 풀리긴 했지만 이제 불가능한 일이에요. 인도 남자들 때문이죠. 그들은 인도에 본처가 있는 걸 숨기고 부탄 처녀들에게 마구 접근했거든요."

"어딜 가나 그런 남자들이 꼭 있다니까요."

"단순히 남자 문제라기보다는 부탄의 독립성 문제인 것 같아요. 정부가 인도나 주변국으로부터 자신을 보호하기 위한 하나의 방패인 거죠."

이것이 바로 부탄이 직면한 가장 큰 문제로 국제사회에서 부탄을 온전한 독립국가로 인정하지 못하는 이유 역시 외교권과 군사권을 인도가 쥐고 있는 탓이다. 부탄은 세상에서 가장 고요하며 아름다운 나라지만 평화로운 정경 이면에는 슬픈 그림자가 드리워져 있다. 연지 씨는 붐탕으로 이동했다가 다시 팀푸로 오게 되면 다른 한국인들을 내게 소개해 주고 싶다며 웃었다. 지금 팀푸에는 연지 씨 외에 부탄 국가대표 선수들을 가르치는 한국인 복싱 코치와 태권도 코치, 그리고 민간 기술자 한 명이 살고 있다고 했다. 나는 꼭 다시 오겠다는 약속을 남기고 해가 질 무렵 식당을 나왔다. 몇 시간 사이에 하늘은 어둑어둑해져 있었다. 배웅을 위해 문 앞에 선 그녀가 아쉬운 듯 인사를 했다. 한껏 가슴이 뜨거워진 나도 가만히 손을 흔들었다.

이제는 부탄 사람이 다 된 그녀를 만나고 돌아오면서 나는 '독립적인 여자란 무엇인가, 독립적인 국가란 무엇인가'라는 화두를 가슴에 담았다. 독립적이라는 것은 무엇인가? 남에게 속박되지 않고 독자적으로 생활하거나 활동하는 것, 남의 지배나 영향을 받지 않고 자신의 의지대로 행동하는 것을 말한다. 그렇다면 나는 독립적인 여자인가? 우리나라는 독립적인 국가인가? 그리고 부탄은 또 어떠한가? 모두의 속살이 다 벗겨진 것처럼 머리가 아찔해졌다. 나를 포함한 모두에게 한없는 연민이 느껴지는 날이다.

유 기 농 채 소 한 뿌 리 에 담 긴
행 복 의 진 리

부탄 유일의 한식당인 '산마루'를 다시 찾은 것은 팀푸를 떠나기 전날이었다. 수도 팀푸에서 붐탕으로 향하기 전에 우리 일행은 한국인이 살고 있다는 소식을 듣게 되었고 곧장 산마루의 안주인인 한국인과 그녀의 부탄인 남편을 만났던 터였다. 짧은 만남 후 뒤돌아설 때 그녀가 이렇게 말했었다.

"팀푸에는 한국인이 네 명 살고 있어요. 그분들 한번 만나보실래요?"

부탄에 살고 있다는 한국인의 정체는 이렇다. 만남 이후 몇 달이 지나 개최된 인천 아시안게임에서 금메달을 노렸던 부탄 복싱 팀의 김재휴 코치와 태권도 임신자 코치(부탄에서는 태권도가 아주 인기 종목이다), 그리고 산마루의 안주인인 이연지 씨와 상하수도 기술자인 중년남성까지 딱 네 명이 부탄에 살고 있는 한국인의 전부였다. 마침 반나절의 여유 시간이 생겼고 여기까지 와서 한국인을 만나고 가지 못하면 너무 서운할 것 같아서 나는 연지 씨에게 그분들을 만나고 싶다는 의사를 전했다. 다행히 훈련시간이 겹치지 않은 두 코치님들과 식사를 함께하게 되었는데 그날의 메뉴는 부탄의 유기농 채소로 만든 돌솥비빔밥이었다. 식사가 준비되는 동안 우리는 서로 명함을 주고받으며 안부부터 물었다.

"저희는 2002년 당시 부탄 축구팀의 한국인 감독님의 흔적을 찾아왔어요."

다큐멘터리 제작을 위해 부탄을 찾았다는 우리의 말에 복싱팀의 김재휴 코치님이 깜짝 놀라시며 말을 이었다.

"저도 그분에 관한 이야기는 익히 들어 알고 있어요."

"강병찬 감독님을 아세요?"

"개인적으로는 모르죠. 하지만 제가 부탄에 들어올 때도 모두들 어떻게 거기까지 가느냐고 걱정했는데 10년 전의 부탄은 정말 오지 중의 오지였어요. 그 선택이 정말 대단하다고 생각합니다."

"코치님도 정말 대단하세요. 여긴 복싱 선수들 자체가 없었다면서요."

"맞아요. 복싱 선수가 없어서 군인들 중에서 뛸 만한 친구들을 뽑았죠. 체육관은커녕 링도 없어서 군부대 구석에서 비 맞으며 훈련했어요. 벌써 몇 년이나 지난 일이네요."

216

김재휴 코치님은 복싱 지도자의 꿈을 이루기 위해 부탄행을 결심하고 한국을 떠난 지 4년이 넘었다고 했다. 이제는 간단한 식사는 혼자서 해결할 정도는 되었고 장터에서 좋은 채소를 구입하는 요령도 생겼다고 말하며 웃었다.

"그래도 가끔은 한국 음식이 못 견디게 먹고 싶은 날이 있어요. 그럴 때는 태권도 코치님과 여기에 와서 한식을 먹는 거죠. 고추장 팍팍 넣은 돌솥비빔밥 한 그릇이면 몇 게임은 더 뛸 힘이 나니까요."

이런저런 이야기를 나누는 사이에 더운 김이 나는 음식이 하나 둘 나오기 시작했다. 먼저 반찬들이 담긴 접시들부터 등장했는데 대부분이 부탄에서 나는 채소로 만든 밑반찬이었다. 배추가 잘 자라지 않는 지대라서 무로 담근 깍두기 김치가 나왔고 감자를 비롯한 몇 가지 채소볶음들이 곁들여졌다. 반찬은 더 없이 정갈했다. 솜씨가 좋아서 그런가 했더니 여기의 모든 농산물은 유기농이라는 대답이 이어졌다.

"부탄왕국은 집에서 기른 채소와 농산물을 100퍼센트 유기농으로 생산하는 세계 최초의 국가가 되겠다고 선언했어요."

과연 국민의 행복을 우선하는 부탄다운 발상이었다. 부탄 정부의 이러한 친환경 정책 의지는 앞으로 화학 비료 생산을 단계적으로 중단해서 10년 이내에 부탄인들의 주식인 밀과 감자, 과일을 100퍼센트 유기농으로 재배하겠다는 새로운 정책에서도 확인된다. 이것은 자연과 조화롭게 살라는 불교의 가르침과

부탄 남자와 결혼한 한국 여인 연지 씨와 '산마루' 식당의 요리. 수도 팀푸의 핫플레이스로
꼽히는 한국식당을 운영하는데 이곳의 주메뉴는 돌솥비빔밥과 잡채였다.

도 일맥상통하는 부분이다. 물론 이것은 부탄의 농부들도 국가
정책을 적극 지지한 덕분이다. 그들은 부탄의 환경을 지키기 위
해서라도 화학비료를 사용하지 않는다. '완전히'라고는 말할 수
없지만 이미 90퍼센트 정도는 사용하지 않는다고 한다. 그러니
부탄의 장에서 만나는 모양 좋고 때깔 좋은 채소들은 모두 인도
산인 셈이다.

"유기농 채소로 만든 돌솥비빔밥이라니! 정말 기대돼요!"

우리 일행과 두 코치님들은 방금 나온 뜨거운 돌솥비빔밥에
쾌재를 질렀다. 돌로 만든 뚝배기는 여전히 끓고 있었다. 나는
막 나온 밥을 한 숟가락 떠보았다. 밥은 뜨거웠고 유기농 채소로

만든 나물들은 향긋함이 입에 천천히 감겼다. 빼고 더할 것도 없이 그야말로 순수한 맛 그대로였다. 직접 주방 일을 하는 서른 살 연지 씨의 손맛이라기보다는 청정지역 부탄에서 키워낸 신선한 채소의 맛이라고 해야 옳을 것이다. 식사를 하면서 이렇게 아무 말 없이 밥만 먹기도 처음이었다. 다들 뜨거운 밥을 연신 떠먹는 동작과 이마에 맺히는 땀을 닦으며 내내 조용했다. 대화가 오가기 시작한 것은 밥상을 물리고 나서 차를 마시면서부터였다. 부탄에서의 식사가 겨우 10여 일째인 내가 먼저 물었다.

"100퍼센트 유기농으로 생산하는 최초의 국가라니, 정말 놀랍기만 해요."

부탄 생활 5년 차인 김재휴 감독님은 이렇게 답했다.

"그래서 부탄은 사람이나 동물은 물론 벌레나 식물까지 행복한 나라 아닙니까?"

"궁금한 게 있어요. 부탄 사람들은 고기를 아예 안 먹나요?"

역시 부탄 생활 4년 차인 식당 안주인이 답했다.

"아주 가끔 먹긴 해요. 하지만 살생은 하지 않는다고 들었어요. 부탄에서 유통되는 고기는 대부분 말린 것인데 인도에서 들여오는 것들이에요."

"그럼 부탄의 소들은 어떻게 되나요?"

이번에는 조용히 자리를 지키던 점배가 대답했다.

"사람과 똑같이 늙어서 죽는 거죠. 부탄 사람들은 소를 가족으로 생각하거든요."

진지한 점배의 말에서 진심이 느껴졌다. 부탄 사람들은 누가 정하고 규제하지 않아도 스스로 룰을 지킨다. 100퍼센트 유기농으로 농사짓는 세계 최초의 국가가 되겠다는 것도 자연과 조화를 이루며 살겠다는 부탄 사람들의 다짐인 것이다. 결국 룰을 지킨다는 것은 속박되어 지키는 것이 아니라 스스로의 의지로 지키는 것이다. 이 역시 불교 수행의 한 방법이라고 한다. 나는 절로 고개가 끄덕여졌다. '사람은 물론 동물이나 곤충, 식물까지 행복한 나라'라는 말은 누구나 쉽게 던질 수 있는 우스갯소리가 아니었다. 복싱 코치님과 태권도 코치님이 우리에게 물었다.

"언제 팀푸를 떠나세요?"

"내일 파로(paro)로 출발합니다."

"부탄에서 함께 식사한 것이 오래 기억될 것 같습니다."

"저도 그래요. 한국에서 꼭 다시 뵈어요."

한국인이라는 것 외에 아무런 공통점도 없는 우리들은 처음 만났음에도 전혀 어색함이 없이 더운밥을 함께 먹었고 많은 이야기들을 나누었다. 그 의미 있는 한 끼의 식사가 한국 음식이어서 좋았고 그 음식의 재료가 유기농이라 더욱 행복한 기분을 만끽할 수 있었다. 단지 유기농 채소를 먹어서 건강해지기 때문이 아니라, 유기농만이 가능한 100퍼센트 행복의 조건까지 맛보았기 때문이다. 부탄의 채소 한 뿌리에는 눈에 보이지 않는 행복의 진리가 고스란히 담겨 있다.

P.S - 고백하건데 나는 동물이나 곤충까지 행복해야 한다고 말하는 부탄 사람을 경악케 만든 죄인이다. 한국에 돌아온 이후 〈2014 아시안게임〉에 참가하기 위해 방문한 부탄 복싱팀 몇 분과 식사를 함께하게 되었다. 먼저 식당에 도착한 나는 그들에게 보양식이라도 먹이고자 해물샤브샤브를 주문해 둔 터였는데 신선한 채소와 해산물에 이어 산 채로 등장한 낙지를 보더니 부탄인 코치의 표정이 점차 굳어지기 시작했다. 급기야 그는 뜨거운 육수에서 꼼지락거리던 낙지들이 가위에 잘려나가는 것을 목격하고는 접시에 코를 박은 채로 연신 국물만 떠먹으며 나와는 눈도 마주치지 않았다. 지금 생각해도 내가 정신이 나갔던 건 아닐까? 벌레나 식물까지 행복한 나라 부탄에서 온 그들을 경악케 만들 작정이 아니고서는!

누구나 행복한 사이이 되는 곳

마음을 멈추고 부탄을 걷다

4장

부　탄　,
그　강렬한
행복의 기억

행복해지는 장소를 가져라.

− 부탄 속담

하루를 꼬박 차 안에서 보냈다. 우리 일행을 실은 차량은 부탄의 동쪽에 위치한 붐탕을 지나 서부와 중부를 가로지르는 산을 넘어가는 길이었다. 산세가 깊다 보니 경치는 말할 것도 없었다. 산자락에 드문드문 흩어져 있는 농가들은 평화로워 보였고 어스름 해가 넘어가자 집집마다 모락모락 연기가 피어올랐다. 모든 것이 완벽했다. 울퉁불퉁 패인 샛길을 따라 사정없이 덜컹거리는 차량만 빼면 말이다. 창밖으로 보이는 한가로운 풍경과 달리 차 안은 난리 통이었다. 꼬불꼬불 굴곡이 심한 길이 문제였다. 차가 한쪽으로 쏠릴 때마다 내 몸은 통제할 수 없는 사람처럼 마구 방아를 찧었다. 그러다 보면 어김없이 목이며 어깨가 뻐근해진다. 행복의 나라라고 해서 녹록하게 생각하면 오산이다. 부탄 여행은 이렇게 통증과 함께 시작된다.

사실 이곳은 불과 30년 전만 해도 나귀를 타거나 걸어서만 올 수 있는 깊은 산골이었다고 한다. 문득 나귀를 타고 한양에 과거를 보러 가던 조선의 선비들이 머릿속에 그려졌다. 부탄은 그 시대와 우리가 사는 현재의 딱 중간 정도라고 보면 될 것 같다. 그러니 여기서는 누구라도 시간여행자가 된다. 시선이 머무는 곳에서 가만히 눈을 감으면 1960년대 즈음의 우리나라 풍경이 그려진다. 어디를 보아도 굽이치는 강과 연필로 그려 놓은 듯한 논밭이 펼쳐져 있는 곳, 나는 오래 전의 한국 모습을 닮은 부탄의 풍경에 홀딱 반했다.

하루를 꼬박 달린 끝에 다시 밤을 맞은 우리는 메팜(Mepham) 게스트 하우스에 짐을 풀었다. 6월의 부탄이 더울 거라는 추측은 빗나간 지 오래였다. 수도 팀푸를 벗어난 이후로 비가 오락가락해서 서늘한 날이 많았다. 도시의 호텔에는 못 미치지만 다행히 이곳에는 난로가 갖춰져 있었다. 비를 맞아 오들오들 떠는 내가 불쌍해 보였는지 푸근해 보이는 여종업원이 내 방으로 땔감을 한아름 가져왔다. 넉넉히 불을 피워준 덕에 방은 금세 훈훈해졌다. 밤새 타닥타닥 나무 타는 소리를 들으며 자다 깨다를 반복하다 보니 어느새 날이 밝았다. 문득 거울을 보니 코 밑이 온통 새까맸다. 그동안 내 삶이 너무 반들반들했던 것일까.

마른 빵 몇 조각과 히말라야의 꿀, 커피 한 잔을 더해 간단히 요기를 하는데 점배와 초키가 웃으며 다가왔다. 무슨 꿍꿍이인지 장난기 가득한 얼굴의 그들은 나를 보자마자 키득거렸다.

호텔 방 안을 아늑하게 지켜준 아담한 난로.
부탄의 밤은 잊을 수 없는 경험과 추억거리를 많이 가져다주었다.

"뭐 좋은 일이라도 있어요?"

나는 초키에게 물어보았다.

초키는 아무 일도 없다고 대답했지만 웃음을 참지 못해 자꾸만 내 어깨를 툭툭 쳤다. 내가 조금 무안해 하자 점배가 관광안내 책자를 내밀었다. 그의 손이 가리키는 곳에는 '점베이 라캉(Jambay Lakang)'이라고 씌어 있었다.

"오늘은 점베이 라캉에 가려고 해요."

"당신 이름도 점배잖아요!"

"이곳은 6세기에 지어진 쩜베이 사원이에요."

"그럼 그냥 이름이 같은 거예요?"

"그건 당신이 해석하고 싶은 대로!"

장난기 어린 표정을 하고는 쩜배는 의기양양하게 앞서 걸었다. 이제 보니 아침부터 그가 키득거린 이유는 쩜베이 라캉 때문인 모양이었다. 부탄 사람들은 이렇게 사소한 것에서 즐거움을 찾는다. 그리고 그들과 함께 있으면 누구라도 비슷한 기분이 된다. 약간 90년대식 철 지난 유머 같다는 생각이 들었지만 나도 모르게 자꾸만 웃음이 났다. 고상한 척 해봐야 다 거기서 거기인 게 사람이다. 결국 유치한 게 가장 재미있는 게 아닐까.

우리는 한 시간쯤 차를 달려 쩜베이의 사원에 도착했다. 그저 한적한 사원일 거라고 생각했는데 무슨 영문인지 입구부터 사람들로 북적거렸다. 오늘이 토요일이라는 자각이 든 것은 그 앞에서 뛰노는 아이들을 보고나서였다. 아이들이 소란스럽게 지나가자 나이든 여자들이 삼삼오오 모여들었다. 언뜻 본 그녀들의 모습은 좀 나이 들어 보였다. 화장품이나 자외선 차단제를 바르지 않아서인지 피부는 검고 주름이 많았다. 하지만 조금 더 가까이 가보니 그녀들은 늙어 보이는 것일 뿐, 실제로 늙은 것 같지는 않았다. 무엇보다 표정이 풍부했고 뭔가를 감추려는 기색도 전혀 없었다. 새까만 얼굴이나 자글자글한 주름마저도 당당히 내놓는 데 주저하지 않는 여자들이었다.

밤마다 번들거리는 수분 크림을 잔뜩 발라대고 보톡스로 주름을 없애려고 노력하는 우리와 검고 자글자글한 주름을 그대로 드러낸 투박한 민낯을 당당히 내놓는 그녀들의 차이는 무엇일까. 나는 그것을 불안감이라고 생각한다. 부탄 여자들은 남이 만든 아름다움에 속하기 위해 전전긍긍하지 않는다. 그러니 불안해 할 이유가 없다. 부탄 속담에 이런 말이 있다. '그 어떤 미인도 결국에는 해골이 된다.' 그녀들은 내가 고집스럽게 가지고 살아온 거추장스러운 관념을 깨고 부숴버리는 위대한 존재들이다.

우리는 사원 안으로 들어갔다. 곧 마을 사람들이 줄지어 올 거라는 말에 그 전에 사진이라도 좀 찍어두려는 생각에서였다. 일찌감치 서둘러 온 사람들은 사원에 들어서자마자 기도했다. 중앙 마당 한가운데에서 우리는 기도하는 어린 소년들을 만났다. 여러 방향으로 절을 하며 기도를 하는 소년들의 모습이 무척 인상적이었다.

"안녕! 이름이 뭐예요?"

"저는 소남 초페예요, 열두 살이고요. 애는 옆 집 동생인데 춤두트링이에요."

"무슨 기도를 했어요?"

소년은 잠깐 부끄러운 듯 몸을 배배 꼬더니 말해 줄까 말까, 고민하는 것처럼 보였다. 나는 부담을 주고 싶지 않아서 꼭 이야기할 필요는 없다고 말해 주었다. 그러자 소년이 결심한 듯 담담하게 대답했다.

"사실, 시험에 통과하게 해달라고 기도했어요."

"학교에서 시험을 보는구나? 공부하는 거 힘들지 않아요?"

"아니요. 재밌어요! 정말 재밌어요."

공부가 재밌다니! 믿을 수 없는 대답이었다. 하지만 그 소년의 눈빛을 보는 순간 그 말이 진심이라는 것을 알 수 있었다. 누가 시켜서가 아니라 스스로 시험을 잘 보고 싶은 마음이 고스란히 담겨 있었기 때문이다. 그 마음이 참 예쁘다는 생각이 들었다. 지금쯤 학교에 갔을 우리 아이가 생각났다. 아이의 친구들도 생각났다. 그 녀석들은 공부가 재밌어서 하는 것 같지 않다. '배움의 재미를 느끼기도 전에 미리 강요해서 그런 게 아닐까' 하는 자책이 들었다.

두 소년은 기도를 그만둘 조짐이 전혀 없었다. 어린 아이들이 무슨 기도를 저리 오래하나 싶었지만 그들은 방향을 바꿔가며 멈추지 않고 기도를 했다. 밖으로 나와 일행을 찾기 위해 두리번거리는데 갑자기 비가 쏟아졌다. 우선 비를 피하기 위해 나무 밑으로 뛰어들어갔다. 거기에는 친구 사이로 보이는 두 여자가 마주 앉아 말린 과일과 음료를 마시고 있었다. 그저 비를 피하러 갔을 뿐인데 그들은 내게 말린 과일과 채소튀김 같은 것을 건넸다. 부탄 사람들은 음식을 나누는 게 몸에 밴 듯 자연스럽다. 나는 고맙다는 인사를 하고 그녀들과 좀 더 가까이 앉았다. 나이를 물어보니 둘 다 스물일곱 살이며 한 명은 기혼, 또 한 명은 미혼이라고 했다. 결혼 적령기를 묻는 내게 그녀들은 전보다 조금씩 늦어지고 있다고 말했다. 그러더니 자신들의 바뀐 생각을 거리낌 없이 털어놓았다.

"사실 이제 부탄 사람들은 아이를 많이 낳지 않아요. 예전처럼 여섯, 일곱 명씩 낳는 일은 없거든요."

"그렇군요. 당신은 몇 명을 낳을 생각이에요?"

"저는 절대로 세 명 이상 낳지는 않을 거예요."

"오, 그래요?"

"그럼요. 도시로 간 제 친구도 두 명만 낳고 말았으니까요."

그녀들은 나름 신세대적인 생각을 갖고 있는 시골 여성들인 셈이었다. 그 상황이 너무 흥미로워서 나도 모르게 크게 웃었다. 비에 흠뻑 젖은 채 낯선 나라에서 만난 젊은 여인들과 나눈 이야기들이 무척 즐거웠기 때문이다. 그녀들은 한국의 60년대 여성들과 닮았다. 부탄에서는 모든 장소, 그리고 만나는 사람마다 이렇게 시간여행을 선물한다. 이곳에서 우리가 할 일은 그저 자연스럽게 행동하는 것뿐, 과거의 자신을 만나듯 익숙한 분위기에 가만히 몸을 내맡기면 그만이다. 그 사이에 지나가는 비가 뚝 그쳤다. 몇 명의 청년 스님들이 다가와서 마을 주민들에게 버터차와 말린 옥수수 튀김을 듬뿍 나누어주었다. 한기 때문인지 버터차가 몹시 달게 느껴졌다.

"한참 찾았어요. 대체 어디 갔었어요?"

멀리서 점배와 초키가 뛰어오고 있었다. 사원 마당에서 길이 엇갈린 후로 나를 찾아 돌아다닌 모양이었다. 나는 부탄 여자들과 대화도 하고 차도 마셨다며 그들에게 자랑스럽게 이야기했다. 점배는 다소 엄한 표정으로 내게 혼자 사라지지 말라는 경고 아닌 경고를 했다. 그의 마음을 아는 나는 순순히 알겠다는 미소를 지어보였다. 말도 통하지 않고 영어를 잘하는 것도 아닌 내가 길을 잃을까 봐 그들은 꽤 조마조마했을 것이다. 하지만 나는 부탄 사람들과 섞이는 법을 이제 조금은 알 것 같았다. 그들은 혼자 두지 않는 것을 최고의 접대라고 생각하는 사람들이다. 세상에서 가장 불쌍한 사람은 돈이나 명예가 없는 사람이 아니라 혼자인 사람이라고 생각하는 사람들. 이들은 자연에서 받은 넘치는 에너지를 일상의 유쾌한 대소사에 쓰고, 상대가 누구든 음식을 나누며 이야기하는 것을 즐긴다. 딱 그 정도면 충분하지 않은가! 삶이란 원래 그래야 하는 게 아닐까.

해가 질 무렵, 사원 밖은 더 소란스러워졌다. 안에서 크고 작은 기도가 이어지는 사이 사원 밖에서는 큰 장터가 열린 것이다. 우리나라 시골의 5일장 같은 분위기로 정말 없는 것 빼고는 죄다 있었다. 색색의 장식구와 손으로 뜬 스카프, 약간 조잡해 보이는 장난감도 좌판 한쪽에 떡 하니 자리했다. 반대편에는 밥솥과 같은 가전제품들이 눈에 띄었다. 부탄의 주방도 변화하는 모양이었다. 여전히 시골에서는 나무를 때서 밥을 해먹지만 부뚜막 개조가 시작된 부탄에서는 전기밥솥이 그야말로 핫이슈라고 한다. 오래 전 우리 어머니들이 마마밥솥이나 전기쿠커를 갖는 게 꿈이었던 것처럼 이들도 돈을 저축해 전기밥솥이나 주방기기들을 구입하고 싶은 희망을 가지고 있는 것이다. 저녁이 되면 밥 짓는 연기가 피어오르는 부탄도 이제 얼마 남지 않은 것일까.

수도 팀푸만 벗어나면 어디를 가도 촌락들이다. 마을은 띄엄띄엄 집 몇 채와 삐뚤빼뚤한 논밭, 그리고 야단법석을 떨며 뛰어노는 아이들로 가득하다. 길에서 만난 누구와도 자연스레 이야기할 수 있고 부드러운 미소를 머금은 유순한 부탄 남자들은 이방인에게 친절하게 손을 흔들어준다. 나는 저녁 어스름 속으로 유유히 사라지는 그 모든 것들을 오래오래 바라보았다. 부탄은 변하고 있지만 아주 천천히 자기만의 속도를 낸다. 한 번 발을 내딛으면 누구라도 빠져들 수밖에 없는 특별함, 이 얼마나 근사한 나라인가!

운 수 좋 은 날

아침에 눈을 떴는데 기분이 유달리 좋았다. 6월 중순, 우기가 막 시작된 부탄은 비가 오락가락하는 날이 많았는데 오늘은 유독 날이 화창했다. 커튼을 휙 걷으니 환한 햇빛이 방안으로 쏟아졌다. 며칠 만에 얻은 아늑함을 만끽하며 나는 느긋하게 커피 한 잔을 마실 생각이었다. 내친김에 창문까지 열어젖혔다. '싱그러운 부탄의 공기를 마셔야지' 하는 생각으로 가슴 가득 바람을 채우며 호흡하는 순간, 쿵쿵거리는 소음이 들려왔다.

진초록의 산등성이와는 참으로 어울리지 않는 둔탁한 소음이었다. 소음의 진원지는 숙소 근처의 공사현장이었다. 한창 변화를 꾀하고 있는 부탄은 유독 공사가 한창인 건물이 많다. 기존의 건물들은 대부분 나무나 흙 같은 재료로 만들어진 경우가 대다수였는데 최근 짓는 건물들은 약간 도시적인 느낌도 들었다. 다만 부탄 사람들은 건물을 지을 때 내부를 현대식으로 바꾸더라도 외양이나 환기 방식만큼은 전통가옥의 장점을 고수한다. 그래서인지 부탄의 집들은 공기가 잘 통한다. 잠깐 창문을 열어두었는데 사방으로 공기가 드나들어 금세 한기가 느껴졌다. 나는 열어젖힌 창문을 조심스레 닫았다. 주위에 떠도는 공사 소음만 아니라면 이곳은 정말 세상 끝에 있는 낙원이라 해도 과언이 아니었다. 하지만 낙원에서도 허기는 밀려온다. 나는 겉옷만 대충 걸쳐 입고 식당으로 향했다. 아침 메뉴는 네모난 빵과 곁들이는 차가 전부였다. 전날도 그 전날도 같았다.

"이젠 질렸어요! 빵은 보기도 싫어요."

먼저 아침 식사 중인 K 감독을 만나는 순간 나도 모르게 불만이 터져 나왔다.

"음…… 그래요. 좀 질리긴 하죠?"

그는 잠시 가만히 있다가 다시 식사를 시작했다. 대단한 먹성과 인내심이라는 생각이 들었다. 사실 부탄에서 먹는 음식은 선택의 폭이 매우 좁다. 아침은 빵, 점심으로는 붉은 쌀밥과 채소반찬, 저녁 역시 똑같은 밥이 전부였다. 주식도 밥이지만 간식도 밥이다. 부탄 사람들이 즐겨먹는 간식인 볶음쌀도 결국에는 밥이니 말이다. 나는 알고 보니 밥이 없으면 못 사는 사람이지만 밥만 먹고도 못 사는 사람이었다. 맛있는 것을 먹을 때 사람은 상냥해지지만 매일 똑같은 음식을 먹으면 대신 인내가 생기는 걸까. 어쩐지 부탄 여행을 마치고 나면 세계 어디를 가든 먹는 걸로 고생할 것 같지는 않다.

아침을 먹는 둥 마는 둥 하고 식당을 나서는데 점배와 초키가 나를 향해 손을 흔들고 있었다. 친근하게 웃으며 다가오는 그들을 보자 배고픔이나 불만은 슬며시 사라졌다. 나도 손을 흔들며 그들에게 다가섰다. 그런데 두 사람의 얼굴이 어딘지 달라보였다. 자세히 보니 웃을 때마다 붉게 물든 이가 드러났다. 내가 그들의 얼굴을 유심히 바라보자 초키가 주머니에서 뭔가를 꺼내보여주었다.

"아! 이것 때문이에요. 빈랑나무 열매."

"나무 열매라고요?"

"자요. 입에 넣고 껌처럼 씹어보세요."

뭔가 색다른 먹거리인가 싶어 나는 열매를 입안에 쏙 던져 넣었지만 몇 초 지나지 않아 그만 뱉어버리고 말았다. 맛이 너무 이상했다. 약간 자극적이기도 했고 입안이 얼얼한 느낌마저 들었다. 빈랑나무 열매를 뱉어낸 입속을 헹구느라 나는 생수 한 병을 다 비워냈다. 대체 이런 걸 왜 씹는 거냐고 초키에게 물어보았는데 그는 대수롭지 않게 그저 습관이라고 했다. 새로운 음식에 대해 특별한 거부감이 없는 내게도 맞지 않는 것이 있었다! 부탄은 먹는 것과 사는 것에 대해 내게 끊임없이 생각하라고 채찍질했다.

정오의 햇살이 뜨거워질 즈음 우리는 또 다른 종에 도착해 있었다. 자카 종(Jakar Lhakhang)이라는 곳이었다. 자카 종은 동화 속의 성처럼 숲으로 둘러싸여 있어 마치 한 폭의 그림 같았다. 대부분의 종들은 전형적인 부탄 건축양식으로 지어져 거의 비슷해 보인다. 적갈색 선을 두른 흰색의 건물에 붉은색과 노란색 지붕이 올라간 특유의 디자인이 있다. 그러면서도 저마다 느낌이 달랐다. 똑같은 모양과 색상의 전통의상을 입고 있지만 느낌이 확연히 다른 부탄 사람들처럼 말이다.

"이곳은 자카 종이에요. 원하지 않으면 그냥 지나가도 돼요."

그동안 줄곧 종만 데려간 것이 미안했는지 점배가 머쓱해 하며 말했다. 나는 다른 조건에 대해 알고 난 후 대답을 할 요량으로 물었다.

"자카 종이 아니면 다른 대안이 있어요?"

"아니요. 오늘은 다른 일정이 없어요. 이틀 후면 다시 팀푸로 출발해야 하니 그냥 쉬셔도 좋고요."

"그냥 보내긴 시간이 아까워요. 일단 자카 종에 다녀와서 생각해 보죠, 우리."

"그래요. 사실은 드종에 함께 가길 바랐어요. 내게는 행복의 장소니까요."

"행복의 장소라고요?"

"부탄 속담에 그런 말이 있어요. '행복해지는 장소를 가져라.' 종에 있으면 긴장이 풀어지고 마음이 편안해져요. 당신도 그랬으면 좋겠어요."

나는 스마트폰을 꺼내어 '행복해지는 장소'라는 문장을 메모

장에 적었다. 행복해지는 장소라니 참으로 근사한 말이 아닌가. 그때 저만치서 누군가 내게 손을 흔들며 다가오는 것이 보였다. 아는 사람이 있을 리 없기 때문에 주변을 둘러보았는데 분명 나를 향해 손을 흔들고 있었다. '대체 누구지?' 하고 다가오는 상대를 빤히 쳐다보았는데, 세상에! 바로 그녀였다. 며칠 전 붐탕 다운타운가 축제에서 친정 엄마가 손수 뜬 스카프를 팔던 그녀 말이다. 겨우 스카프 두 개를 구입했을 뿐인데 그녀는 나를 어떻게 알아보았을까? 가까운 거리에 있는 것도 아니고 내가 눈에 띄는 외모는 더더욱 아니었지 않은가! 그녀가 한눈에 나를 알아본 것이 무척이나 신기했다.

"놀라워요. 여기서 다시 만나다니!"

"정말 반가워요. 그런데 당신 이름이 뭐였죠? 그날 이름도 물어보지 못했어요."

그녀는 그게 무슨 대수냐는 듯 화통한 웃음을 보이며 내 손을 덥석 잡았다. 타지에서 너무나 외로웠던 걸까? 평소 그런 적이 없던 나는 무슨 용기였는지 두 팔을 활짝 벌린 채 그녀와 부둥켜안기까지 했다. 이럴 수가! 모르는 사람과 가슴을 맞댄다는 것이 이렇게 쉬운 일이었나. 부탄에서는 처음 느껴보는 낯선 감정과 만나는 재미가 이렇게 쏠쏠했다. 우리는 며칠 전처럼 내가 어느 나라에서 왔는지, 언제 부탄을 떠날 것인지 등에 대한 짧은 이야기를 나누고 사진을 한 장 찍기로 했다. 이번에는 내가 먼저 그녀에게 어깨동무를 했다. 그녀가 까르르 웃었다. 부탄의 드종이 점배에게 행복을 주는 장소라면 내게는 행운의 장소라는 생각이 들었다. 오늘은 어쩐지 예감이 좋은 날이다.

몇 시간 후, 나는 비밀통로 같은 종을 빠져나왔다. 거대한 통로가 여기저기로 이어져 있는 종은 자칫하면 길을 잃어버리기 십상이다. 드종 안에서 나는 오롯이 혼자가 되었다. 부탄의 상징적인 문양들이 장식된 문과 돌로 쌓아올린 담벼락들을 카메라에 담느라 일행이 사라져도 눈치를 채지 못한 것이다. 자의반 타의반 혼자가 되면 거대한 비밀 통로를 유유자적 돌아다닐 수 있어 좋았다. 부탄 여행은 생각보다 훨씬 안전했다. 뭔가를 달라고 떼쓰는 사람도 없고 만나는 사람들마다 친절하고 유순하다. 그러니 부탄에서는 슬며시 경계심을 풀어도 괜찮다.

종을 빠져나오니 곧바로 오솔길이 나타났다. 이따금 길옆으로 지나가는 사람들은 하나같이 내게 손을 흔들며 지나갔다. 아마도 이 길을 따라가면 농가나 작은 마을이 있는 모양이었다. 나는 그 자리에서 일행을 기다릴지, 약간의 일탈을 시도해 볼지 고민했다. 그러나 이미 마음은 오솔길 쪽으로 접어들고 있었다. 일행은 아직 코빼기도 보이지 않고 있다. 특히 K 감독의 경우 한번 카메라를 들기 시작하면 언제 촬영이 끝날지 몰라 마냥 기다릴 수만은 없다고 결심했다.

"그래, 마을 쪽으로 산책을 가보는 거야!"

반대편에서 때를 맞춰 소들이 어슬렁어슬렁 지나갔다. 나는 이름 모를 그 소들을 따라 천천히 걸었다. 오솔길이 이어지는 주변 경치는 숨 막히게 아름다웠다. 층층 계단식의 논과 옥수수 밭들이 산허리에 점점이 흩어져 있었고 드문드문 보이는 농가는 주변 환경과 자연스럽게 어우러져 있었다. 부탄의 전통 가옥들은 건축 방식도 놀랍지만 주변의 경치와 어우러지며 풍기는 절묘한 조화가 돋보였다.

나는 문득 농가를 들여다보고 싶은 충동에 사로잡혔다. 대충 어림잡아 보니 담이 야트막해서 그다지 힘들어 보이지 않았다. 살짝 담장에 두 발을 올려놓는데 돌멩이 하나가 미끄러지면서 나는 바닥에 '쿵' 하고 주저앉았다. 누가 볼세라 얼른 몸을 일으켜 다시금 담장 위로 오르는데 갑자기 개 한 마리가 다가와 맹렬히 짖기 시작했다. 부탄에 와서 가장 많이 본 풍경 중 하나는 어디서든 늘어져 낮잠을 자는 개들이다. 사람들이 착해서 그런지, 동기부여가 안 되는 건지 부탄에서 만난 개들은 대부분 무기력해 보였다. 그들의 게으름을 똑똑히 목격했던 터라 나는 짖어대는 녀석들을 대수롭지 않게 여기고 있었다. 그런데 어디선가 제법 사나워 보이는 녀석들 서너 마리가 더 합세하더니 순식간에 나에게 달려들기 시작했다. 말 그대로 개떼였다. 나는 비명을 지르며 그대로 줄행랑을 쳤다. 살짝 돌아보니 개들은 침까지 질질 흘리며 무서운 기세로 따라붙고 있었다. 식은땀이 나고 머리털이 쭈뼛쭈뼛 섰다. 젖 먹던 힘까지 끌어내어 마구 달렸다. 초등학교 운동회 이후로 이렇게 죽기 살기로 뛰어본 적은 없었다. '살아야겠다', '무조건 뛰고 보자', 이 두 가지 외에는 어떤 생각도 들지 않았다. 완전한 몰입은 사소한 걱정 따위는 잊어버리게 만드는 힘을 가지고 있다.

얼마나 달렸을까. 개들이 먼저 지쳤는지 짖어대는 소리가 조금씩 멀어지기 시작했다. 마침내 쫓아오던 개들이 흔적도 없이 사라졌다. 나는 그들을 완벽하게 따돌린 것을 확인하고는 털썩 주저앉았다. 심장이 튀어나올 듯 두근거렸지만 나는 살았다는 데 안도하며 왔던 길을 되돌아가기로 했다. 고도가 높은 데서 숨이 턱까지 차오를 만큼 마구잡이로 달리기까지 했으니 금방 지치고 허기가 졌다. 슬슬 해가 지려고 하는데 다들 어디로 갔는지 사람들도 눈에 띄지 않았다. 뛰면서 발목이 접질렸는지 나는 약간 절뚝거리기까지 했다. 걸을수록 다리가 후들거렸다. 개떼의 추격에 자존감을 상실한 나는 이미 마음이 너덜너덜해진 후였다. 바닥에 푹 꺼진 심정으로 터덜터덜 걸어서 자카 종 근처에 다다랐다. 저만치서 점배를 비롯한 일행의 모습이 보였다. 그들은 처음에 나를 보고 힘차게 손을 흔들다가 뭔가 심상치 않음을 느끼곤 가까이 다가왔다.

"왜 그래요? 무슨 일 있었어요?"

"개떼들에게 쫓겼어요. 얌전하게만 보이던 부탄 개도 사람을 무는군요."

"사나운 녀석들은 그렇죠. 설마 부탄 개들은 다 순하기만 할 거라고 생각했어요?"

"난 정말 죽는 줄 알았어요. 오늘은 정말 완전히 운수 나쁜 날

245

이에요."

"그렇게 생각하지 말아요. 개에게 물리지 않았으니 얼마나 다행이에요. 내가 보기에 마담은 카르마가 좋은 것 같아요."

불교 국가인 부탄은 사람에게 일어나는 모든 일을 연속성으로 보는 경향이 있다. 나는 개에게 물릴 수도 있었고 크게 다칠 수도 있었지만 결국 최악의 나쁜 상황은 피할 수 있었다. "너 인생 그렇게 살지 마!"라고 개들이 내게 경고한 것일까? 그런 생각을 하니 오소소 소름이 돋았다. 정말 내게 좋은 카르마가 있는지 알 수는 없지만, 일단 사는 동안은 착하게 살자는 생각을 하게 되었다. 오늘은 운수가 좋은 날일까, 나쁜 날일까? 서른아홉은 역시 잔인하고도 짜릿하다.

농 가 에 서 집 밥 을 먹 다

부탄 사람들 대부분은 농부이다. 바깥세상과 조금씩 교류를 넓혀가고는 있지만 여전히 농사가 직업인 사람들이 부탄의 대다수를 이루고 있다. 다수인 농부와 그들의 가족을 빼면 나머지는 공무원과 소수의 상인들, 그리고 세상의 평화를 기원하며 평생을 기도하는 수도사나 라마승들이다. 나는 부탄을 여행하면서 기시감(旣視感)처럼 아주 익숙한 느낌을 받기도 했는데 주로 농사를 짓는 여자들을 보고 있을 때였다. 지형이 험한 부탄에서 농사짓는 것 자체도 만만치 않은 일이지만 더 놀라운 것은 주로 여자들이 농사일을 한다는 사실이다.

때가 때이니만큼 6월의 부탄에서는 모내기가 한창이었다. 높은 산지의 논밭에서 고된 일을 하느라 아낙들의 검은 얼굴은 깊은 주름이 패어 있었다. 나는 간간이 차에서 내려 그들에게 말을

높지도 깊지도 않은 완만한 산자락 아래 자리한 부탄의 시골 마을.
단순하지만 튼튼하고 작은 집과 산처럼 쌓인 땔감. 그저 바라만 봐도 흐뭇한 미소가 번진다.

걸어보았는데 그들은 단 한 번도 질문을 피하거나 건성건성 듣는 법이 없었다. 사실 나는 모내기하는 젊은 아낙에 대한 약간의 환상을 가지고 있다. 어릴 때 외할머니로부터 귀에 못이 박히게 들은 이야기 중 하나가 모내기에 관한 일화였기 때문이다.

"처녀 시절 느이 엄마 손이 얼마나 빨랐는지 아니? 모내기철이면 안 불려 다니는 집이 없었다."

내 어머니가 처녀였던 시절에는 집집마다 자그마한 논밭을 일궈서 먹고 살았다. 모내기철에 손이 빠른 처자를 찾아다녔다는 말은 남의 집 일을 내 일처럼 도와가며 함께 먹고살았다는 이야기다. 물론 이것은 1960년대 일이니 도시화, 기계화된 지금의 시골과는 아득히 먼 상황이다. 하지만 돌이켜 생각해 보면, 겨우 50년밖에 지나지 않은 일이다.

우리 어머니들이 부적응자의 눈빛을 하고 있는 이유는 그래서일까. 예스러운 세상과 새로운 세상 사이의 괴리감에 적응하지 못하는 눈빛, 겨우 100년도 못사는 사람에게 50년이라는 시간 동안 벌어진 극과 극의 상황에 적응하라는 것은 고문일지도 모른다. 우리네 어머니들은 그래서 몰래 우는 법을 먼저 배웠나 보다. 솔직히 그 세대에 약간의 불만을 갖고 있던 나는 부탄에서 그들의 처녀 적 모습을 보며 생각이 많이 바뀌었다. 세상의 압박감을 견디다 못해 고집스러워진 그녀들도 50년 전에는 상냥한 처녀였다는 사실이 내 마음을 움직인 탓이다. 모내기철이면 하얀 종아리를 드러내고 한바탕 웃으며 노동의 기쁨을 만끽하는 처녀들, 아마도 근처 수풀 어딘가에선 젊은 총각들이 그녀들을 흘끔흘끔 쳐다보지 않았을까. 모내기가 한창인 6월의 부탄에서 나는 그들의 삶이 무척 궁금해졌다.

부탄 사람들에게도 우리나라처럼 특유의 '정'이 있다. 그래서 남의 청을 잘 거절하지 못한다. 한번 친해지고 나면 웬만한 것은 눈 감고 슬쩍 넘어가주는 두루뭉술한 정서가 있다. 나는 점배에게 부탄의 가정집을 방문하고 싶다는 욕구를 슬며시 드러냈다. 점배는 일정에도 없는 내 부탁을 들어주기 위해 이리저리 수소문했고, 우리 일행은 근처 농가를 방문하는 일정을 얻어내는 데 성공했다. 부탄은 정말 불가능한 것이 가능해지는 특별한 나라였다.

차가 덜컹거리며 시골 길을 달리는 동안 나는 차 안에서 내내 잤다. 점배는 마치 자신의 집에라도 가는 길인 것처럼 주변의 산세나 나무에 대해 끊임없이 이야기했다.

"이제 곧 집에 도착할 것 같아요."

잠에서 부스스 깨어보니 멀리 보이는 야트막한 산자락 아래 한 농가의 지붕이 삐죽 모습을 드러냈다. 어디선가 개가 짖어대는 소리와 박자라도 맞추듯 간간이 이어지는 소 울음소리가 들려왔다. 말 그대로 고즈넉한 시골집 풍경이 우리를 맞이하고 있었다. 우리는 농가 근처에 쌓아놓은 장작더미 근처에 차를 세웠다. 잠시 후, 오십대 후반으로 보이는 여인이 집 안에서 나오는 것이 보였다. 그녀를 향해 손을 흔들며 점배는 알아들을 수 없는 말로 감출 수 없는 기쁨을 드러냈다.

"이 분은 새롭 데마예요. 나이는 마흔아홉 살이고, 이 집에서 남편과 딸이 함께 살고 있어요."

점배는 그녀의 손을 부여잡은 채, 우리 일행에게 안주인을 소개했다.

"어서오세요. 돌에 덥힌 뜨거운 목욕물도 있으니 하룻밤 자고 가세요."

인심 좋아 보이는 그녀는 남편과 함께 농사도 짓고 장에 나가서 직접 담근 잼이나 술을 판다고 했다.

"우리 부부는 아이를 다섯 명 낳았어요. 멀리 공부하러 간 자식들을 빼곤 모두 근처에 살고 있죠."

그녀는 다복하고 화목한 가정의 안주인이었다. 그 삶도 궁금했지만 먼저 집 안으로 들어가 구석구석을 구경하고 싶은 마음이 더 컸다. 우리는 그녀의 안내를 따라서 너른 시골 집 마당을 가로질러 갔다. 집에 발을 들여놓는 순간, 마치 영화 세트장에 방문한 기분이 들었다. 화려하거나 세련되지는 않았지만 정갈하고 훌륭한 집이었다. 실내는 생각보다 훨씬 깔끔하게 정돈되어 있었고 내부 인테리어만 봐도 먹고사는 데 문제가 없는 부농이라는 생각이 들었다. 마루 한가운데에는 흑백의 가족 사진과 함께 국왕 부부의 사진이 걸려 있었다. 집안 곳곳에는 그렇게 국왕 부부의 사진이 익살스럽게 장식되어 있었다. 마치 한국의 90년대, 우리가 흠모하는 연예인 사진을 책받침이나 필통에 붙여놓듯이 말이다. 국왕 부부를 사랑하는 마음이 진심인 것이 그대로 느껴졌다.

"부엌 좀 보여드릴까요?"

마루에서 창고로 이어진 문을 통과하자 검고 투박한 부엌문이 나왔다. 문을 열자 오후의 햇살이 부엌 내부로 쏟아져 들어오고 있었는데, 지금도 그날의 풍경을 쉽게 잊을 수 없다. 흙손으로 정성스레 마무리했음을 알 수 있는 내벽은 검게 그을려 있었고 아리따운 처녀 한 명이 불 앞에서 나무 통 속을 휘휘 젓고 있었다.

"우리 딸이에요. 스무 살이고 아직 청혼은 받지 못했어요."

털 스웨터에 긴 치마를 입은 그녀는 검은 피부를 가진 풋풋한 시골 처녀였다. 화장을 전혀 하지 않은 얼굴에 꾸미지 않은 모습이 내게는 오히려 신선하게 느껴졌다. 그런데 한쪽에는 또 한 명의 젊은 여인이 있었다. 그녀는 바닥에 앉아서 부엌으로 쏟아져 들어오는 햇살을 만끽하고 있었다. 방문객인 우리에게도 간단한 목 인사를 건넬 뿐 그다지 관심이 없어 보였고 오로지 창밖 풍경과 어우러져 자기만의 시간을 갖는 모습이 인상적이었다. 나중에 알고 보니 그녀는 새롭 테마의 둘째 며느리라고 했다. 저녁 식사 준비가 한창인 시간이지만 며느리라고 해서 눈치를 보는 일도 없고 자신이 내키지 않는 일은 하지 않았다. 나는 안주인을 따라 본격적으로 부엌 탐구에 나섰다. 쌀이 주식인 부탄의 조리기구들은 굳이 설명하지 않아도 대충 알 만한 것들이었다. 그런데 부엌이 생각보다 현대적으로 바뀌어 있었다. 깊은 산골에서는 여전히 부뚜막에 불을 피워 밥을 하기도 하지만 보통농가에서는 전기밥솥을 이용하는 집들이 대부분이다. 전기세가 없는 나라인 부탄에서는 지금 '부뚜막 개조 프로젝트'가 한창이다. 최근에 한국의 모 전자기업이 부탄 정부에 샘플로 밥솥 몇 대를 보내기도 했는데, 계약이 성사되면 부탄 국민들은 20~25년 상환으로 전기밥솥을 구입할 수 있다고 한다. 실생활에 꼭 필요한 전기밥솥을 저렇게 긴 상환기간을 두고 살 수 있다니! 국민들에게 최대한 부담을 주지 않기 위해 통 큰 혜택을 주는 정부와 집값을 부추기기 위해 빚을 내서라도 집을 사라고 부추기며 국민을 벼랑 끝으로 내모는 정부, 그 차이는 무엇일까. 먼 나라의 부엌에서, 나는 그들이 한없이 부러워지기 시작했다.

농가 내부를 둘러보고 나오는데 농부 겸 목수인 새룹 데마의 남편이 가까이 오라는 손짓을 했다. 그는 장작더미를 쌓아놓은 마당 한가운데서 연신 나무를 패고 있었는데 불 앞이라 그런지 이마에는 땀이 흥건했다.

"돌이 거의 달궈졌으니 저기서 목욕해 보세요."

그가 손으로 가리키는 곳에는 나무로 제작한 이동실 목욕탕이 보였다. 겨우 한 사람 정도 들어갈 만한 비좁은 목욕탕에서는 더운 김이 모락모락 피어올랐다.

"저기서 목욕을 하라고요?"

겨울나기와 핫 스톤 목욕을 가능하게 하는 장작더미들.
우리나라 농가 풍경과 비슷하다.

"네. 핫 스톤, 부탄의 전통 목욕방식이에요. 불에 달구어진 뜨거운 돌을 넣어 물을 덥히는 거죠."

당황스러워하는 나를 향해 점배가 웃으며 설명해 주었다. 눈앞에 있는 나무 목욕탕이 내게는 몹시도 낯설었다. 우선 원시적인 생김새가 그랬고 나무로 만든 욕조도 터무니없이 작고 허술해 보였기 때문이다. 하지만 연신 엄지손가락을 치켜세우며 이것만은 꼭 해보라는 주인 부부의 시선을 외면할 수는 없었다. 약간 망설이는 나에게 점배는 뜨거운 돌에서 미네랄과 철분이 나와 피부가 엄청나게 매끈매끈해진다고 부추겼다. 결국 나는 나무 목욕탕에 들어가기로 했다. '에라, 모르겠다'는 심정으

관광객들이 강력 추천하는 부탄 전통 방식의 핫 스톤 목욕.
색다른 분위기와 피로회복, 피부미용의 효과 면에서 추천하지 않을 수 없다.

로 뜨거운 물에 몸을 담갔는데 세상에! 물의 온도가 정말 딱 좋
았다. 고단한 하루의 끝에서 나는 부끄러움이나 창피함은 다 잊
어버리고 '아!' 하는 탄성을 내뱉었다. 그때 밖에서 새롭 데마의
남편이 영어로 이렇게 말했다.

"물이 식으면 '원 모어 스톤'이라고 외치세요!"

이렇게 상냥한 사람들이라니! 나는 애초에 갖고 있던 망설임
이나 어색함 따위는 던져버리고 결국 20분이면 충분하다는 목
욕을 40분씩이나 했다. 목수 아저씨의 말대로 "원 모어 스톤!"
을 외치면 금세 뜨끈뜨끈한 돌덩이가 목욕통 안으로 퐁당 넘어
왔다. 몸이 노곤해지니 세상 부러울 것이 없었다. 낯선 나라에

와서 부딪친 어려움과 언어 스트레스 같은 것들은 더운 물 속에 다 녹아버리는 것 같았다. 그렇게 나는 부탄에 있었다. 나는 그 때, 더할 나위 없이 행복했다.

그날 저녁, 우리 일행은 가지고 있던 허세를 모두 내려놓고 한 사람씩 돌아가면서 나무통 목욕을 마쳤다. 그러고는 달궈진 돌덩이처럼 벌게진 얼굴로 저녁 식사를 함께 했는데 정말로 피부가 다들 촉촉하고 보드라워 보였다. 뜨거운 물에 목욕을 하고 나니 허기가 폭풍처럼 몰려왔다. 식사는 부탄의 전통 가정식으로 차려졌는데 붉은 쌀로 지은 고슬고슬한 밥에 양배추와 당근을 볶은 것, 그리고 치즈에 버무린 감자조림이 풍성했다. 식사를 반쯤 마쳤을 때 안주인이 다가와서 손수 담근 전통주 아라 (Ara)를 내어 주었다. 술은 생각보다 꽤 독했지만 이 또한 별미였다. 나는 한 잔을 더 받았다.

역시 술이 한 잔 들어간 그녀에게 남편과 어떻게 만났는지 조심스레 물었다. 그녀는 한껏 들뜬, 그러나 너무나 당연하다는 듯 "나이트 헌팅!"이라고 대답했다. 운전사 초키도 엄지손가락을 치켜들며 "나이트 헌팅!"에 적극 동조했다. 그날 밤, 우리들은 서너 잔의 독주를 나누어 마셨고 밥상 위에 있는 음식들도 거의 다 비워냈다. 여행하는 동안 점배나 초키와 마주앉아 식사할 기회가 없었는데 농가에서는 자연스럽게 함께 밥을 먹을 수 있어 더없이 좋았다. 우리는 마지막으로 아라를 높이 들고 건배했다. 부탄에서의 하룻밤, 사랑도 우정도 밥상을 타고 깊어진다.

그 러 면   소 는   누 가   몰 아 ?

다행인 건지 나는 여행지에 도착하면 금세 그 나라의 풍경과 분위기에 익숙해진다. 어느새 부탄에 도착한 지 열흘 정도가 지나갔다. 처음에는 마냥 신기해서 어리둥절한 채로 카메라 셔터만 눌러댔지만 삼,사일 정도 지나니 부탄 사람들의 특성이 보이기 시작했다. 부탄 사람들을 한 마디로 표현하자면 '다정함'이다. 그들은 만나는 사람에게 남녀노소 불문하고 한없이 다정하다. 물론 다정하지 않은 사람들도 있다. 나만의 생각일 수도 있지만 그들은 부탄인이 아닌 인도 사람들이다. 부탄에서 자주 만나는 것 중 하나가 산을 넘을 때 종종 스쳐가는 타타트럭(인도의 자동차 회사가 만든 트럭)인데, 흙먼지를 일으키며 지나가는 트럭을 보면 나도 모르게 미간이 찡그려지곤 했다. 잠깐 설명하자면 타타트럭은 부탄의 청아한 풍경과는 완전히 상반된 차량이다. 금색과 은색으로 조잡하게 치장한 차체는 무척 화려한 느낌을 주는 데 한마디로 '지나침'이라고 표현할 수 있을 것 같다. 그 '지나침'은 트럭을 운전하는 인도 사람들의 눈빛에서도 느껴졌다. 부탄의 좁은 산길을 오르내리다 보면 타타트럭의 운전사와 눈을 마주치는 경우가 있는데 그들은 매번 노골적인 눈빛을 보내왔다. 노골적이라는 것은 지나친 관심일 수도 있고 자기과시일 수도 있다. 그런데 부탄 사람들의 눈빛에는 그런 노골적인 것이 없다. 격변의 시대를 살아가면서도 다정함과 순수함을 잃지 않는 사람들, 흔히 부탄을 '마지막 남은 샹그릴라(Shangri-La)'라고 부르는 이유를 조금은 알 것 같다.

"소를 몰고 가는 길이지요."

수도 팀푸로 넘어가는 산길에서 우리 일행은 소를 모는 한 여인을 만났다. 오후 다섯 시쯤 되었을 무렵이니 부탄 사람들이 하루 일과를 정리하는 시간이었다. 소를 몰고 가는 길이라는 그 여인의 이름은 벰부(Bembu), 나이는 오십 살이라고 했다. 오십 대지만 얼굴이나 생김새는 그다지 나이 들어 보이지 않았다. 짧은 단발머리에 나란히 일자로 자른 앞머리 때문에 어려보이나 싶었는데 가만 생각해 보니 이 연배의 부탄 여인들은 이런 머리 스타일을 고수하는 것 같았다. 마치 우리나라의 아주머니들이 하나같이 뽀글 파마를 하는 것처럼 말이다.

"그런데 소는 어디 있나요?"

소 모는 여인만 보이고 정작 소는 한 마리도 보이지 않는 것이 이상해서 나는 점배에게 물어보았다. 그녀와 직접 이야기를 나눠보고 싶었지만 산골에 사는 뱀부는 영어를 전혀 못한다고 했다. 부탄 여자들에게 유독 관심이 많다는 것을 알고 있는 점배는 얼른 그녀에게 다가가 소의 행방을 물어보았다. 그녀가 종카어로 대답하면 점배는 얼른 내게 영어로 말을 옮겨주는 방식이었다.

"소는 저기 앞으로 걸어가고 있어요. 아주 멀리 가지는 않아요. 내가 안 보인다 싶으면 기다리기도 하죠."

"소가 당신을 기다린다고요?"

"그럼요. 내가 걸음이 느리니까요. 나는 이제 소몰이가 힘들어요."

소 모는 여인인 뱀부는 현재 19마리의 소를 키우고 있다고 했다. 아침이면 소를 몰고 나가 산기슭에 풀어주고 오후가 되면 흩어져 있는 소를 찾아서 집으로 몰고 가는 것이 그녀의 하루 일과인 것이다. 소를 찾으러 다니는 일도 보통이 아닌 것 같았고 무엇보다 소 무리를 여자 혼자 집으로 몰아간다는 것이 믿겨지지 않았다. 아니나 다를까, 소 모는 여인의 깊은 한숨이 이어졌다.

"소몰이가 너무 힘들어서 이제 어찌해야 할지 모르겠어요."

"자식들이나 남편이 있지 않나요?"

"남편은 없어요. 하지만 자식이 세 명이나 있어요."

"그럼 젊은 자식들에게 소몰이 일을 넘기세요."

소 모는 여인과 그녀의 식구나 마찬가지인 소들.
햇살이 부드럽게 사그라질 때면 풀을 뜯던 소들도 집으로 돌아갈 차비를 한다.
동물을 가둬 놓는 것을 원치 않는 부탄에서는 소나 닭도 한가족이다.

"자식들은 소몰이에 흥미가 없어요. 그리고 모두 도시로 나 갔어요."

"세 명 모두요?"

"그래요. 모두요. 그건 당연한 일이에요."

"그럼 혼자 살고 계신가요?"

"혼자는 아니에요. 바로 옆집이 여동생의 집이에요. 우리는 소 모는 일도 같이 하고 서로 의지하면서 살아요."

가슴이 서늘했다. 내가 서운해할 일은 아니지만 지상에 남은 마지막 샹그릴라, 부탄도 변화를 피해갈 수 없다는 사실이 씁쓸 하게 느껴졌다. 부탄이 문명의 세상과 교류하기 시작한 지도 꽤 시간이 흘렀고, 그 세월과 함께 많은 것들이 변한 것도 사실이 다. 물론 자기절제나 반성의 측면에서 부탄은 남다른 방식을 가 지고 있다. 하지만 그들이 가장 소중히 여기는 종교와 본성, 가 족, 문화를 아무리 훌륭하게 유지한다고 해도 새로운 것이 움트 는 것 자체를 막을 수는 없는 일이다. 종종 부탄에서는 현실이 아닌 다른 차원의 공간 어딘가에 와 있는 듯 묘한 느낌을 받곤 했는데 이러한 사회적 변화를 목격하고 나니 한결 친근하게 느 껴지기도 했다. 우리 일행은 소 모는 여인과 이런저런 이야기를 나누면서 함께 산길을 내려갔다. 꽤 걸어 내려왔다는 생각이 드 는 찰라, 정말로 저만치 바위 앞에서 황소 두 마리가 뱀부를 기 다리고 있는 것이 보였다. 소가 사람을 기다린다는 것도 의아했 지만 정말로 궁금한 건 소를 잃어버리지 않을까 하는 문제였다.

"소를 잃어버린 적은 없나요?"

"그런 일은 없어요. 소가 도망갈 거라는 생각을 해본 적이 없으니까요."

나는 고개를 끄덕였다. 벌레 한 마리까지 겸허한 마음을 가지고 대하는 부탄 사람들에게는 어쩌면 당연한 일이었다. 소가 도망갈까 봐 걱정하는 마음은 일어나지도 않은 일에 대한 쓸데없는 고민인 셈이다. 망설임, 고민, 부정적인 생각 등은 고통을 가져온다고 생각하기 때문에 사고방식을 바꿔서 고통을 줄이는 것이 부탄 사람들이 살아가는 지혜이다. 결국에는 소가 앞서 가서 사람을 기다려주지 않나. 만약 지금 우리가 불안하다면 그것은 잃어버릴까 걱정하는 욕심 때문인지도 모르겠다.

소 모는 여인 뱀부와 헤어지고 차를 세워 놓은 곳으로 되돌아가는 길에 우리 일행은 학교에 다녀오는 한 무리의 아이들을 만났다. 이 마을 아이들은 다함께 무리를 지어 산을 넘어 학교에 다니고 있었다. 워낙 학교가 멀어 삼삼오오 짝지어 한 시간씩 걸어 다니는 건 봤지만 이렇게 떼로 몰려다니는 경우는 처음이라 신기했다. 그 아이들은 또래만으로 이루어진 구성도 아니었다. 예닐곱 살쯤 되어 보이는 아이에서부터 십대까지 연령도 다양했다. 아마도 마을 아이들이 각자의 형제들을 모두 데리고 학교를 오가는 것 같았다. 아이들은 어찌나 다정하고 살가운지 우리 일행을 보자마자 허리를 굽혀 인사했다. 그 모습이 너무 예뻐서 사진 한 장을 요청했는데 볼이 빨간 아이들이 일렬로 서서 환하게 웃어주는 표정은 내 마음을 홀딱 빼앗았다.

"점배, 아이들이 어쩜 저렇게 인사를 잘하죠?"

"학교에서 배우고 집안에서 배우고 마을 어른들에게도 배우니까요."

"그러니까 모두가 스승이군요?"

"물론이죠. 산을 넘어가면서 자연에게 배우기도 하죠. 부탄에서는 세상 모든 것이 다 스승이에요."

지난 세월호 참사가 떠오른 것은 당연한 일이다. 안절부절 못하다가 광화문 분향소를 찾았을 때 몇몇 학생들이 던진 말이 귓가를 맴돌았다.

"이제 어른들의 말은 믿을 수 없어요."

"가만히 있으라고 했던 어른들 잘못이에요."

교복을 입은 아이들은 수업을 마치자마자 친구들과 함께 광화문에 달려왔다고 했다. 밥이 안 넘어간다고 했다. 잠을 자는 것도 미안한 느낌이 든다고 했다. 나야말로 쥐구멍에라도 숨고 싶었다. 아이들이 어른을 믿지 못하게 했다면 우리는 최소한 부끄러움이라도 느껴야 한다.

부탄 아이들은 사진을 찍고 나서 꾸벅 인사를 하더니 마을을 향해 걷기 시작했다. 등을 보이고 걸어가는 아이들은 얇은 책보 하나씩만 어깨에 걸친 모습이었는데 그마저도 거추장스러운 아이들은 빈 어깨였다. 짊어진 것이 하나도 없는 부탄 아이들에 비해 우리 아이들은 어깨를 짓누를 정도로 무거운 가방을 메고 다닌다. 심리적인 짐도 그보다 더하면 더했지 결코 적지 않다. 나는 쓸쓸한 마음을 감추려고 아이들을 향해 쾌활하게 손을 흔들었다. 아이들도 가던 걸음을 멈추고 돌아보며 몇 번씩 손을 흔들었다. 개중에는 고개를 숙여 여러 번 인사를 하는 아이도 있었다. 아이들이란 존재는 자꾸 어른을 미안하게 만든다. 해가 질 무렵 부탄의 공기는 조금씩 차가워졌다. 저만치서 또 몇 마리의 소가 천천히 산을 넘어가는 것이 보였다. 느리게 터벅터벅 걸어가는 얼룩덜룩한 황소의 모습을 보고 있자니 문득 궁금해졌다. 그러면 이제 부탄의 소는 누가 몰게 될까.

달콤한 도시, 팀푸!

어둠을 뚫고 드디어 도시로 돌아왔다. 도로 공사로 인해 팀푸 진입로의 차량을 통제하는 바람에 우리 일행은 새벽 다섯 시에 이동을 시작해 꼬박 네 시간을 달려온 길이었다. 새벽잠을 설친 탓에 나는 차에서 내내 졸았는데 언뜻 눈을 떠보니 온통 초록이던 주변이 회색빛 건물로 바뀌어 있었다. 몸이 기억하는 익숙한 도시 분위기에 '아!' 하는 탄성이 터져 나왔다.

나는 어쩔 수 없는 도시 태생이다. 시골의 한적함도 좋지만 도시에 오니 마음이 편안해지면서 또 그렇게 좋을 수가 없었다. 우리 일행이 이틀 밤을 묵기로 한 호텔은 팀푸 시내의 중심가에 위치해 있었다. 부탄에 와서 처음으로 와이파이가 펑펑 터지는 호텔다운 호텔이었다. 내가 배정받은 방은 203호였는데 힘이 세 보이는 여인이 가방을 턱 받아들더니 룸으로 안내해 주었다.

그녀가 방을 나가자마자 창문을 열어 눈앞의 도시 풍경에 잠시 감동한 후 나는 그대로 몸을 던져 누웠다. 그리고 까무룩 잠이 들었던 모양이다. 잠깐 눈을 붙인다는 게 정신을 차리고 보니 정오였다. 뭔가를 먹기 위해 로비가 있는 층으로 내려갔는데 여종업원들 사이에 점배와 초키가 서 있는 것이 보였다. 개중에는 내 가방을 옮겨준 여인도 섞여 있었다. 나는 반가운 마음에 먼저 다가갔다.

"아까 인사도 못했어요. 가방을 옮겨줘서 고마워요."

"천만에요. 그건 당연히 할 일인데요."

가방을 옮겨준 여인은 쾌활하게 웃으며 대답했다. 그런데 초키가 왜 그런지 안절부절 못하고 있었다.

"초키 어디 아파요?" 하며 나는 그에게 안색이 좋지 않다고 걱정스레 물었는데 초키는 전혀 아니라고 손사래를 쳤다. 그러더니 말도 없이 성큼성큼 호텔 밖으로 나가버렸다. 내가 초키의 행동을 좀 의아해 하자 점배가 슬쩍 귀띔을 해주었다. 알고 보니 가방을 옮겨준 여인은 초키의 아내였다. 그러니까 열흘 만에 아내를 만난 초키는 무슨 일인지 약간의 핀잔을 듣는 상황이었다. 연애결혼을 했다는 두 사람 사이의 주도권은 초키가 아닌 아내에게 있음이 확인되는 순간이었다. 물론 이것은 아내 말이라면 껌벅 죽는 남자, 초키만이 아니라 부탄 남자들 대부분에 해당된다. 아내에게 혼이 난 후 마음을 추스르러 나간 초키를 위해 나는 그녀에게 이렇게 말해 주었다.

아내 말이라면 껌벅 죽는 남자 초키와 그의 씩씩한 아내.

"초키는 여행 내내 아내 이야기를 많이 했어요. 당신은 참 좋은 남편을 가지고 있더군요."

그러자 초키 아내의 얼굴이 달처럼 환해졌다. 아마도 초키 아내는 남편이 없는 열흘 동안 그가 무척 보고 싶었던 모양이다. 티격태격 다투어도 그들 사이에는 가식이 없어 보였다. 마침 초키가 우리를 향해 걸어오고 있었고 나는 두 사람에게 화해하는 의미로 사진을 한 장 찍어주겠다고 말했다. 그러자 언제 다투었냐는 듯 두 사람은 팔짱을 끼고 동시에 웃어 보였다.

"하나, 둘, 셋!"

사진을 찍었는데 신기하게도 둘이 꼭 닮아 있었다.

"한국에 돌아가면 사진을 꼭 보내주세요!"

"물론이죠. 이메일로 꼭 보내드릴게요."

사랑싸움 중인 부부를 화해시켰으니 나는 돈이 들어가지 않는 보시를 한 셈이다.

그날 오후, 우리 일행은 미리 섭외가 되어 있던 부탄축구협회 관계자를 만나기로 했다. 우리 일행이 부탄에 온 또 하나의 목적 중 하나는 2002년 한·일 월드컵 당시 부탄 축구 감독으로 파견된 고 강병찬 감독님의 흔적을 찾는 것이었다. 그런데 10년이 넘는 세월이 흐르는 동안 많은 것이 변한 부탄에서 그의 흔적을 찾는 것은 그리 쉽지 않았다. 다행히 그를 기억한다는 축구협회 관계자가 나타났다. 우리는 서둘러 차를 타고 부탄왕국 축구협회가 위치해 있는 곳으로 달려갔다.

팀푸 외곽으로 갈수록 길은 구불구불 이어졌는데 드문드문 아파트로 보이는 공동주택들이 모습을 드러냈다. 아파트 창문에는 간혹 널어놓은 빨래나 색색의 이불이 펄럭이고 있었다. 고요하면서도 생동감 있는 풍경이었다. 팀푸는 도시임에도 정감이 넘치는 달콤함이 느껴져 좋다. 시내에서 30분 정도 달렸을까. 부탄축구협회가 있는 건물에 도착했다. 건물 옆으로는 인공잔디가 잘 조성되어 있었는데 축구를 하는 청소년들의 모습이 무척 활기차게 느껴졌다. 10년 전에는 축구의 불모지였던 부탄에서, 이제 어디서나 축구를 하고 누구나 공을 차는 모습을 쉽게 볼 수 있다. 처음 이 땅에 발을 내딛었던 한국인 축구감독 강병찬, 그가 꿈꾸던 부탄은 이런 모습이 아니었을까. 소박하지만 간절했던 그의 꿈을 생각하니 마음 한 편이 아릿해지는 기분이 들었다. '어떤 사람의 흔적을 찾아간다는 것은 이런 거구나!' 이제야 내가 부탄에 왜 오게 되었는지 알 것 같았다. 누군가 부르면 오게 되는 거였다.

"그는 아주 엄격한 감독이었어요."

강병찬 감독이 어떤 분이었는지 묻는 질문에 축구협회 부회장님이 답한 첫마디였다. 그는 10년 전을 회상하듯 잠시 생각에 잠기더니 천천히 말을 이었다.

"선수들이 고개를 절래절래 흔들 정도로 무서워했지."

"그게 코리아 스타일, 한국 방식이에요."

카메라를 든 채로 K 감독이 말을 받았다. 그때 나는 축구협회 부회장님과 마주 앉아 있었는데 그는 K 감독의 말이 맞다며 이렇게 맞장구를 쳤다.

"그래요. 아마 그게 한국 방식인가 봐요. 그래서 당시 선수들이 다른 감독은 다 잊어도 강병찬 감독은 기억하는 거지."

"혹시 그때 대표선수였던 장 왕가르 도르지 선수를 만나볼 수 있을까요?"

"그 선수는 부탄 남부에서 경찰로 근무하고 있어요."

"남부라면 여기서 얼마나 가야 해요?"

"길이 험해서 보름은 걸려야 도착할 수 있는 곳이에요."

"보름이라고요? 어쩌나, 저희는 다음주면 한국으로 돌아가야 하는데……."

"아쉽군요. 그나저나 저녁에 팀푸에 있는 왕립축구장에 가보는 건 어때요? 시니어팀과 주니어팀의 야간 경기가 있어요. 강병찬 감독은 없지만 부탄의 축구 꿈나무들이니 궁금하지 않으세요?"

"10년 사이 부쩍 성장한 부탄 축구, 정말 기대되는데요?"

인터뷰를 마치면서 우리 일행은 꼭 야간 경기를 관람하겠노라고 말씀드렸다. 축구협회 건물을 나오는데 푸른 잔디 위를 거침없이 달리던 청소년들 모습이 다시 눈에 들어왔다. 청소년 팀의 코치로 보이는 한 남자는 연신 그들을 향해 뭔가를 외치고 있었는데 그의 뒷모습에 강병찬 감독님이 겹쳐 보였다.

한때 대한민국 축구 국가대표 선수였던 강병찬 감독, 그는 선수생활을 은퇴하고 이런저런 일로 세월을 보냈지만 축구에 대한 미련을 버리지 못해 축구협회 소속 경기기록관 생활을 이어가고 있었다. 지도자의 길을 꿈꿨지만 좀처럼 찾아오지 않던 감독이라는 이름, 그렇게 40대 중반을 보내던 그에게 특별한 기회가 찾아왔다. 부탄 국가대표 축구팀의 감독 자리가 운명처럼 그에게 주어진 것이다. 지금이야 행복한 나라로 알려진 부탄이지만 당시에는 아는 사람이 거의 없는 은둔의 왕국이 바로 부탄이었다. 40대 중반에 찾아온 선택의 길, 부탄에서 감독으로 새로운 인생을 시작하느냐, 이대로의 삶에 안주하느냐의 기로에 놓인 한 남자…….

나는 부탄에 와서야 그가 왜 히말라야행 비행기에 타게 되었는지 막연히 짐작할 수 있었다. 그는 황무지를 개척하고 싶었을 것이다. 한국에서 못 이룬 꿈을 부탄에서 이루고 싶다는 소망으로 택한 길, 하지만 부탄에서 그는 자신의 꿈과는 또 다른 것을 보았을 것 같다. 그것은 내가 부탄 사람들에게 받은 감동 같은 것과 비슷한 게 아닐까. 부탄 사람들의 순수함, 다정함에 이끌린 그는 진심으로 부탄을 사랑하게 되었을 것이다. 눈앞에 보이는 청소년 팀의 쾌활한 모습을 본다. 그들의 모습에 강병찬 감독의 희망이 들어 있다.

부탄축구협회를 찾아 인터뷰를 마치고 우리 일행은 점배의 안내를 받아 팀푸 시내로 바람을 쐬러 갔다. 그 자리에는 여행사 대표도 함께 동행하게 되었는데 그들은 우리에게 모처럼 색다른 장소에서 식사를 하자며 한껏 기대를 부풀게 했다. 팀푸의 번화가에 위치한 식당에 도착해서 우리 일행은 그만 입이 떡 벌어지고 말았다. 그들이 우리를 데리고 간 식당은 부탄에서도 고급 레스토랑으로 일종의 패밀리 레스토랑 같은 장소였는데 메뉴판에는 이렇게 적혀 있었다.

– 신(辛) 라면 : *** 눌트럼
– 한국식 김밥 : *** 눌트럼

그러니까 그들은 여행에 지친 우리를 위해 한국식 음식을 파는 레스토랑에 데려간 셈이었다. 라면과 김밥 한 줄이 요리로

나오는 곳! 가격도 만만치 않았다. 싸이의 〈강남 스타일〉 노래
가 인기를 끌면서 부탄에서는 한국식이라면 뭐든 관심의 대상
이다. 우리 일행은 그들의 호의를 받아들여 매운 라면과 김밥을
시키고 부탄에서 제조한 맥주를 곁들여 마셨다. 젓가락질도 처
음이지만 라면을 처음 먹어본다는 점배와 초키는 연신 입을 호
호 불어가며 매운 면발에 관심을 보였다. 찰기 없는 밥 때문인
지 김밥은 흐물흐물해서 자꾸만 부서졌다. 매운 라면과 김밥을
왜 한국음식으로 생각하고 있는지 알 수 없지만 그들은 연신 엄
지손가락을 치켜 보이며 정말 맛있게 먹었다.

어느새 저녁 무렵이다. 해가 넘어가는 도시의 풍경을 물끄러
미 바라보는데 이제껏 느껴보지 않은 그리움 같은 것이 슬그머
니 올라왔다. 이제 집으로 돌아가고 싶기도 했다. 김밥에 손이
잘 가지 않는 나는 맥주 한 잔을 단숨에 마셔버렸다. 생각보다
달콤했다. 심심하면서도 입을 잡아끄는 달콤함, 부탄의 도시 팀
푸의 맛은 이런 거다.

한국으로 돌아갈 날짜가 가까워지면서 다소 이중적인 마음이 들었다. 언제 다시 오게 될지 모를 부탄이라는 나라에 조금이라도 더 머물고 싶다는 마음과 속히 집으로 돌아가서 익숙한 일상에 파묻히고 싶은 마음. 이 두 마음은 모두 진심이었다. 하지만 모든 만남에는 작별이 따르게 마련이기에 나는 가능한 한 미련을 갖지 않고 가뿐한 마음으로 떠나기로 마음먹었다.

그런데 팀푸를 떠나기 전에 꼭 다시 보고 싶은 사람이 있었다. 바로 열두 살 소년 점소였다. 축구 선수가 꿈인 점소에게 줄 축구공 하나를 구입해 놓고 다시 보게 되면 선물로 건넬 셈이었다. 결국 우리 일행은 점소의 학교를 한 번 더 가보자는 데 의견을 모았다. 점소의 엄마에게 미리 연락을 했더니 학교 수업이 끝나는 오후 3시쯤이면 아이를 만날 수 있을 거라고 했다. 나는 학교 정문 앞에서 기다리다가 점소가 나오면 주려고 사탕 한 봉지도 샀다. 탁구공보다 조금 작은 색색의 사탕을 파는 가게는 하굣길 아이들이 뻔질나게 드나드는 사교장으로 보였다. 그나마도 사탕을 사 먹을 여유가 있는 아이들에게나 해당되는 이야기다. 생각지도 못한 사탕 한 봉지를 받아들고 입이 귀에 걸릴 점소의 얼굴을 떠올리니 괜히 어깨가 으쓱해졌다.

"너무 늦어지는 거 아니에요?"

오후 4시가 가까워지는데도 하굣길 아이들이 코빼기도 보이지 않았다. 기다리다 지친 우리 일행은 학교 안에 들어가서야 그 이유를 알게 되었는데, 기다란 스카프를 몸에 두르고 뛰어가던 남자아이가 이렇게 외쳤다.

"저를 따라오세요. 오늘은 저녁 기도가 있는 날이에요!"

그 남자 아이를 시작으로 여기저기서 뛰어나온 아이들이 무리지어 어딘가로 향하고 있었다. 그런데 하나같이 복장이 특이했다. 남자 아이들은 흰색 스카프를 몸에 두르고 있었고 여자아이들은 모두가 붉은색 스카프를 두르고 있었다. 아이들이 향하는 곳을 따라가 보니 별관 쪽에 위치한 강당이었다. 한 달에 한 번, 기도회가 있는 날이면 전교생 모두가 복장을 갖춰 입고 다함께 기도를 한다고 했다. 기도의 내용은 알아들을 수 없었지만 내가 보기에는 그저 암기하는 것 같았다. 기도를 이끄는 선생님 한 분이 맨 앞에 서서 선창을 하면 나란히 앉은 아이들이 따라하는 식이었다. 흥미로운 것은 앞줄 아이들과 뒷줄 아이들의

기도하는 부탄 아이들.
학교에서는 공부만 하는 곳이 아니지 않느냐며 아이들은 수업 시간에 코끝에 땀이 맺히도록
열심히 기도문을 외운다. 그들의 작은 기도는 무엇일까.

집중도가 사뭇 달랐다는 점이다. 모범생으로 보이는 앞줄 아이들은 목이 터져라 암기하듯 기도문을 외우는 반면, 뒷줄에 앉은 아이들은 키득거리며 장난치느라 기도는 영 뒷전이었다. 취향의 문제인지 나는 뒷줄 아이들에게 자연스럽게 눈이 가더니 어느새 개구쟁이 녀석들 사이에 끼어 앉고 말았다. 그때 한 여자아이가 실눈을 뜨고 나를 쳐다보면서 한쪽 눈을 찡긋했다. 그러더니 알감자 같은 작은 손으로 내 손을 모아주면서 자기를 따라하라고 했다. 아이의 행동에는 전혀 거리낌이 없었다. 나는 고개를 끄덕이고는 여자아이 옆에 앉아서 기도문을 따라 암송했다. 내용이 뭔지 물어볼 수도 없어 그냥 암송하는 시늉만 했다.

오밀조밀한 부탄 아이들이 운율에 맞춰 기도문을 암송하는 모습을 상상해 보라. 고사리 같은 손을 모은 채로 앵두 같은 입술을 들썩이며 뭔가를 염원하는 모습은 그렇게 사랑스러울 수가 없었다. 반면, 나이 지긋한 여자가 낯선 어린이들 사이에 섞여 기도도 아닌 뭔가를 읊조리는 모습을 상상해 보라. 나는 최대한 아이들의 기도에 방해되지 않으려 애써보았지만 내 표정이 우스웠는지 점배와 초키는 멀찌감치 보며 연신 키득거리고 있었다. 나는 고개를 들지도 못한 채 어서 빨리 기도가 끝나기를 바랐다. 한 시간쯤 지난 후에 저녁 기도를 마치고 나오던 점소는 우리를 보고 깜짝 놀랐다. 아이는 반가운 마음 반, 부끄러운 마음 반인 얼굴이었다. 얼굴이 빨개진 점소와 달리 남자 아이 한 명이 다가와서 당돌하게 물었다.

"물어볼 게 있어요. 왜 점소를 카메라로 찍는 거예요?"

"점소는 축구 선수가 될 수도 있지만 영화배우가 될 수도 있으니까요."

"무비스타? 정말 점소가 영화배우가 될 수도 있어요?"

"그럼요, 친구도 영화배우가 되고 싶어요?"

"아뇨, 저는 그냥 아티스트가 되는 게 낫겠어요."

부탄 아이들은 이렇게나 당돌하며 자신감이 넘친다. 자기 자신의 재능을 의심하지 않고 타인의 재능을 인정하는 데도 전혀 인색하지 않다. 나는 그것이 참으로 대견하다는 생각이 들었다. 선진국도 아닌 가난한 나라 부탄에서 아이들이 이토록 자존감이 높은 이유는 높은 교육열도 아니고 부모의 재정 상태와도 무관하며 오로지 아이 자신의 힘이다.

전제는 풍부한 자연과 억눌리지 않는 교육 환경, 그리고 서로 비교하지 않는 마음이다. 아이들은 학원에 가지 않고도 놀이, 모방, 호기심, 공감 등의 감정을 또래와 어울리며 키워간다. 사실 우리 모두는 그것을 가지고 세상으로 왔다. 나 역시 돌이켜 보면 살아가는 힘과 삶의 진실 등은 학교나 부모가 나에게 교육시킨 것이 아니었다. 오로지 내가 어딘가에서 가져온 것이다. 이것이 부탄 아이들의 모습이다.

"잠시만요! 이름을 알려주고 가세요!"

점소를 데리고 학교를 막 나서는데 저만치서 한 여자아이가 뛰어오며 소리쳤다. 자세히 보니 기도 시간에 내 손을 모아주었던 까맣고 작은 소녀였다. 아이의 손에는 노트 한 권이 들려 있었는데 뛰어오느라 하얀 종이가 펄럭거렸다.

"나를 따라온 거예요?"

"여기에 이름을 써주세요."

"그래요, 이름을 써줄게요. 우린 다시 만날지도 모르니까요."

아이가 내민 노트에서는 향긋한 나무 냄새가 났다. '종이 성분이 향나무가 아닐까' 하는 생각이 들었다. 부탄의 종이는 자연의 향기가 은은하게 느껴지면서도 친환경적이다. 나는 노트를 펴고 한글과 영어를 동시에 적었다.

눈동자가 예쁜 소녀에게. 우리 언젠가 다시 만나요. - 김경희

여자아이는 노트를 받아들더니 작은 가슴에 꼭 품었다. 그런데 갑자기 눈시울이 붉어지는 게 아닌가. 잠깐 만났을 뿐인 나와 헤어지는 게 아쉬운 것일까. 부탄 속담에 '초면의 상대라도 반드시 선물을 하라'는 말이 있는데, 여자아이가 내게 선물을 준 거라고 나는 생각한다. 진짜 소중한 것은 형태가 없어도 분명히 느껴진다.

그날 오후, 우리 일행은 느지막이 점소네 집을 방문했다. 점소의 엄마는 팀푸 외곽에 있는 드종에서 청소 일을 하고 있었는데 우리가 도착한 뒤에도 한참 후에야 집으로 돌아왔다. 점소의 집은 화장실과 수도시설이 바깥에 있어 공용으로 사용하는 허

름한 동네에 위치해 있었다.

커다란 나무 막대기 세 개를 겹쳐놓은 것이 대문이라는 표시였고 겉보기에도 몹시 낡아 있었다. 내부도 상당히 비좁았다. 주방으로 보이는 곳에는 작은 나무로 짠 선반과 조리대가 하나 있었는데 냉장고가 없기 때문에 그늘진 곳에 감자를 보관하고 있었다. 점소는 학교에서 돌아오자마자 공공수도로 뛰어가 손을 씻고 양동이에 물도 길어왔다. 얼마 지나지 않아서 점소의 형이 집에 도착했고 형제는 누가 시키지 않아도 알아서 숙제를 하고 집안 정리를 했다. 한 시간 후쯤 점소의 엄마가 집에 도착했다. 그녀는 얼마나 급하게 뛰어왔는지 이마에 땀이 송골송골 맺혀 있었다.

"손님이 오셨다고 해서 뛰어왔어요."

두 형제는 엄마가 집에 오자 얼굴이 더 환해졌다.

"점소에게 축구공을 주려고 왔어요. 축구 선수가 되고 싶다고 했거든요."

"축구 선수가 되겠대요? 난 처음 듣는 이야기예요."

"정말요? 혹시 엄마는 다른 걸 바라세요?"

"그런 게 어디 있어요. 축구 선수가 되도 좋고 안 돼도 좋고, 그저 건강하기만 하면 되죠."

그녀는 털털하게 말하더니 이내 훌훌 털고 일어나 부엌으로 가서 차를 끓여왔다. 밀크티와 땅콩 맛 과자 같은 것을 내왔는데 아마도 귀한 손님이 왔을 때만 꺼내놓는 과자인 듯했다. 땅

점소네 가족. 두 아들을 홀로 키우는 엄마는 싱글맘이다.

콩 맛이 나는 과자를 보더니 점소는 눈이 휘둥그레져서 연거푸
집어먹었다. 엄마는 점소를 향해 눈을 흘기더니 가서 숙제나 하
라고 핀잔을 주었다. 아이가 있는 집이면 어디서나 보는 풍경에
웃음이 났다. 나는 입이 툭 불거진 점소를 불러서 얼른 축구공
을 건넸다. 그러자 엄마가 어렵게 말을 꺼냈다.

"우리 애들은 아빠가 없어요. 축구공 선물도 처음이라 정말
기쁘네요."

"아빠가 어디 가셨나요?"

"3년 전에 이혼했어요."

"아…… 왜 이혼하셨는지 물어봐도 될까요?"

"가족을 힘들게 했어요. 나는 그것을 억지로 견디며 살고 싶
지 않았어요."

"남편이 없는 지금은 어때요?"

"물론 혼자서 아이 키우는 게 쉽지 않아요. 하지만 다시 또 그 상황에 놓인다고 해도 같은 선택을 할 거예요."

매우 강인해 보이는 그녀였지만 이제 겨우 서른다섯 살, 나보다도 한참이나 어린 나이였다. 청소 일을 하면서 두 아들을 키우는 그녀의 얼굴에는 고단함이 묻어 있었지만 분명 자부심도 엿보였다. 삶의 방식이나 모습이 일치한다면 어떤 얼굴을 하고 있어도 비난받을 일은 없다. 그러니 청소부라는 직업도, 이혼녀라는 사실도 문제될 게 없다. 남의 시선에서 벗어나지 못해 이중적인 태도로 사는 사람들보다 훨씬 건강한 삶일 수도 있겠다는 생각이 들었다.

점소네 식구의 배웅을 받으며 길을 나섰다. 곳곳에서 저녁 짓는 연기가 피어올랐다. 그녀는 밥이라도 먹고 가라며 옷깃을 잡았지만 나는 약속이 있어 가야 한다고 두 손을 꼭 잡았다. 갑자기 주머니에 있는 약간의 돈이 생각났다. 점소네 가족이 한 끼라도 맛있는 음식을 먹길 바라는 마음에서였다. 나는 마주 잡은 두 손에 지폐 몇 장을 쥐어주고 도망치듯 뛰어나왔다. 그녀가 화들짝 놀라더니 손사래를 치며 나를 쫓아왔고 나는 그녀가 따라올세라 종종거리며 도망갔다. 이러지 마라, 얼마 안 되니 그만 넣어둬라, 어디서 많이 보던 풍경이 아니던가. 한국적인 정서를 듬뿍 가지고 있는 나라. 이러니 부탄을 어찌 사랑하지 않을 수 있을까.

피 고 지 는 꽃 과 6 개 의 세 상

대부분의 사람들은 모른다. 널리 알려진 대로 행복한 나라라는
것 외에 부탄이 진짜 어떤 나라인지 말이다. 나 역시 부탄에 대
해 잘 알지 못했다. 그저 길을 오가며 순수하고 맑은 사람들에
게 감동을 받아 어쩔 줄 몰라 하는 것 정도가 전부였다. 사람과
의 만남에는 흥미가 있지만 박물관이나 사원 방문은 지루하다
며 꺼려하던 나는 그래도 부탄의 역사 정도는 알고 돌아가야 하
지 않을까 싶은 아쉬움이 남았다. 우리 일행의 역사 공부를 위
해 점배가 택한 곳은 파로 외곽에 위치한 부탄국립박물관이다.
여행 일정도 거의 마무리 단계였고 오늘이 아니면 시간을 따로
낼 수 없었기에 우리는 점심 식사 후 바로 그곳에 방문하기로
했다. 점심은 숙소에서 준비한 커리와 밥이었다. 인도의 영향인
지 부탄에서는 점심때 커리를 곁들여 먹는 일이 잦았다. 우리처

럼 고기나 채소 등을 넉넉히 넣은 커리가 아니라 거의 국물만
있는 것이 특징이었다. 그나마 국물이라도 있으니 밥이 잘 넘어
갔다. 어쨌든 커리인 듯 아닌 듯 미지근한 국물에 밥을 든든히
먹고 나서 우리 일행은 점배를 따라나섰다.

소라 모양으로 지어진 부탄국립박물관은 외양이 독특했다.
한눈에 보기에도 번듯하게 지어진 건물이었는데 세계 어디에
내놓아도 뒤지지 않을 만큼 웅장한 면모가 있었다. 이곳은 다른
드종과 마찬가지로 17세기에 전쟁을 대비해 지어진 건물이다.

"원래 이름은 타 드종(Ta Dzong)이에요. 1968년에 정식 국립
박물관으로 개관하면서 명칭이 바뀌었어요."

점배의 설명을 들으며 눈으로 박물관 내부를 훑어보았다. 웅
장해 보이는 외부와 달리 내부는 다소 허름한 구석이 있었지만
그 나름의 운치가 있었다.

"이곳에서는 사진 촬영을 할 수 없어요. 입구에서 소지품을
맡기고 들어가야 합니다."

부탄인들의 자긍심이 가득한 문화재를 소장하고 있는 만큼
입장조건은 까다로운 편이었다. 굳이 거스를 이유도 없기 때문
에 우리는 운전사 초키에게 가방과 소지품 등을 건네기로 했다.
가방을 받아든 초키는 K 감독님에게 자신이 한 번 카메라로 촬
영을 해봐도 좋을지 물었고 감독님은 흔쾌히 좋다는 사인을 보
냈다. 카메라를 받아 든 초키는 무척이나 행복해 보였다. 나중
에 알고 보니 그는 카메라와 영상 편집 쪽에 관심이 많다고 했

다. 진귀한 보물이라도 만난 것처럼 카메라를 만져보는 초키를 뒤로 하고 우리 일행은 점배를 따라 안으로 들어갔다. 총 6층으로 이루어진 전시실이 있었는데 시계방향으로 걸어 올라가면서 관람하는 구조였다.

"부탄 역사에 대한 20분짜리 다큐멘터리가 있어요. 그걸 보고나서 박물관을 돌아보는 게 어때요?"

우리 일행은 점배를 따라 소규모 상영관으로 들어갔다. 다큐멘터리는 히말라야 설산의 차가운 빛들, 선명하고 드넓은 초록색 강, 꾸밈없고 순박한 부탄 사람들까지 저절로 마음이 맑아지게 하는 부탄의 자연스러운 모습들을 보여주고 있었다. 나는 곧 부탄의 역사 속으로 빠져들었다. 국가를 통합하기 위해 많은 노력을 했던 1대 왕과 제한적으로나마 서방과의 교류를 시작했던 2대 왕, 그리고 부탄 농노를 해방시키고 자신이 가지고 있던 땅을 가난한 사람들에게 나눠준 3대 왕에 이어 아버지의 노선을 이어받아 국민총행복도(GNH)를 선언한 4대 왕의 흔적을 담은 영상이 삽시간에 지나갔다. 지금 부탄은 삼십대인 5대 왕이 젊은 나이만큼이나 친근한 권위를 앞세워 나라를 이끌고 있다.

이 짧은 다큐멘터리만 봐도 왜 부탄 국민들이 국왕을 존경하고 사랑하는지 충분히 짐작이 갔다. 그리고 권위라는 것에 대해 의문이 생겼다. 강제로 이끌기 위해 공포를 조성하는 무서운 권위와 스스럼없이 자발적으로 따르게 하는 친근한 권위, 후자라면 누가 따르지 않을 수 있을까. 결국 권위라는 것은 위에서 아래로 눌러 세워지는 것이 결코 아니다. 받아들이는 사람의 결정과 판단이 원천이라는 것을 어렴풋이나마 알 것 같았다. 박물관은 고요하고 말이 없었지만 틀림없이 살아 숨 쉬는 곳이다. 이래서 역사 앞에서는 누구나 공손해지는 모양이다.

다큐멘터리 상영이 끝나고 본격적으로 전시실을 둘러보았다. 주로 고대 부탄인들의 생활용품과 장식품 등이 있었고 한쪽에는 티베트와의 전쟁에서 획득한 수많은 전리품들이 전시되어 있었다. 또 하나 인상적이었던 것은 수많은 탱화였다. 탱화는 부탄 말로 '탕카'라고 부르는데 중요한 성인이나 스승들이 그린 것으로 보였다. 전시관을 더 둘러보다가 나는 거대한 그림 앞에서 발걸음을 멈추고 말았다. 그곳에서 가슴을 찌르는 듯 미세한 통증을 느꼈기 때문인데 내가 고통스럽게 멈춰 선 이유는 한 폭의 그림 때문이었다. 윤회사상을 바탕으로 한 거대한 그림은 6개의 세상을 그리고 있었다. 그것은 인과에 따라 다시 태어날 때 생명체가 달라지는 것을 적나라하게 표현하고 있었다. 나는 큰 충격을 받았다. 미동도 하지 않고 그림을 뚫어져라 바라보자 점배가 슬며시 다가와 내 옆에 섰다.

"마담, 우리는 찰나를 사는 거예요. 현세에 어떤 삶을 살았는지가 다음 생을 결정할 거예요."

불교 신자가 아닌 나는 갑자기 모든 것이 궁금해졌다. 그 즈음에서 K 감독님이 슬쩍 끼어들었다.

"그럼 생이 다시 시작된다는 건가요?"

"맞아요. 그러니 이 생에서 모든 것을 다 할 필요는 없다는 뜻이에요."

"한 가지만 물어볼게요. 당신들은 환생을 믿기 때문에 착하게 사는 건가요?"

나는 한국어와 영어를 섞어가며 어린애처럼 다소 유치한 질문을 던졌다. 점배는 흔들림 없이 담담하게 대답했다.

"꼭 그래서라기보다는 전생에서 이어진 의식에 관심을 두기 때문이에요."

"전생으로부터 이어진다고요?"

"예를 들어볼까요? 당신들과 나는 이미 전생에서 만났던 사람들이에요. 모든 만남은 필연이고 의미 없는 만남은 세상에 하나도 없어요."

부탄에서 죽음을 더 쉽고 편안히 받아들이는 것은 확실해 보였다. 부탄 사람들에게 죽음이란 자연적인 단계이자 긍정적으로 통과해야 할 하나의 과정이다. 그러니 이번 생에서 완성하지 못한 것이 있다 해도 그리 억울해 하거나 슬퍼할 이유는 없다는 것이다. 삶과 죽음, 그리고 6개의 세상을 그린 거대한 그림 앞에서 나는 가슴이 떨렸다. 불교신자는 아니었지만 다음 생이 있을 거라는 말 자체에 큰 위안을 받았기 때문이다. 세월호 참사 이후 아이들의 억울한 죽음을 설명할 수 없어서 나는 몹시 답답했었다. 고통 속에서 생을 내려놓은 아이들이 더 좋은 생명체로 환생하게 될 거라는 믿음 같은 것이 생긴 것이다. 이제라도 착

부탄국립박물관에 있는 불교의 세계관을 표현한 불화.
부탄 사람들은 인생의 수레바퀴를 신에게 맡긴다. 다만 살아 있는 동안 행했던 선행으로
내세의 삶이 좀 더 아름다워지기를 기원한다. 착하게 살아야겠다는 마음이 들었다.

하게 살자는 마음이 들었고, 사는 동안 남들에게 피해나 상처를 주지 말아야겠다는 생각도 들었다. 그리고 갑자기 의문이 들었다. 선량한 사람들에게 저마다의 기회가 있을 거라고 속이며 자신들만의 성을 견고히 쌓아가는 검은 속내의 사람들, 그들의 다음 생은 어떻게 되는 걸까? 만약 6개의 세상이 있다면 그들이야말로 설국열차의 꼬리 칸보다 못한 하급 세상으로 떨어지는 것은 떼놓은 당상이 아니던가. 그런 생각을 하자 두려운 마음이 잦아들면서 웬지 속이 뻥 뚫리는 통쾌한 기분마저 들었다. 상상만으로도 짜릿했다.

"자, 이쪽을 바라보면서 천천히 걸어오세요!"

박물관을 막 나서는데 저만치에서 초키가 우리 일행을 향해 불쑥 카메라를 들이댔다. 어디서 뭘 보고 흉내를 냈는지 초키의 귓가에는 볼펜 한 자루까지 걸려 있었다. 할 말을 잊게 만드는 천진난만한 행동, 부탄 사람들의 순진무구함 앞에서 나는 자꾸만 순수한 즐거움을 느꼈다. 자존감 하나는 어디 가서도 빠지지 않을 사람들, 자신의 어떤 모습을 보여주더라도 위축되지 않고 당당한 사람들이 그들이었다.

"이거 한번 봐줄래요?"

평상시에도 휴대폰 카메라로 일상을 촬영하는 것이 취미라더니 초키는 그간 우리 일행을 찍은 영상에 배경 음악까지 깔아서 뮤직 비디오 한편을 금세 뽑아냈다.

"초키, 정말로 재능이 있는 것 같아요."

내가 보는 초키의 장점은 사람의 표정을 잘 잡아낸다는 점이었다.

"팔 힘이 좋아서 그런지 화면에 흔들림이 전혀 없네요. 이만하면 구도도 좋고, 초키는 정말 재능이 있어요."

흔쾌히 카메라를 맡긴 K 감독님도 촬영 솜씨를 칭찬했다. 초키는 믿음직스럽고 근면하며 요리를 잘하는 걸로 보아 손재주도 상당히 좋다. 그는 운전이 아닌 다른 직업은 생각해 본 적도 없다고 했지만 나는 그의 재능이 좀 아깝다는 생각이 들었다. 하지만 그것 역시 나의 생각일 뿐이다. 부탄 사람들은 남의 것을 부러워하고 경쟁하고자 하는 심리가 거의 없다. 자신의 몫을 알고 자기 역할을 정확히 파악하기 때문인데 남을 부러워하거나 비교하는 욕망을 에너지로 삼지 않기에 불만을 갖지 않는다. 그들은 지금 내게 필요한 것인지 아닌지만 생각한다. 카메라에 관심이 가긴 하지만 운전사 초키에겐 지금 꼭 필요한 물건은 아닌 것이다.

"초키, 다시 태어난다면 또 운전을 할 건가요?"

"글쎄요. 운전은 실컷 했으니 다음 생에는 다른 일을 하면 좋겠죠?"

"영화감독 어때요?"

"가수가 될지도 모르죠. 〈강남스타일〉 같은 노래를 부르는!"

첫날부터 시작된 초키의 〈강남스타일〉 타령은 오늘도 여지없이 이어졌다. 운전하는 틈틈이 그 노래를 흥얼거리는 데다가 지나가는 여자들만 봐도 "팀푸 스타일, 파로 스타일" 하고 응용까

산비탈 아래 불화(佛畵)를 그려 종교적인 신성한 분위기를 조성해 놓은 암벽.
주변에 놓인 아이스크림처럼 생긴 것은 석고반죽이다. 부탄에서는 사람이 죽으면 화장을 하여
남은 유골을 반죽에 섞어 작은 모형을 만들고 부처 그림 아래 모셔둔다.

지 해서 우리를 즐겁게 했다. 초키는 참 재치 있고 긍정적이며 낙천적인 남자였다. 닳아빠진 사람들, 허위로 무장한 사람들이 넘쳐나는 시대, 무르지만 순수하며 착한 사람들을 만난 것은 큰 행운이었다. 박물관에서 돌아오는 길에 차 안에서 깜박 잠이 들었다. 초록으로 물든 초원에서 꽃이 피고 지는 꿈을 꾸었던 것 같다. 피고 지는 것이 순리라지만 펴보지도 못하고 진 꽃을 우리는 무엇으로 부를 수 있을까. 부탄에서 나는 6개의 세상을 만났다. 거기에는 분명히 조금 다른 답이 있었다.

부 탄 을 떠 나 며

부탄을 떠나는 날이 왔다. 새벽 6시, 아직 하늘은 짙푸른 어둠에 휩싸여 있다. 창문을 열자 숙소 주변을 둘러싼 소나무들 사이로 안개가 자욱했다. 부탄에 와서 나는 아침이면 창을 열고 깊이 숨을 들이마시는 게 습관이 되었다. 나는 마치 은둔자라도 된 양 시각과 후각을 총동원해 아침 공기를 흠뻑 들이마신다. 지구 상에서 마실 수 있는 가장 깨끗한 공기를 공짜로 마시는 기분! '나는 살아 있다'라는 사실을 온몸으로 느낄 수 있었다. 오전 8시, 파로 공항으로 출발할 시간이 임박했다.

마지막 모습에 예의를 다하고 싶었던 것인지 점배와 초키는 전날보다 말쑥한 차림으로 숙소 앞에 대기했다. 그들은 단정함을 유지하기 위해 고의 앞자락을 손으로 지그시 누르고 있었다. 사소하지만 배려가 담긴 이런 행동 하나하나에는 '당신을 소중하게 생각합니다'라는 의미가 들어 있을 것이다. 그리고 '저는 준비가 다 되었습니다'라는 제스처로 보이기도 했다. 자신들이 기억될 마지막 모습까지 신경 쓰는 그들은 정말로 다정한 사람들임에 틀림없다.

예의를 갖추는 것은 상대를 위해서이기도 하지만 자신의 행복감과도 관련이 있다. 예의를 지킴으로써 상대에게 불쾌한 기분을 건네지 않을 수 있기 때문인데, 부정적인 감정의 연쇄작용을 막아 좋은 기분으로 생활하기 위한 부탄 사람들의 지혜라고 한다. 그동안 나는 무슨 불만이 그리도 많았기에 날마다 인상을 쓰고 살았을까? 내가 갖고 있던 부정적인 감정은 또 얼마나 많은 사람들에게 연쇄작용을 일으켰을까? 돌아보면 사실은 그 정도로 괴롭거나 힘든 일도 없었는데 말이다. 마지막 모습에 최대한 예의를 갖추려는 점배와 초키를 보며 나는 스스로 그동안 참예의 없이 살아왔다는 생각을 했다.

"이제 공항으로 출발해야죠?"

"시간이 이렇게 빨리 갈 줄 몰랐어요."

"사람이 그렇게 느끼는 거죠. 시간은 그대로예요."

점배는 부탄 사람답게 말하며 이렇게 덧붙였다.

"중요한 건 우리가 만났다는 겁니다."

나는 고개를 끄덕였다. 비로소 가벼운 마음으로 헤어질 수 있을 것 같아 마음도 한결 편안해졌다. 공항으로 이동하는 차 안은 침묵 그 자체였다. 여행 내내 그토록 수다스러웠던 초키도 별다른 이야기를 하지 않았다. 나는 그것 역시 그들의 배려라고 생각했다. 아, 마음을 비우기에는 최적의 시간이다.

파로 공항은 입국할 때와 마찬가지로 한산했고 잘 정돈되어 있었다. 비행 수속을 해주는 공항 직원들도 처음 만났을 때처럼 조용하며 품위가 있었다. 카트만두로 떠나는 출국 절차는 생각보다 간단했다. 부탄에 입국할 때에 비해 짐이 거의 늘지 않아 가방을 따로 부치고 말고 할 것도 없었다. 부탄은 가지고 나갈 것이 거의 없는 나라이다. 들어올 때처럼 나갈 때도 가벼운 마음으로 떠나면 그만인 것이다.

"이건 내 선물이에요, 점배 그리고 초키!"

밤 사이 두 사람에게 건넬 편지를 쓰면서 나는 한국에서 가지고 온 열쇠고리를 포장해 두었다. 두 사람은 환하게 웃으며 선물을 받았고 나는 씩씩한 표정으로 아무렇지 않게 돌아섰다. 그런데 등을 돌리는 순간 울컥했다. 겉으로는 쿨한 척 하지만 나는 이별이 참으로 어려운 사람이다. 그런 면에서 부탄 사람들은 우리와 참 많이 닮아 있다. 꿋꿋하게 서 있는 점배와 초키의 표정에서도 똑같은 마음이 느껴졌다. 거침없이 두 손을 흔들면서도 눈빛에는 그윽한 서운함이 담겨 있었다. 나는 게이트를 빠져나갈 때까지 여러 번 뒤를 돌아보았는데 두 사람은 미동도 하지 않고 내게 손을 흔들고 있었다. 어른이라면 그런 것에 익숙해지고 담담해져야 하는데 나이 마흔이 다 되어서도 나는 여전히 그러지 못하고 있다. 내 서투름으로 좋지 않은 이별을 한 여러 사

운전수 초키와 가이드 점배와 한 팀을 이룬 부탄 여행.
그들과 함께 부탄을 보고, 느끼고, 이해했다.

람들의 얼굴이 살얼음처럼 가슴을 싸하게 스쳐간다. 언제쯤 서
툴지 않은 만남과 이별을 할 수 있을까. '남에게 도움은 못되더
라도 최소한 상처는 주지 말라'는 부탄 사람들의 지혜가 담긴
말이 떠올랐다. 투박한 액센트로 말하는 그들의 목소리에는 정
감이 가득했다. 다시 어떤 나라를 가더라도 이런 사람들을 만날
수 있을까! 청정한 공기, 눈부신 햇살, 품위 있는 사람들……. 아
쉬움이 남으면 남는 대로 나는 그것들에 안녕을 고했다.

비행기가 파로 공항을 떠난 지 20분 정도 지났을 때 창밖으
로 히말라야 설산이 모습을 드러냈다. 2주 전 부탄으로 향할 때
도 바라본 산인데 세상 밖으로 나가려니 뭔가 다르게 느껴졌다.
산은 그대로인데 내 속의 무엇이 변한 거겠지. 나는 안전벨트를

풀어도 좋다는 신호를 확인하고는 잠시 비행기 뒤편으로 자리를 옮겼다. 그리고 창문 밖으로 보이는 눈부신 설산을 카메라에 담았다. 작은 비행기로 산자락 사이를 낮게 날다 보니 사진이 다소 흔들렸다. 다시금 셔터를 누른다. 그때마다 설산 위로 부탄에서의 수많은 순간들이 겹쳐졌다. 축구선수가 되겠다는 열두 살 소년 점소와 거리에서 만난 노래 부르는 소녀 정하몽, 달콤한 도시 팀푸와 울음을 쏟게 만든 탁상사원, 거기에는 매 순간마다 웃거나 울고 있는 내가 있었다.

나는 가슴에 무엇을 담고 집으로 돌아가고 있는 것일까. 그

부탄의 야경. 부탄의 밤과 낮은 또 다른 아름다움으로 다가온다.

리고 이후의 내 삶은 정말 변할 수 있을까. 행여 나는 부탄에서
의 모든 것을 망각하고 그전과 똑같이 악다구니 쓰며 살게 되지
않을까. 아무것도 확신할 수 없지만 돌아가야 한다. 그리고 좋
든 나쁘든 일상의 모든 것들은 결국 자리를 잡아갈 것이다. 나
는 무언가를 얻은 것 같기도 하고 잃어버린 것 같기도 한 묘한
기분이 들어 자꾸만 뒤를 돌아보았다. 이마저도 일상에 묻혀 곧
잊히겠지만 이런 먹먹함은 꽤 오래 기억될 것 같다.

카트만두에서
아리랑을 만나다

아, 카트만두라는 도시!

돌아오는 길에 다시 만난 카트만두는 짐작했던 것보다 훨씬 더 심각했다. 차선이 없는 도로에는 자동차와 미니버스, 오토바이나 자전거 등이 혼잡하게 얽혀 있었고 먼지를 실은 바람은 가슴 가득 황망함을 부추겼다. 부탄으로 향하는 길에 비행기를 환승하면서 잠시 머물렀을 때는 카트만두가 부산스럽긴 해도 나름 활기찬 도시라고 생각했다. 하지만 시내 중심가에 이르렀을 때 나는 부탄에서 겨우 낮춰놓은 긴장지수가 급격히 상승하는 것을 경험했다. 지금 보니 카트만두는 한마디로 혼돈 그 자체, 발광하는 도시였다. 혼돈이란 온갖 사물이나 정신적 가치가 뒤섞여 갈피를 잡을 수 없다는 뜻일 터이다. 실제 느낌이 그러했다. 거리는 온통 먼지투성이였으며 오가는 사람들의 표정은 도무지 속내를 알 수 없는 모호한 눈빛을 하고 있었다. 여행자들의 거리인 타멜 지구에 위치한 유적지인 더발 스퀘어에 들렀을 때 그 생각은 더욱 확고해졌다.

"안내 가이드 필요해요? 몇 달러만 주면 내가 해줄게요."

"기념품 사려는 거 아니에요? 어떤 걸 찾아요? 이건가요?"

광장을 가로질러 걷는데 몇 사람이 다가와서 자꾸만 말을 걸었다. 유적지가 아니라 이곳은 그냥 너저분한 삶의 터전으로 보였다. 번잡한 거리 어디서나 볶은 땅콩을 파는 상인들이 질펀하게 주저앉아 있었고 출처가 불분명한 기념품 가게들이 질서 없이 늘어서 있었다. 가장 참기 힘든 것은 자동차를 비롯한 탈것들이 내뿜는 매연이다. 마스크를 쓰지 않고 걷다보면 금세 코 밑이 시커멓게 변했다.

이런 혼란스러움을 잠시나마 피하려면 차가운 커피 한 잔이라도 마셔야 했다. 나는 도망치듯 더발 스퀘어를 빠져나와 와이파이가 되는 카페를 찾아다녔다. 눈앞에 괜찮아 보이는 카페가 보였다. 얼음을 넣은 아이스커피 한 잔을 시켜놓고 통유리로 된 창가쪽 자리에 앉자 한숨이 새어나왔다. 유리창 너머로 거리의 장사꾼이나 배회하는 아이들이 오가며 카페 안을 자꾸만 훔쳐본다. 그들의 삶에 관여할 마음이 없는데도 나는 왜 그런지 마음이 좋지 않았다. 그런 생각이 든 데는 우리의 모습이 겹쳐졌기 때문이다. 세계 10대 규모의 경제대국 한국에서 무슨 헛소리냐고 하겠지만 솔직히 우리는 겉만 번지르르할 뿐 속은 다들 곪

아 있다. 어떻게든 삶이 좋아질 거라고 믿으면서 하루하루 살아가는 네팔 사람들의 눈빛은 삶이 나아질 거라는 희망을 가지고 버텨가는 우리의 불안한 눈빛과 닮아 있었다. 희망이란 건 어쩌면 속임수일지도 모른다는 생각이 들었다. 지상의 마지막 샹그릴라, 부탄에서 한국으로 돌아가는 길에 갑작스레 폐허를 만난 기분이었다. 자꾸만 목이 타서 아이스커피 한 잔을 더 주문했다. 인간의 뇌라는 것은 어쩜 이리도 간사한지 '별수 있나, 세상은 원래 불평등하니까'라는 생각으로 타협을 본 후 나는 사각얼음을 이로 아작아작 부셔 먹었다. 차가운 얼음 때문인지 머리가 지끈거렸다.

혼돈의 도시를 배회하는 것 외에는 별다른 할 일이 없어 오후 내내 거리를 쏘다녔다. 걷다 쉬기를 반복하다 보니 금세 허기가 졌다. 달리 할 일도 없고 해서 이른 저녁을 먹기 위해 마땅한 식당을 찾아 헤매다가 나는 눈에 띄는 현수막을 발견했다.

북한 식당 아리랑 50M

원래는 네팔 음식을 먹을 요량이었다. 먼지가 폴폴 날리는 거리에서 한 끼를 때우고 싶지는 않았고 적당히 조용하면서 느낌이 있는 곳을 물색하던 중이었다. 네팔에 왔으니 쌀밥과 커리, 혹은 콩 수프 요리 정도는 반드시 먹어야겠다는 생각을 갖고 있었는데 '북한 식당'이라는 글자를 보자마자 내 발은 이미 그곳

부탄과 대비되는 네팔의 수도 카트만두의 혼잡한 거리.
부탄을 겪고 나서 카트만두에 도착했을 때, 새삼 부탄의 특별함이 훅 다가왔다.

으로 향하고 있었다. 아주 가끔, 몸이 생각을 앞지를 때가 있다. 특히 먹는 것에 관해서는 더욱 그렇다. 순간순간의 느낌대로 하면 거의 실패할 확률이 없다. 오늘 저녁은 무조건 북한 식당 '아리랑'이다.

30분 정도 거리를 헤맨 끝에 찾아낸 식당 '아리랑'은 타멜 지구 외곽의 한적한 곳에 위치해 있었다. 아는 사람이 아니면 도저히 찾아올 수 없을 만큼 외진 곳이었다. 허름한 외관만으로 식당의 등급을 판단할 수는 없겠지만 '하필 왜 이런 곳일까' 하는 생각이 절로 드는 낡은 건물이었다. 왠지 고급스럽지 않은 외관과는 달리 식당 내부는 예상을 깨고 몹시 화려했다. 벽에 걸린 북한의 정서가 듬뿍 담긴 원색의 그림들이나 여종업원들이 입은 유니폼의 과잉된 색상이 특히 그러했다. 허름함과 과잉된 원색의 조화가 나름 조화를 이루는 기묘한 식당, 아리랑의 첫 인상은 내가 이해하기에는 조금 버거운 느낌이었다.

"어떻게 오셨습네까?"

식당 입구에서 두리번거리는 나를 보더니 매니저로 보이는 여종업원이 다가오며 물었다. 스무 살 즈음으로 보이는 그녀는 성숙한 목소리와 달리 앳되어 보이는 깜찍한 외모가 돋보였다.

"식사를 할 수 있을까요?"

"시간이 이르긴 하지만 일단 들어오시라요."

"오후 4시가 넘었는데 이른 시간인가요?"

"문 앞에 써 붙어 있는데 못 보신 모양입네다?"

"아, 네……,"

뭔가 이상한 말투였다. 여태 살아오면서 한 번도 경험해 보지 못한 느낌이었다. 상냥한 톤으로 말하고 있는데 차가운 바람 같은 것이 묵직하게 회전하는 묘한 분위기가 풍겼다. 나는 약간의 무안함과 친숙함을 동시에 느끼며 어린 친구를 향해 미소를 지었다. 그녀는 나의 시선이나 미소가 자신과는 별로 상관없다는 듯 담담히 앞장서서 걸어가 자리를 안내해 주었다. 먼저 든 생각은 '보통내기가 아닌데!' 하는 감탄이었다. 서울내기인 내가 보기에도 깍쟁이 이상을 넘어서는 담대함과 까다로움이 묻어 있었기 때문이다. 뭔가 강적을 만난 듯 나는 잔뜩 움츠러들며 그녀가 안내하는 대로 자리를 잡았다.

"주문하시라요."

다행히 메뉴판은 모두 한글로 표시되어 있었고 나는 그녀가 추천한 평양냉면과, 오징어 대신 낙지로 만든 순대를 주문하고 맥주 한 병을 시켰다. 그녀는 내 선택이 탁월했다며 보일 듯 말 듯 딱 한 번 웃어 보이더니 주방 쪽으로 사라졌다. 음식이 준비되는 사이에 나는 카메라를 꺼내 벽에 걸린 그림 등을 찍으려 했는데 매니저의 제지로 인해 사진을 남기지 못했다. 다만 서빙되는 음식은 찍어도 좋다고 했다. 잠시 후 평양냉면이 나왔는데 전체적으로는 평범해 보였다. 먼저 숟가락으로 냉면 육수를 한 번 맛보았다. 닭고기를 우려낸 국물에서 칼칼한 맛이 났다. 굳이 식초나 겨자를 넣지 않아도 될 것 같았다. 슴슴한 맛이 내 입맛에 잘 맞았다.

"맛이 어떻습네까? 평가 한번 내려보시라요."

후루룩 면발을 삼키다가 나는 그만 웃음이 터져 나왔다.

"아주 맛있어요. 서울에서도 평양냉면을 먹어봤는데 이것만 못한 것 같아요."

"그저 듣기 좋으라고 하는 소리 아닙네까?"

아! 직설적인 화법이었다. 솔직히 맛이 괜찮다 정도이지, 정말로 끝내주는 맛이라고 느낀 것은 아니었으므로 어쩌면 그녀의 말이 맞을지도 모른다. 그러고 보니 일상생활에서 인사치레로 말하는 것이 습관이 되었다는 자각이 들었다. 뭔가 변명이라도 해야 할 것 같아서 나는 진심을 담아 평가하기로 했다.

"그냥 듣기 좋으라는 게 아니고 심심하지만 달콤한 육수 국물이 제 입에 잘 맞는다는 말이었어요."

"정말 그렇습네까? 칭찬 감사합네다."

"그런데 냉면 재료는 어디서 가져오나요?"

"평양냉면은 면발이 중요하기 때문에 북에서 가져옵네다. 고기는 여기 네팔에서 구입해서 쓰고 있긴 하지만요."

"어쩐지 면발이 독특했어요. 서울 한복판에서 이 맛 그대로 장사한다면 정말 대박이겠는데요?"

"흠……, 그 이야기는 못들은 걸로 하겠습네다. 맛있게 드시라요."

얼핏 보니 그녀는 얼굴이 발개져 있었다. 그저 음식이 맛있다는 이야기로 재미삼아 농담을 건넨 것인데 그녀가 듣기에 불편했던 모양이다. 같은 언어를 쓰고 있음에도 우리는 소통이 불가능한 사람들인 걸까? 그 사실이 나를 조금 더 슬프게 했다. 해가 질 무렵 식당을 나섰다. 태양이 서쪽으로 넘어가는 하늘은 온통 주황색이었다. 납작하고 네모난 건물들 사이로 오토바이를 탄 사내들이 줄지어 지나갔다. 날이 어두워서 먼지가 날리는 것이 보이지 않았다. 그럼에도 도시 곳곳에서는 느끼하면서도 탁한 기름 냄새가 났다.

누군가 내게 "네팔 카트만두에 가면 어떤 음식을 먹는 게 좋을까?"라고 묻는다면 북한식당 '아리랑'에 가보라고 말하고 싶다. 그곳에는 허름하고 낡은 외관과 상반된 원색의 유니폼을 입은 앳된 아가씨들이 음식을 서빙하며 젊음을 소모하고 있다. 그녀들은 저녁 7시가 되면 가야금을 뜯는 공연도 한다고 했다. 누구를 위한 공연인지 알 수 없지만 그녀들은 자부심을 갖고 일하는 것임에 틀림없어 보였다.

여기까지 이야기하면 그녀들이 안쓰럽다고 말하는 이들이 있다. 하지만 그것 역시 우리들의 시선일 뿐이다. 국가란 무엇일까? 현실과 동떨어진 이념을 가진 사회주의 국가나 현실에 모든 것을 맞춘 욕망이 가득한 자본주의 국가, 둘 다 인간다운 삶을 보장해 주는 국가는 아니라고 생각한다. 갑자기 머리가 멍해진다. 혼돈의 도시 카트만두에서 만난 '아리랑'은 그저 낯설다. 난해하다.

황소 두 마리의 꿈

한때 TV 드라마에 출연했던 잘생긴 남자 배우가 극 중 여주인 공에게 했던 대사가 있었다.

"얼마면 돼? 얼마면 되냐고! 돈으로 널 사버리겠어!"

이 장면에서 그는 여주인공의 마음을 돈으로 사겠다며 자신 있게 말한다. 깎아 놓은 듯 잘생긴 외모에 넘어가지 않을 여성 이 누가 있겠는가마는 온갖 패러디를 낳았던 이 대사는 단순히 미남의 구애를 넘어서 썩 유쾌하지 못한 의미가 내포되어 있다. 바로 우리들의 일그러진 모습, 물질만능주의의 맨얼굴이 담겨 있기 때문이다.

비단 드라마 속 문제만은 아니다. 나 역시 삶의 전반에 스며 들어 있는 돈의 위력에서 자유롭다고 말할 수 없다. 서른 살 무 렵에는 부동산 아주머니의 꾀임에 넘어가 대출을 잔뜩 끌어안고 형편에 맞지 않는 집을 덜컥 계약하기도 했다. 확실히 그 놈의 집이 문제다. 당장 집에 돈이 묶여 있다 보면 사회정의 같은 것들은 눈에 들어오지 않게 된다. 일단은 내 집값이 올라야 하는 것이다. 10년이 지난 지금, 다행히(?) 나는 집 한 채 가지고 있지 않다. 그때 욕심 부린 것들이 부메랑으로 돌아와 산산 조각난 경험이 있기 때문이다. 집이 없으니 정신도 제자리를 찾아왔다. 엄청난 전셋값에 2년마다 숨을 헐떡이면서도 나는 앞으로 빚을 당겨 집을 살 마음이 없다. 오늘을 위해 내일을 가볍게 팔아버릴 수는 없으니까. 비틀거리더라도 지금 우리가 바로 서야 하는 이유가 거기에 있다. 물론 아직도 물질의 유혹에서 완전히 벗어나지 못한 상태이기는 하다. 마치 그것이 생존의 이유라도 되는 듯 양손에 쇼핑 봉투를 바리바리 들고 집으로 향하는 경우가 딱 그러하다.

이처럼 누구도 피해가기 힘든 돈과 물질의 마력, 그런데 나는 그것에서 자유로운 사람들을 알고 있다. 바로 부탄에서 만난 사람들이다. 한국에 들어온 지 10여 일이 지난 시점에 나는 그들을 다시 만날 수 있었다. 돈이 아닌 꽃의 마음을 가진 사람들, 부탄에서 온 청년들이다.

7월 말, 장마가 시작되어 며칠째 비가 내렸고 나는 기분이 썩 좋지 않았다. 부탄에 다녀왔다고 해서 삶이 만족스럽다거나 마냥 행복해지기는 쉽지 않은 일이니까. 방송국과 집을 오가고 친구들을 만나 수다를 떨고, 공부와는 통 거리가 먼 아이에게 잔

소리를 하면서 차츰 일상 속으로 젖어 들어갈 무렵 팀푸에서 만났던 부탄 복싱 코치님에게서 연락이 왔다.

"김 작가님, 저도 곧 한국에 들어갑니다."

9월에 인천에서 열리는 아시안게임에 참가하기 위해 부탄 선수들을 이끌고 한국에 들어왔다는 반가운 소식이었다. 며칠 동안 약간 의기소침해 있던 나는 기쁜 마음으로 부탄 선수들을 만나러 인천으로 향했다. 선수들과 코치님을 다시 만난 곳은 연습 경기가 한창인 작은 체육관에서였다. 쉼 없이 쏟아내는 거친 숨소리 때문인지 체육관은 후텁지근했다. 코치님은 연신 사진과 동영상을 찍으며 선수들의 움직임을 기록하느라 정신이 없었다. 가까이에서 연습 경기를 지켜보았는데 실제 상황이 아님에도 부탄 복서들은 맹렬한 기세로 주먹을 주고받고 있었다. 상대방 펀치가 그들의 복부와 얼굴에 날아와 꽂힐 때마다 나는 차마보지 못하고 눈을 슬쩍 감아버렸다. 그만 보고 싶다는 생각을 하며 먼저 자리를 뜨려는 찰나, 그들 가운데 유난히 체구가 작고 재빠른 선수 하나가 눈에 들어왔다. 도무지 복싱 선수 같지 않았다. 내 눈에는 그저 착하게만 보였다.

"코치님, 저 선수도 출전하나요?"

"시겔 폽이요? 당연히 출전하죠. 메달 유망주인걸요."

나중에 듣게 된 바로 시겔 폽은 부탄 국민의 기대를 한 몸에 받고 있는 밴텀급(56kg) 유망주였다. 그런데 나는 아무래도 그 사실이 믿기지 않았다. 시겔 폽은 다른 선수들보다 체구도 작았고 얼굴이 너무 선해 보여 도무지 상대방을 때릴 수 있을 것 같지 않았다.

"시겔 품의 원래 직업은 군인이에요. 저를 만나게 되면서 복싱을 배우기 시작했는데 어린 시절 부모님을 여의고 어렵게 살아서 그런지 근성이 있어요."

"전혀 복싱 선수 같지 않아요. 어쩜 저렇게 맞아가면서도 웃을 수 있죠?"

"시겔 품은 장난꾸러기니까요."

내가 그를 유심히 바라보자 코치님이 시겔 품에 대해 자세히 설명해 주었다.

"김 작가님, 그의 꿈이 뭔지 아세요?"

"당연히 금메달이겠죠."

"선수로서는 금메달 따는 게 꿈이죠. 하지만 개인적인 꿈은 황소 두 마리예요."

"황소 두 마리요? 겨우 황소 두 마리?"

"시겔 품은 금메달을 따면 소를 살 거라고 말했어요."

"소를 모는 삶이 꿈이라는 건가요?"

"그래요, 정말 소박한 꿈이죠. 김 작가님, 그들은 그런 사람들이에요."

황소 두 마리, 감탄이 절로 나오는 소박한 욕심이었다. 집도 아니고 차도 아니고 그저 소라니! 게다가 소를 모는 일은 얼마나 힘든 일이던가. 시겔 품은 소 두 마리로 농사를 짓고 싶은 것이었다. 괴테가 말한 "인생의 비밀은 삶이다(The secret of life is living)."라는 것과 일맥상통하는 부분이다. 그저 욕심 부리지 않고 자신의 노동으로 사는 삶 속에 행복이 있음을 그는 알고 있는 것이었다. 그해 여름동안 나는 시겔 폽을 만나러 인천 경기장을 종종 찾았다.

처음 만날 때는 무척 쑥스러워하던 그는 두세 번 만남이 이어지면서 장난을 걸기고 하고 웃으며 이것저것 묻기도 했다. 한번은 시겔 폽이 약간 멋쩍은 듯 다가오더니 내 손바닥 위에 뭔가를 슬쩍 내려놓고 갔다. 부탄국기가 그려진 손톱만 한 브로치였다. 부탄 청년들이 마음을 표현하는 방식은 대게 그러하다. 그들의 표정만으로도 가슴이 벅차오르는 기분을 맛볼 수 있다. 세상에는 이처럼 돈을 주고도 살 수 없는 것들이 많다. 생명, 질서, 정, 자연과 같은 가치들이 그런 게 아닐까. 그러나 주위를 둘러보면 어느 샌가 돈이 모든 가치를 집어삼키고 있다. 교육마저 그러하다. 쓸쓸해지지 않을 수 없다.

뜨겁던 여름이 지나고 본격적인 가을이 찾아왔다. 맨다리를 내놓고 다니던 여자들은 어느새 긴 바지로 갈아입었다. 2014년 9월 중순, 인천에서 아시안게임이 열렸다. 5년간 히말라야 산자락에서 땀을 흘리며 소 두 마리의 꿈을 키워온 시겔 폽에게도 운명의 날이 다가왔다. 세계 각지에서 모인 복싱 선수들은 무서우리만치 집요하고 건장해 보였다. 반면 시겔 폽과 부탄 선수들은 체력 면에서 많이 뒤처져 걱정이 되었다. 결과만 놓고 말하자면 아쉽게도 노메달이었다.

나는 "괜찮아요?"라고 조심스럽게 물으려다가 실례가 될 것 같아 그만 두었다. 하지만 그것은 기우였다. 비록 메달을 따는 데는 성공하지 못했지만 시겔 품은 사각 링을 나서는 순간, 다시 얼굴이 환하게 밝아졌다. 하물며 다른 선수들의 경기를 목이 터져라 응원하기도 했고 사진도 찍으며 즐거워했다. '뭐 저런 사람이 다 있지? 참, 속도 없다'는 생각마저 들었다. 하지만 그에게는 할 일을 다 한 자의 당당함이 있었다. 남들이 뭐라든 스스로 만족하면 그만인 거다.

그렇다면 황소 두 마리의 꿈은 어떻게 되는 것일까? 아시안 게임이 끝나고 가을을 보내면서 나는 시겔 품이 왜 농사를 지으려 하는지 내내 생각해 보았다. 땅을 밟고 농사를 짓는 것은 몸이 고되지만 남을 밟고 오르려면 마음이 고되다는 것을 그는 알고 있는 것이 아닐까. 자본주의 사회에서 사람들은 돈을 벌고 성공하기 위해 무엇이든 한다. 하지만 우리는 행복해지기 위해 돈을 번다는 사실은 잊어버린 듯하다. 부탄 사람들은 돈을 버는 것에도 성공하는 것에도 능숙하지 않다. 하지만 그들은 확실히 우리보다 더 행복하다.

사 람 이   그 리 울   때 ,
다 시   삶 을   사 랑 하 고   싶 을   때 면
부 탄 에   가 고   싶 다

10년 이상 방송 일을 하면서 나는 항상 '시간이 없어'라는 말을 입에 달고 살았다. 시간만 없는 게 아니라 재미있게 살지도 못했다. 세상 모든 것이 시들해졌다. 사는 재미를 잃었다는 것은 인생의 스위치가 꺼진 것처럼 내게 매우 충격적인 일이었다. 사람을 만나는 것도 귀찮았다. 이건 정말 위기였다. 사람 좋아하던 내가 사람에게 흥미를 잃었다는 건 무슨 이유에서일까. 그리고 뜨거웠던 나는 어찌하여 차갑게 식어버렸을까. 서른아홉과 마흔이라는 문지방의 경계에서 나는 부탄 여행길에 올랐다. 결론부터 말하자면, 나는 다시 사는 게 재미있어졌다. 행복한 부탄 사람들을 만나고 사람이 다시 좋아지기 시작했다. 따뜻했던 우리의 옛날 사람들을 만나고, 서로 챙기고 돕는 우리의 잃어버린 사회 속을 다시 걷고 있는 기분이 들었다. 그리고 '앞으로 어

떻게 살아야 하지?'라는 두려움 없이 한 발씩 나아가보자는 긍
정적인 생각을 갖게 되었다. 부조리한 세상도 가능한 한 외면하
지 않고 똑바로 쳐다볼 작정이다. 그러지 않고서는 어른 여자이
자 한 아이의 엄마, 그리고 품위 있는 인간으로서 제대로 살기
어렵다는 것을 알았기 때문이다. 부탄 여행에서 내가 궁극적으
로 찾고 싶었던 것은 아마도 '위로' 내지는 '용기'였던 모양이다.

길다면 길고 짧다면 한없이 짧은 보름간의 여행에서 나는 많
은 부탄 사람들을 만났다. 까무잡잡하고 촌스러운 데다가 장난
스럽기까지 한 그들을 한마디로 표현한다면 '다정함'이다. 도무
지 의심하려야 할 수 없는 눈빛은 대자연을 닮아 있었고 인심
은 또 얼마나 넉넉한가. 부탄 사람들은 하루하루 삶을 위해 일
을 하고 행복해지기 위해 돈을 번다. 돈이 사람의 주인 노릇을
하는 뒤바뀐 삶을 살고 있지 않았다. 부탄 사람들의 얼굴에는
우리의 잃어버린 시간이 고스란히 담겨 있다. 나는 그들을 보며
부탄 여행 내내 흡사 타임머신을 타고 내 어머니의 과거 속으로
들어간 기분이 들었다. 어머니 세대의 삶을 긍정하고 때론 부정
하면서 자라온 나는 이제 완전히는 아니더라도 그들을 조금은
이해할 수 있을 것 같다.

방송작가로 생계를 이어온 지 10여 년, 엄마가 되는 것이 어
떤 의미인지도 자각하지 못한 채 엉겁결에 낳은 아이가 벌써 열
한 살이다. 강산도 변한다는 10년 세월 동안 법석을 떨며 살아
온 탓일까? 나는 일이나 육아, 뭐 하나 제대로 해놓은 것 없이

마흔 살을 맞았다. 내가 무엇을 찾아서 급행열차에 올라탔는지, 그것에 대해서는 생각해 보지도 않았다. 그래서 행복을 찾았느냐고 누군가 묻는다면, 고개를 가로저을 수밖에 없다. 나를 잊어버리고 살았기 때문이다.

그런 실망감과 암담함에 시달리던 이때, 내가 부탄을 만날 수 있었던 것은 크나큰 행운이었다. 마음을 멈추고 부탄을 걷지 않았더라면 지금도 남루한 인생에서 탈출하기 위해 아등바등하고 있었을 테니. 부탄에 다녀와서는 남루한 건 내 인생이 아니라 내 마음에 있었다는 것을 알게 되었다. 가히 기사회생의 여행길이었다. 그렇게 나는 부탄에서 나를 되찾았다. 새로운 것에 흥미를 느끼고 사람을 좋아하는 나, 누군가와 대화가 통할 때면 기분이 좋아져 밤새도록 이야기할 수 있는 피가 뜨거운 사람으로서의 온전한 나를 말이다.

히말라야 동쪽 끝에 자리한 작은 나라 부탄, 그곳에는 따사로운 햇볕이 내리쬐는 마을이 있고 단단하고 작은 집에서 걱정을 놓아두고 웃으며 사는 부탄 사람들이 있다. 그들이 높고 깊은 산맥에 소중히 숨겨놓은 것은 돈도 아니고 권력도 아니고 명예도 아니다. 그저 우주의 숨결 따라 깊고 평안히 잠들며 욕심 없이 공평하게 살아가는 바람뿐이다. 이 세상에 마음과 마음이 통하는 것을 서로 실감하며 사는 것보다 멋진 삶이 있을까? 행복이나 슬픔을 모두 함께 나누는 공동체가 살아 있는 나라 부탄, 그곳의 5년 뒤, 10년 뒤가 나는 몹시 궁금하다.

누구나 행복한 사람이 되는 곳
마음을 멈추고 부탄을 걷다

초판 1쇄 발행 2015년 12월 30일
초판 2쇄 발행 2016년 1월 18일

지은이 김경희
펴낸이 김현숙 김현정
펴낸곳 공명
출판등록 2011년 10월 4일 제25100-2012-000039호
주소 03925 서울시 마포구 월드컵북로 400 문화콘텐츠센터 5층 7호
전화 02-3153-1378 | **팩스** 02-3153-1377
이메일 gongmyoung@hanmail.net
블로그 http://blog.naver.com/gongmyoung1
ISBN 978-89-97870-11-0 03810

이 도서의 국립중앙도서관 출판시도서목록(CIP)은 서지정보유통지원시스템
홈페이지(http://seoji.nl.go.kr)와 국가자료공동목록시스템(http://www.nl.go.kr/kolisnet)에서
이용하실 수 있습니다.(CIP제어번호: CIP2015034617)